This book is published with the support of the Literature Translation Institute of Korea (LTI Korea).

装幀　成原亜美
装画　松尾穂波

失花　もくじ

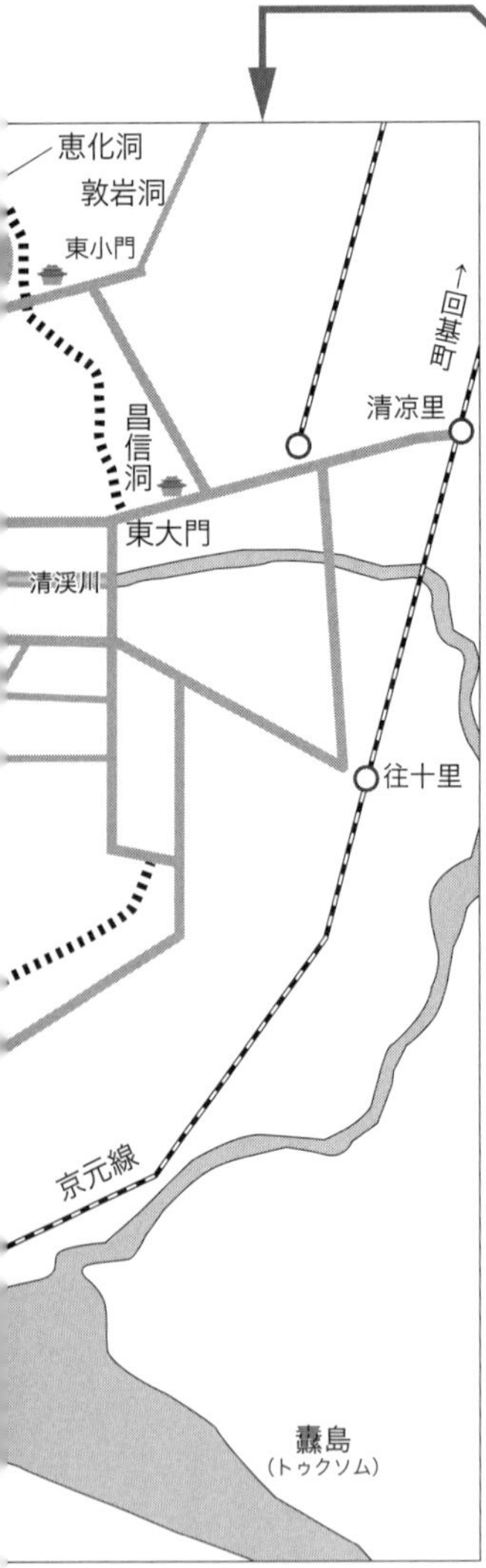
恵化洞
敦岩洞
東小門
↑回基町
清凉里
昌信洞
東大門
清渓川
往十里
京元線
纛島
(トゥクソム)

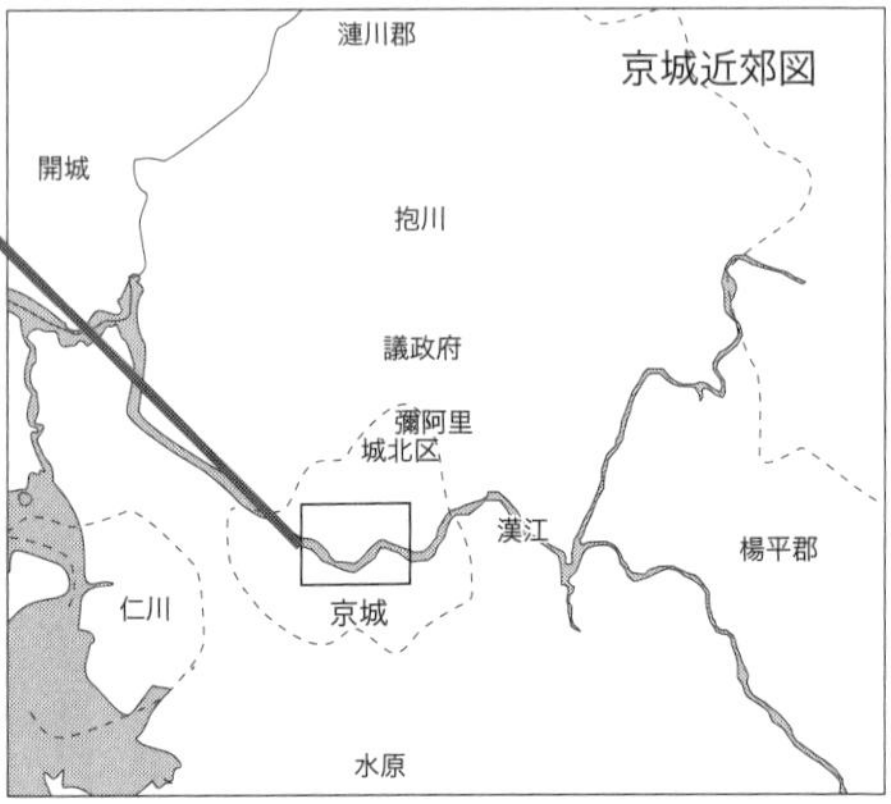
京城近郊図
漣川郡
開城
抱川
議政府
彌阿里
城北区
漢江
楊平郡
仁川
京城
水原

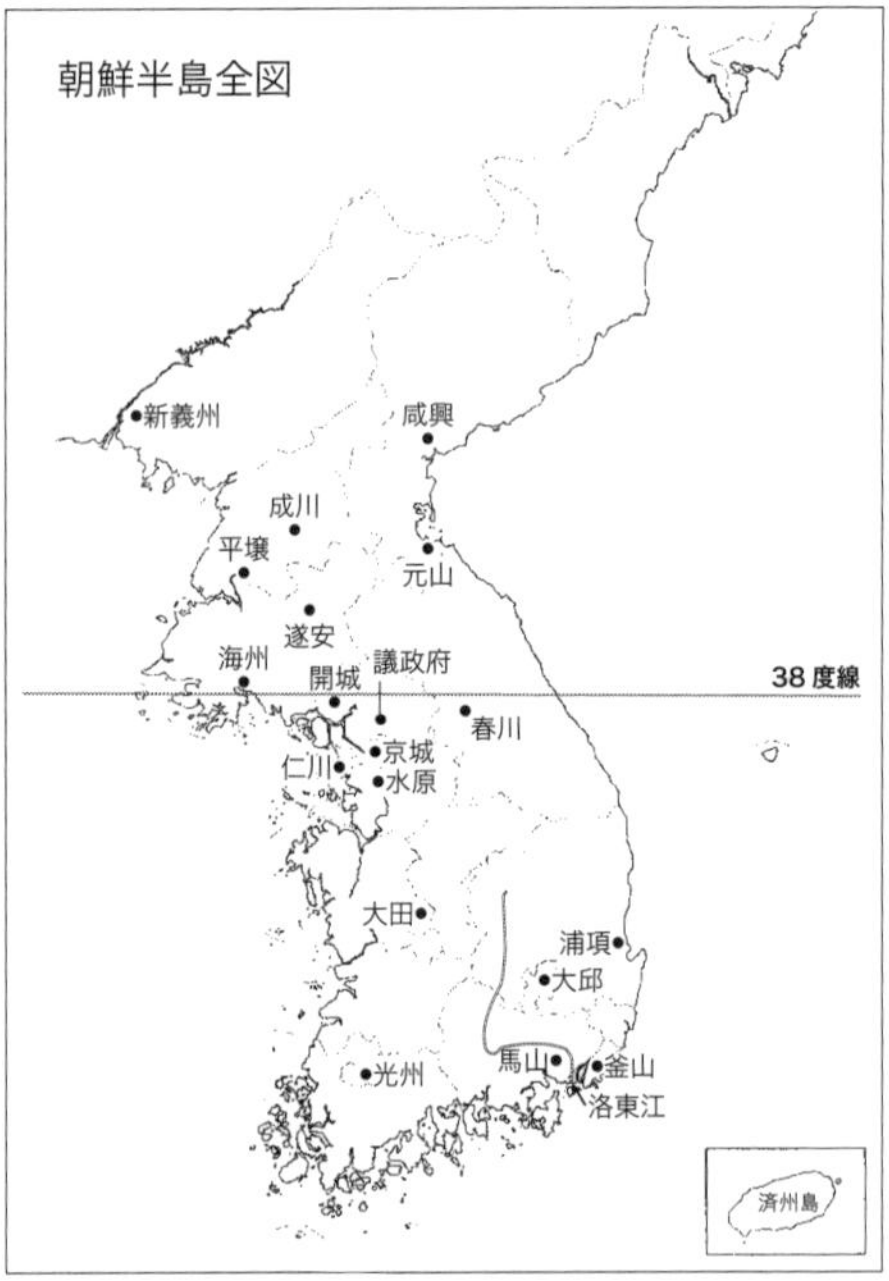
朝鮮半島全図
新義州
咸興
成川
平壌
元山
遂安
海州
開城
議政府
38度線
春川
京城
仁川
水原
大田
浦項
大邱
馬山
釜山
洛東江
光州
済州島

1940年頃の京城（現ソウル市）中心図

地図は３点とも1940年頃の現地地図を参考に作成しています。

凡例

一、本翻訳は、もくじ順に『翼』（文学と知性社、二〇〇五）、『そばの花咲く頃』（文学と知性社、二〇〇七）、『韓国小説文学大系・15、泰平天下 外』（東亜出版社、一九九五）、『麦』（文学と知性社、二〇〇六）、『第1課 第1章』（文学と知性社、二〇〇九）、『韓国小説文学大系・9、赤いネズミ 外』（東亜出版社、一九九五）を底本とした。

一、［ ］は訳注、または編注に加筆したか修正を加えたものである。

一、ゴシック太字で印した箇所は、原文が日本語をハングル表記で表した箇所である。

一、本文中の××は、原文が伏字になっていることを示す。

一、本文中の距離「里」は日本の長さ（十分の一）に直した。

一、本文の年齢は数え年と思われるが、そのまま訳出した。

一、原文中に現在の観点からは差別的または不適切な表現があるが、作品の背景を示すものと考えそのまま訳出した。

失花

실화

李箱

イ・サン

이상

岡裕美 訳

1939

1

人に
秘密がないということは、財産を持たないかのように貧しく、うつろなことだ。

2

夢――夢ならよかったのに。でも、俺は眠っているのではない。横になっているのでもない。
座って俺は聴く。（十二月二十三日）

「アンダー――ザ・ウォッチ――時計の下でです――ファイブ・タウンズ――五つの街ですね――
青年はこの世で煙草が一番好きです――くねくねと長いパイプで香り高い煙草をくゆらせて、プカ

――プカ――煙を吐きながら座っているのがなによりの楽しみだったそうです」

(俺こそ東京に来てやたらと煙草の量ばかり増えたよ。怒りがふつふつと――こみ上げるときに肺までぐーっと――煙でも吸い込まずしてこの発狂しそうな気持ちを抑えるすべはない)

「恋をしました！　高尚な趣味――優雅な性格――こんなものが好きだったという女の遺書です――死ぬだなんてとんでもない――先生、私なら死にませんわ――死ぬほど愛せるものでしょうか――そうらしいですね――だけど私にはわからないんです」

(そもそも俺は間抜けだったんだ。何も知らずに妍《ヨニ》と死ぬって約束したんだからな。死ぬほど愛したのに、面会が終わった後二十分か三十分もすれば、彼女は俺が「まさか」とばかり思っていたSの胸に抱かれていた)

「でも先生――あの男の性格はすごくいいんです――煙草もいいし声もよくて――この小説を読むとあの男の声がまるで――ぼそぼそと聞こえてくるようなんですよ。あの男が一緒に死のうって言ったら、その時にならなきゃわからないけれど、いま考えるなら私も死ねそうな気がするんです。先生、人は本当に死ぬほど愛せるものでしょうか。できるなら私も一度そんな恋愛がしてみたいです」

(だが世間知らずのC嬢よ、妍は約束してから二週間になる日、私たち死なないで生きましょうと言いだした。だまされた、だまされ始めたのはあの時からだ。俺は愚かにも生きられると信じたんだ。それどころか、妍が俺を愛しているのだとまで)

「宿題はここまでしかやってません――青年は最後には――遠くに旅に出るらしいです。すべてを忘れてしまおうと」

（ここは東京だ。俺は何のためにここに来た？　赤貧洗うがごとし——コクトー——がそう言っていたのだ——才能のない芸術家が無為に自らの貧しさをひけらかすなと——ああ——俺に貧乏を売りにする才能のほかに何が残っているのか。ここは神田区神保町、俺が昔から帝展「帝国美術院が主催する展覧会。文部省美術展覧会（文展）を前身とし、一九一九年から毎年開催された。一九三七年に新文展と改称され、一九四六年からは日展として開催されている」や二科「文展を脱退した芸術家らによって一九一四年に結成された美術団体、二科会の展覧会」にはがき「出展作品の絵はがき」を注文した場所がここだ。俺はここでいま病んでいる）

「先生！　こんな女をお好きですか——お好きですよね——好きです——美しい死だと思います——それほどまでに愛されたら——男は幸せでしょう——ねえ、先生——先生、先生」

（李箱《イサン》先生の顎と口の周りにああ——髭がたくさん生えている。よくも伸びたものだ）

「先生——何を——そんなに考えていらっしゃるの——ねえ——煙草が燃えつきてるのに——あっ——パイプに火が点いたらどうするんですか——目を開けてください。この話は——終わりました。もう——何をそんなに考えていらしたんですか」

（ああ——まったく美しい声だ。十里も先からでも聞こえる——上等な時計の音のようにやわらかく正確でつやのある、ピアニシモ——夢だろうか。一時間もの間俺はストーリー——よりは声を聴いた。一時間——一時間みたいに長かったが、十分間——俺は居眠りしたのか？　いや、俺はストーリー——を全部覚えている。俺は眠らなかった。あの流れるような艶《あで》やかな声が俺の感覚器官を包み込み、声は眠った）

夢——夢ならよかったのに。でも、俺は眠っていたのではないし、横になっていたのでもない。

3

　パイプに火が点いたら？

消せばそれまでだ。しかしＳはへらへらと、いや、にやにやと笑いながら俺を諭す。

「箱！　妍と別れろよ。別れたほうがいい。箱が妍と夫婦？　だなんて、俺の目にはわざとらしくて見ていられない」

「どうしてだよ」

　このＳは、いや妍は以前Ｓのものだった。今日、俺はＳと一緒に煙草を吸いながら向かい合って談笑できる。それならば、Ｓと俺は親友だったのか。

「箱！　おまえの『ＥＰＩＧＲＡＭ［李箱が一九三六年に発表した随筆『ＥＰＩＧＲＡＭ―誰も知らない私の秘密』を指す］』という文章を読んだよ。一回――へへん――一回。箱！　箱の薄っぺらい優越感が俺にはこっけいでしかたないぜ。一回？　一回――へへ――一回」

「それなら（俺は気絶するほど驚いた）一回以上――何回だ。Ｓ！　何回だよ」

「一回以上とだけ覚えておけよ」

　夢――夢ならよかったのに。だが、十月二十三日から十月二十四日まで俺は眠らなかった。夢は見ていない。

（天使は――どこに行っても天使はいない。天使はみんな結婚してしまったからだ）

二十三日の夜十二時から、俺はありとあらゆる技を尽くして妍をいたぶった。

二十四日、東の空が白むころになってようやく妍は口を開いた。ああ――長かった！

「最初は――言ってみろ」

「仁川のとある旅館」

「それは知ってる。二回目は――言え」

「……」

「言えったら」

「NビルのSの事務所」

「三回目――言え」

「……」

「言えよ」

「東小門《トンソムン》［朝鮮時代、都の城郭にあった八つの門のうちの一つ。現在のソウル・恵化洞に復元された東小門（恵化門）がある］の外の飲碧亭《ウムピョクジョン》［料亭の名前］」

「四回目――言え」

「……」

「言えって」

「……」

「言うんだ」

枕もとにある机の引き出しの中には、切れ味のよいカミソリの刃がある。頸動脈を切れば、妖物《ばけもの》は竹が伸びるように鮮血を噴き出して即死するだろう。しかし――

俺はすぐに髭を剃って爪を切り、服を着替え、そして例年十月二十四日ごろには死体が何日ぐらいで腐りはじめるか、じっくり考えながら帽子をかぶり、あいさつをするように再び持ち上げ、それから部屋——妍と半年間寝食をともにした匂いの染みついた部屋をぐるりと見回すと、飼おうといいながら結局叶わなかった金魚も——この部屋は秋がこれほど深まっているのに、菊の花一輪飾られていない。

4

ところがC嬢の部屋にはいま——故郷ではスケートをしているというのに——二輪の菊がみずみずしく咲いている。

この部屋にはC君とC嬢が住んでいる。俺がC嬢を「夫人」と呼ぶと、C嬢は腹を立てた。だがC君に聞いてみればC嬢は「妻だ」という。俺は二人のうちどちらを訪ねたわけでもなく、東京生活があまりに寂しくてこの部屋に遊びに来たのだ。

アンダー——ザ・ウォッチ——時計の下での講義は終わったが、C君はキセルを吸い、俺は目を閉じている。C嬢の声は夢のようだ。抑揚がない。流れるように途切れず、とても静かだ。

俺はもう行かなければならない。

「先生（これは李箱翁を指す実にむごい人称代名詞だ）どうなさいました——この部屋がご気分に合いませんか？　（気分？　気分という言葉はきっと朝鮮語ではないだろう）もう少しごゆっくりしていってください——まだお休みになる時間でもないのに帰るんですか？　ねえ？　お話でもしてください」

俺はしばしの間、渓谷を流れる水のような声の主、C嬢の顔を見つめる。C君があまりに健康なので、C嬢は血の気がなくくちびるまで青ざめている。このおさげという髪をした少女は明日学校に行く。そこでアンダー・ザ・ウォッチの続きを習うのだ。

人に——

秘密がないということは、財産を持たないかのように貧しく、うつろなことだ。

講師は、C嬢のくちびるが回虫症を患っているという理由以外にどうしてそんなに青ざめているのか、おそらく知らないだろう。

講師は突拍子もない質問のせいで少し顔を赤らめたが、再び自らが上の立場にいることを思い出して叫んだ。

「ガキのくせに何を知っていると——」

しかし、妍はふふんとせせら笑った。知らないはずがないでしょう——

妍はいま芳紀二十歳、数えで十六の時、つまり妍が高校生の時、修身「道徳のこと」と体操を習う空き時間になけなしの下着を破った。それからは、修身と体操は空き時間にたまにするだけだった。

六——七——八——九——十——

五年——犬のしっぽも三年埋めておけばイタチの尾になるとかならない「本来持っている悪癖は直せないという意味の諺」とかいうが——

修身の時間には学監の先生、割烹「家庭科のこと」の時間にはオールドミスの先生。国語の時間にはあばた面の先生——

「先生、先生——このかわいらしい妍が、昨日の晩に何をしたのか当てたら大したものですわ」

黒板の上には「窈窕淑女「「窈窕淑女（美しくつつましやかな女性）」をもじった李箱の造語」」と書かれた墨痕鮮やかな額がかかっている。

「先生、先生――私のくちびるがどうしてこんなに青いのか当ててごらんなさい」

姸は飲碧亭に行った日もR英文科に在学中だ。前夜には俺と会って愛と将来を誓い、その次の日の昼にはギッシング「英国の小説家、ジョージ・ギッシング（一八五七―一九〇三）。労働者階級の貧しい暮らしを描いた写実的な作風で知られる」とホーソーン「米国の小説家、ナサニエル・ホーソーン（一八〇四―一八六四）。ピューリタン（清教徒）としての倫理観に基づき、罪と良心の問題を追求した作品を多く残した」を学び、夜にはSと飲碧亭に行って服を脱ぎ、その翌日は月曜日だったので、俺と一緒に東小門の外に遊びに行ってベーゼ「「キス」を指すフランス語」をした。SもK教授も俺も、姸がゆうべ何をしたのか知らない。SもK教授も俺もぼんくらだ。姸だけがひとり素知らぬふりでかまととぶっているのだから、稀代の天才だ。

　姸はNビルから出てくる前に、WCというところに寄らなければならなかった。出てきたら南大《ナムデ》門《ムン》通り、十五間大路にはGO　STOPの人波。

「もしもし、もしもし。姸が二階の右から二番目のSさんの事務所の中で、いま何をして出てきたか当てたらあっぱれですわ」

　その時も姸の肌からは、リンゴのように新鮮な光が放たれていたはずだ。だが、かわいそうな李箱先生にはこの混雑した交通に向かって皮肉を言う秘密の材料もないのだから、俺に財産がないことよりもさらに貧しく、つまらない。

「C嬢！　明日も学校に行かなきゃならないでしょうから、もうお休みにならないと」

　俺はしつこく行かなければならないと言い張る。C嬢は、それならこの花を一輪持っていって部屋に飾れという。

「先生のお部屋はとても殺風景だそうじゃありませんか？」

俺の部屋には花瓶もない。しかし俺は、二輪のうち白い方をくれといって左の襟元に挿した。それから外に出た。

5

菊の花一輪もない部屋の中をぐるりと――一度見回してみた。うまく――いけば俺はこのむさくるしい部屋とおさらばできるかも――しれないと思ったから、俺の目には涙も浮かばざるを――脱いだ帽子をもう一度かぶってみると、これで俺の妍へのあいさつも抜かりなく終わったような気がした。

妍は俺の後ろを数歩ついてきたようだ。だが、俺は例年十月二十四日ごろには死体が何日で腐りはじめるのかで頭がいっぱいだった。

「箱！　どちらへいらっしゃるの？」

俺はどさくさまぎれに、口からでまかせで

「東京」

もちろんこれは嘘だ。だが、妍は俺を引きとめない。俺は外に出た。

出たからには、さあ――どこにどうやって行って、何をすればよいだろうか。

陽が西に沈む前に、俺は二、三日以内には必ず腐りはじめなければならない一つの「死体」になるしかないが、方法は？

方法は思い浮かばなかった。俺は十年という長い——歳月の間、顔を洗うたびに自殺を考えてきた。けれども俺は決心する方法も決行する方法も何もわからないままだ。

俺はあらゆる流行り薬をそらんじてみた。

それから橋、変電所、和信商会［一九一八年、京城（ソウル）・鍾路（チョンノ）に設立された貴金属店。一九三一年に実業家の朴興植（パクフンシク）に買収され、和信百貨店として一九八七年まで営業した］の屋上、京元線［一九一四年に開通した、京城と元山（現在の朝鮮民主主義人民共和国・江原道）を結ぶ鉄道路線］などのことを考えてみた。

だからといって俺は——まったくこのあらゆる名詞の羅列はお笑い種だ——まだ笑うことはできない。

笑うことはできない。日が暮れる。焦る。俺はどこかもわからない郊外にいる。とにかく市内に戻らなければならないと思った。市内——人々は依然としてその見分けのつかない顔を上げ、がやがやと騒いでいる。街灯が霧にかすんでいる。英国の首都ロンドンがこんなふうだ——

6

ＮＡＵＫＡ社［ロシア書籍専門店］がある神保町すずらん通りには、古本の夜市が立つ。師走の盛り——このすずらん通りも美しく飾られる。霧雨に濡れたアスファルトをあちらへふらふら、こちらへふらふら、夕飯を食べていない俺の足取りはひどくよろめいた。しかし俺は最後の二十銭を投じてタイムズ版常用英語四千字という本を買った。四千字——

四千字なら十分な数だ。この海洋のような外国語を小脇にはさんだ俺は、うかつに腹を空かせることもできない。ああ――俺は満腹だ。ジンタ――（昔の活動写真の常設館で使っていた吹奏楽隊だ）ちんどん屋のジンタがもの哀しい。ジンタは全部で四人だ。稼げるだけ稼ごうという小さな百貨店の繁盛のためにこの四人はクラリネットとコルネットと太鼓と小太鼓を持ち、先祖が維新［明治維新］当初に歌っていた流行歌を演奏する。それは悲しいのを通り越して見事な街角の風景だ。なぜ？ この四人は全員が妙齢の女性たちだからだ。彼女たちはおそろいの深紅の軍服と軍帽と黒熊《こぐま》［ヤクの黒毛で作った軍帽の装飾］を身に着けていた。アスファルトは濡れた。すずらん通りの左右にぶら下げられたすずらんの花の形の街灯も濡れた。クラリネットの――音も――涙に濡れた。そして俺の頭には濃い霧が立ち込めた。

ロンドンがこんなふうだって？

「李箱は何をそんなに考えてるんですか？」

男の声が俺の肩を叩いた。法政大学のY君、人生よりも演劇が面白いという男だ。なぜかって？人生は面倒で、演劇はふざけているから。

「家に行ったらいらっしゃらなかったから！」

「ごめんなさい」

「エンプレス［神保町にあった喫茶店］に行きましょう」

「いいですよ」

ADVENTURE IN MANHATTAN［一九三六年製作の米国映画。邦題は『マンハッタン夜話』。ジーン・アーサー、ジョエル・マクリー主演］でジーン・アーサーがコーヒーを美味しそうに飲んでいたんだ。クリームを入れて飲むと、小説家の仇甫《クボ》［小説家朴泰遠（パクテウォン）（一九〇九―一九八六）の号。日本に留学し、『小説家仇甫氏の一日』でモダニズム作家として注目を集めた。日本の植民地支配からの解放後は左翼系の朝鮮文学家同盟に参加し、五〇年に北に渡って執筆活動を続けた］氏が言った――ネズミの小便の味がすると。だけど俺はジョエル・マクリー――と同じぐらい美味しく飲めるから――MOZARTの四十一番は「木星」だ。俺は密かにモーツァルトの幻術を見抜こうと必死になったが、空腹によって少なからずめまいがする。

「新宿に行きましょう」

「新宿というと?」

「NOVA［喫茶店］へ行きましょう」

「行きましょう、行きましょう」

マダムはルパシカ［ロシアの民族衣装で、プルオーバー型の男性の上衣］。ノバはエスペラント［「新しい」を意味するエスペラント語］。ハンチング帽をかぶった奴の心臓をさっきから虫が絶え間なく食い進めている。それならば詩人の芝溶《ジョン》［鄭芝溶（チョンジョン）、（一九〇二―一九五〇）。日本に留学後、李箱、朴泰遠らとともに「九人会」のメンバーとして朝鮮文壇の発展に寄与した］よ！　李箱はもちろん子爵の息子でもなんでもございません！［鄭芝溶の詩「カフェ・フランス」の一節をもじったもの］

十二月のビールはひんやりとする。夜でも昼でも牢屋は暗いという、ゴーリキー「どん底」の哀しい歌、この歌を俺は知らない。

7

昼夜を問わず彼の心は限りなく暗いだろう。だが、兪政《ユジョン》［小説家の金裕貞（キムユジョン）、（一九〇八―一九三七）。農村に住む人々の暮らしを諧謔的に描いた作品を残した。李箱とほぼ時を同じくして天折。代表作に『春・春』『椿の花』など］よ！　それほど悲しむな。君にはやるべきことがあるのだ。

このような紙碑が貼られた机の前で兪政は生死の境にいる。この刃先の上で、座ることも立つこともできずに俺が来るのだけを待っていたと泣いている。

「まだ喀血は続いていますか？」

「ええ――ぼちぼちです」

「痔の方も変わりなく？」

「ええ――ぼちぼちです」

霧の中をさまよっていた俺がふと、自分のためにはマコー〔煙草の銘柄〕――二箱、彼のためには梨を十銭分買ってここを訪れたのだ。しかし、彼の幽霊のような風貌をまぎらわすために飾られた、花が生けられた花瓶からも石炭酸〔消毒薬〕の匂いがするのを感じたのは、何のためにここに来たのかを思い出す気力すらなくなった後だった。

「信念を奪われると、健康を失うのと同じように死の誘惑を受けやすいようですね」

「李箱！　あなたはいまごろそれを奪われたのですか？　いまになって――やっと――今日になって――ようやく」

兪政！　おまえさえ嫌でなければ俺は今夜やってしまうつもりだった。一つの妖物に傷付いて死ぬのではなく、二十七歳を一生とする不遇の天才になるために死ぬのだ。

兪政と李箱――この神聖不可侵の輝かしい情死――このあまりにとてつもない嘘をどうやって引き受けるつもりなのか。

「しかしながら、私は臨終に際して遺言までも嘘をついてやるつもりです」

「これをご覧なさい」

といって開いてみせる兪政の胸は草籠よりもやせ衰えている。その骨と皮だけの胸がふくらんだりしぼんだりしながら、断末魔の呼吸が悲しい。

「明日の希望がめらめらと燃えています」

兪政は泣く。彼は泣けること以外に全ての表情を忘れてしまったからだ。

「兪さん！　私は明朝の列車で東京に行きます」

「……」

「もうお会いするのは難しいでしょう」

「……」

彼のもとを訪ねたことを繰り返し後悔しながら、俺は兪政に別れのあいさつをした。通りは暗くなっていた。部屋では妍が俺の代わりに俺の食事を準備して座り、まだ数え切れないほど持っている秘密をもてあそんでいた。俺の手は妍の頬を打たず、明日の朝のために荷造りをした。

「妍！　妍は媚態の天才だ。俺は今日不遇の天才というものになろうとしたが、それすらもなれずにそのまま引き返してきたのだ。こうやって、こうやって！　うん？」

8

俺は耐えきれず、小さな紙きれにこう書いてあいつに渡した。

「おまえも媚態の天才か？　どう考えても天才だ。俺は負けたよ。こうやって俺が先にしゃべったことからして負けを意味するのだ」

一高［エリートが集まる旧制高校「第一高等学校」の略称］のバッジだ。ＨＡＮＤＳＯＭＥ　ＢＯＹ――海峡午前二時［鄭芝溶の詩「海峡」の一節より］のマントに身を包み、俺のかたわらに座って動かないこと一時間（以上）？

俺はその間、風船のように口をつぐんでいた。あらゆる手練手管を弄し、この眉目秀麗な天才をして先に口を開かせようと四苦八苦したが、ついに俺は負けた。負けてしまった。

「あなたの髭面は馬を連想させるなあ。それならば馬よ！　高楼のような馬よ［鄭芝溶の詩「馬」の一節より］！　貴殿は落ち着いているが、どうしてそんなに悲しそうに見えるのです？　ねえ（こいつは無礼な奴だ）？」

「悲しい？　うん――悲しくなるしか――二十世紀を生きるのに十九世紀の道徳性しか持ち合わせていないのだから、俺は永遠のびっこだ。悲しまなければ――万一悲しくないなら――俺は無理やりにでも悲しまなければ――悲しむポーズでもしなければ――どうして死なないのかって？　へへん！　俺には他人に自殺を勧める習慣しかない。俺は死なない。すぐにでも死ぬかのように世間をだまくらかしているだけさ。ああ――でももう終わりだ。見ろ、俺の腕を。骨と皮だけだ。ああ、痛い。笑わなきゃならないのに筋肉がない。泣こうとしても筋肉がない。俺は抜け殻だ。俺――という正体は誰かがインク消しで消してしまった。俺はただ俺の――痕跡でしかない」

ＮＯＶＡのウエイトレス、ナミコは油絵という才能を持つノラ［女性の自立を描き、フェミニズムの先駆けとなったイプセン（一八二八―一九〇六）の戯曲『人形の家』の主人公］の娘、コロンタイ［アレクサンドラ・コロンタイ（一八七二―一九五二）。ロシアの女性革命家、外交官。性の自由を説いた小説『赤い恋』などで知られる］の妹でいらっしゃる。美術家のナミコさんと劇作家のＹ君は、四次元世界のテーマをフランス語で語らう。

フランス語のリズムはＣ嬢のアンダー――ザ・ウォッチの講義のようにあやふやだ。俺はあまりに心苦しくて泣いてしまうことにした。涙がとめどなく流れる。ナミコが俺をなぐさめる。

「おまえは何だ？　ナミコ？　おまえは昨夜**待合**［芸妓との遊興などのための貸席。連れ込み宿としても使われた］の座布団の上で十五分間——いやいや、あるビルでさっきおまえは椅子に重なり合うようにして座っていたのか、言ってみろよ。へへ——飲碧亭？　Nビルの右から二番目のSの事務所（ああ——この品のない李箱よ、東京にはそんなものはないのだ）？　女の顔ってのは**タマネギ**さ。いくら剝いてみたって、最後になくなりこそすれ、正体は現さないんだからな」

　新宿の午前一時——俺は恋愛よりもまず煙草を一本吸いたかった。

9

　十二月二十三日の朝、俺は神保町の下宿で空腹により発熱した。熱を出し、咳をしながら、二通の手紙を受け取った。

「僕を本当に愛していらっしゃるならば、今日にでも戻ってきてください。夜も寝ずに待っています。兪政」

「この手紙を受け取り次第帰ってきてください。ソウルでは暖かい部屋とあなたの愛する妍がお待ちしています。妍より」

　この日の夜、俺のつまらない郷愁をとがめるようにC嬢は俺に一輪の白菊をくれたのだ。けれども午前一時の新宿駅のホームでふらつく李箱の襟元に白菊は見えない。どの長靴が踏みつけたのだろうか。しかし——黒いコートに造花をつけた、ダンサー——ひとり。俺は異国種の仔犬「鄭芝溶の詩「カフェ・フランス」の一節より」でございます。それでは、あなたさまはどんな座布団と椅子の秘密をその濃い化粧の下に隠し持っていらっしゃるので？

人に——秘密が一つもないこととときたらまったく、財産を持たないよりもよっぽど貧しいことだなあ！　この俺をご覧なさいよ？

ハルビン

哈爾濱　하얼빈

李孝石　イ・ヒョソク　이효석

オ・ファスン訳

1940

ホテルがキタイスカヤ［ハルビン市内のロシア人商店が立ち並ぶ中心街。現在は中国黒龍江省ハルビン市の中央大街と名称を変え、ヨーロッパ風の建物が数多く残る］の中心にあり、部屋は大通り側にあるおかげで窓辺に椅子を寄せると、眼下に目抜き通りが広がる。三階の窓からは人も小さく、荷車も端正に見え、あらゆる風景がどこか軽やかで、各々《それぞれ》がうまく調和しているように映る。それでいて絶え間なく響き渡る喧騒がどこからともなく一様にほとばしり、永遠の連続のように一日一日を支配している。夜明け前、ベッドの中に聞こえてくる牛乳配達のタイヤの響きに始まる音響は、しだいに勢いよく膨《ふく》らみ、真夜中の三更《さんこう》を過ぎて再び夜明け前につながるまで、潮騒のごとく繰り返される。人間の暮らしには、やはり音響が欠かせないようである。

わたしはこの三階からの眺めが気に入り、ホテルの部屋での大半の時間を窓辺の椅子の上で過ごすことにした。朝、斜めに差し込む陽に照らされた大通りに人々の往来が少しずつ増すころと、夕暮れ時、街灯が灯る通りに夜の帳《とばり》が下りてくるころが、最も始まりを思わせる時である。石畳のでこぼこ道を行き交う馬車や自動車、こつこつと尖った靴音に溢れんばかりの新鮮な生気が宿り、化粧を施した女たちの姿が鮮やかに目を引くのもこの時分だ。かといって確かな視点や目的があるわけでなく、ぼんやり、めまぐるしく流れ行くこの景色を眺めるのだ。眺めているうちに、幾度も悲しみが頭をもたげる。言いようのない憂いに涙が滲む。人の営みとはまた、わけもなく心許ないものなのかもしれない。

実のところ、わたしはその憂いの経緯《いきさつ》をただすことができない。というのも、この短い旅はそもそも、心配事から発したのではなく、故郷に不幸を残して来たのでも、眼前に不幸があるわけでもないからである。好きな街路を思うままに眺め、口に合う食事を存分に味わい、気ままな旅を堪能できればそれで良し、そんなつもりで出掛けてきたのだが、心は常に晴れやかというものでもない。ホテルの階下のレストランでは、年老いたボーイの慇懃《いんぎん》な給仕と濃厚なバターやロシアンスープといった豊潤なメニューが用意されているが、そんな上等なテーブルについても、そこはかとなく心浮かないのはなぜなのだろうか。数日後にはレストランに出向くのも億劫《おっくう》になり、客室係のボーイに頼んで遅めの朝食はたいがい部屋でパンとコーヒーで済ませるようになった。呼び鈴でボーイを呼び食器を下げてもらうと、再び窓辺の椅子に戻る。大通りには人の往来がますます増してくる。その一人ひとりの行き先、目的は知る由もないのだが。わたしはキタイスカヤの街を愛している。愛するが故に心に憂いがわき起こるのであろうか。

「なぜこんなにも変わるのだ、この街は。年毎に」

変わり行くとはいかにも切ないものとうったえるように視線は焦点を失い、虚《うつ》ろになっていく。

いま、目の前に広がる街並みは、すでに昨年の旅で目にした街ではない。刻一刻と移り行く印象を隠しきれず、その痕跡を街に刻んでいく。道行く人々の顔ばかりでなく、あらゆる風景が少なからず変わってしまった。古びた趣のあるものたちがあえぎながら影を潜めるその裏で、新たなものが荒々しく押し寄せる様が手に取るように浮かぶ。この大いなる移り変わりの印象が、ハルビンの哀愁を幾重にも塗り重ねていくことであろう。

「わたしはこの変化を見るために毎年訪れているのか。この変化を見るために」

独りごちたつもりが、他人に聞かせる結果になってしまった。ちょうどその時、背後に現れた人物がいた。ノックの音を聞き、すっかりボーイだと思いこみ生返事をすると、遠慮がちに姿を現したのは、意外にもユーラだ。振り向いたわたしは驚いた。

「なぜそんなに驚くのです」

「思ってもいなかったからね」

「お邪魔するって約束したはずですわ」

「それはそうだが。まさか本当に来るとは」

「口だけだとお思いでしたの。夜までこれといってすることもないので、早めに出てきてしまいました」

「ハルビンの変化というものについて考えていたのだが――」

と言って再び窓に目を向けると、ユーラも椅子を引いてきてテーブルの向かいに座る。

「どうしようもありませんわ。なるようになるしか」

無邪気な無関心なのか。大胆な諦観なのか。無表情な、刹那《せつな》の彼女の瞳が美しい。悲しげな顔よりも平穏なその顔つきがよほど説得力があった。

「見てください。あのごたごたのがらくたを。キタイスカヤはもうすっかり植民地ですわ。すべてが夢うつつの間に過ぎ去ってしまったのです」

ユーラはファンタジアでも抜きん出た美人だった。ぱっと見開いた大きな目にはぎくりとさせられるが、どこか幼さを残す。小柄で手足も少女のようにか細い。

「ポーランド人の母の血を引いているからかしら、私もここでは外国人のように感じるのです」

真っ赤なドレスを身に纏《まと》い頬に漆黒のほくろをつけて椅子に腰掛けた彼女の姿は、夜のホールの雰囲気にいかにも馴染むはずだが、こうして見ると、彼女もまたこのホールでは一人の外国人だというのか。言われてみると、なるほど、彼女は憑《つ》かれたように舞台上の歌や踊りなどの短い演舞に見入る癖がある。そんな時の彼女の姿は、どう見ても一人の異邦人のそれだ。場違いとも思われるほどに無言で座し、舞台に釘づけになった瞳に、集中というより瞑想を感じさせて、その場には不釣合いとしか言い得なかった。

バンド演奏が始まると、同じテーブルにいたリーナと連れ立ってダンスを踊る様子は、女同士だからか、スムーズでこなれているが、わたしが相手となると足がもつれ、バランスを崩してまるでぎこちなく息が合わない。必ずしもわたしのダンスがまずいというのではなく、ユーラの心中が複雑だからであろう。複雑な心緒《しんしょ》では集中の方向をうまく操れないようだ。

ユーラが席を外した隙に、リーナが聞いてもいない仲間の秘密の一片を教えてくれたのは一体どういうわけだったのか。

「ユーラは独りでかまととぶってますけど、実は――」

「素晴らしい顔立ちじゃないか。気品があって瞑想的で」

「実は去年までニーサにいたって話ですよ。この辺では有名なんですから」

素早く言い放つ語気に鋭い敵意が込められていることにわたしは驚き、リーナの顔を凝視する。リーナは微塵《みじん》も動じることなく、煙草の煙を天井に吐き出す。わたしは聞くべきことを聞いたのか、聞くべきでないことを聞いたのか、答えが出せない——瞬間の驚きとは裏腹に、心は瞬時に冷静を取り戻していることを感じる。

ニーサは決して名誉ある場所ではない。ユーラの肉体に刻まれたその地獄のような恥辱の表情は、一生をかけてもそそがれることはないであろう。そんな致命傷を負わずにはいられぬほど追いつめられていたというのか。

「ファンタジアとしては、これほど不名誉なことったらありませんよ。ここにいる私たち全員がユーラと同じ部類だと思われるんじゃないかって思うと、やんなっちゃうわ」

この不平が、彼女にユーラの秘密を暴かせたのだろうか。リーナの口調は意外なほどきびしい。

「しかし君たち二人は誰よりも仲良しではないのかい」

「友情と身分は違うものですよ。身分だけはお互いはっきりさせておくべきじゃないかしら」

キャバレーは楽しいことばかりの場ではない。一人ひとりの胸の中には心の葛藤と感情の駆け引きが蜘蛛の巣のごとく密に張り巡らされ、それを目撃し経験するというのは息苦しく、くたびれるものだ。殊《こと》にユーラとリーナの一件に関しては、わたしは決して幸福な立場にあるとは思えないのである。

ユーラがわたしのようなよそ者を、このように事もなく訪ねてきたことを、あえて彼女のそんな軽い身持ちのせいにする必要はなく、ただ約束を守ろうとする彼女の素養からだと思えばそれまでのこと、共に街に繰り出してからも、わたしは彼女と肩を並べて歩くことをそれほど恥じてはいなかった。

　キタイスカヤを川の方角に向かう途中、左にそれて造成された比較的閑散とした埠頭区一帯の住宅街を散策するのもわたしの楽しみのひとつだ。広場のように広々とした通りは、二列の楡《にれ》の木が並木道をなし、両側の家々のほとんどが淡い卵黄色を帯び、落ち着いた閑静な裏通りの佇まいだ。楡の木と淡色の家屋、教会堂の丸屋根と鐘の音《ね》なくしてハルビンの風情をいかにして語れよう。埠頭区の街路樹の木陰を歩きながら、家々の表札のロシア文字をとつとつと読み上げるのも、幼子のようにわくわくするものだ。どの家にも広い庭があり木や草花で華やいでいる。とうもろこしやいんげん豆を植えた庭もあり、所変われど庭園の風景でこれに及ぶものはないようである。

「仏蘭西《フランス》領事館です」

　林の奥に大きな二階建の屋敷が見える門口に立つと、ユーラはわたしの目をそちらに向けさせた。構えが大きいだけで、家の造りは私邸と変わらないところが興味深い。民主主義の文化の表れだろうか。

「変わったのはキタイスカヤだけでなく、この領事館も近ごろでは変わってしまったようですわ」

「ドイツとの戦いに敗れたのだからね」

「本国と連絡が取れず、送金も通信も途絶えてしまい、領事の家族は最近では生活にも窮してるとか。やれ自動車を売っただの、宝石まで売り払っただのって——新聞ではあることないこと書きつらねてますわ」

「世は、変わるためにあるのかもしれんな」

仏蘭西領事館の数軒先にこんどは和蘭《オランダ》領事館がある。造りは小ぶりだが、木々の狭間から見えるこぢんまりとした家は、その界隈ではもっとも端正に見える。花壇には真っ赤なサルビアが華やかに咲き乱れている。だが鉄の門は施錠されているではないか。

「完全に閉鎖してしまったというのかね」

「でしょうね。館員たちは裏庭の一間分に家財を減らして、残りはそっくりどこかの会社に貸しているそうですよ」

「領事館が貸家とはな」

閉ざされた鉄扉の向こうをしばらくぼんやり眺め、わたしはユーラとおもむろにその場を後にした。

めまいを覚えたかと思うと、楡の木の青々とした葉が目の奥に絡まりつくように迫ってくる。謎解きでもしているかのように午後の路地は森閑としている。整然とした通りの上に、二人の足音だけがずしりずしりと鳴り響く。

わたしは混乱した頭の中を整理するために、しばらく沈黙を守らざるをえなかった。一瞬の錯覚から覚めたかのように、自分の肉体がいたって尋常であることが、なぜか不思議に思える。並木道も林も家々も変わらず並んでいる。元通りのそのままにだ。

「ユーラはどうだね――わたしはときどき、現在というものに大きな驚きと疑問がわくことがあるのだが」

「現在が、なぜこうなのか、ですか」

ユーラもわたしが抱いている想念の正体を的確に察知した様子だった。

「例えばだ――この通りはなぜ必ずしもこうなのか――家々はなぜこんな形でなければならないのか――この街はどうして今のような規模になったのか――という疑問……」

「キタイスカヤはなぜ現在のように変わり、仏蘭西領事館はなぜあのような造りになったのか、ですね」

「もっと身近なところでは――指はなぜ五本で、四本ではどうで、六本ではどうだというのだ――顔だけに目が二つではなく、後頭部にもう一つあってもいいじゃないか――へそが脇腹にあってなぜいけない。わたしの髪はなぜ黒く――ユーラの目はなぜ青いんだ……」

　わたしはいくらでも疑惑の例えを挙げることができる。目に見えること、耳に聞こえること、考えようによっては、わたしにとってはどれも不可解なことなのだ。

「学者たちは進化の法則を説き、必要性にこだわるが――指が六本あったらなぜ邪魔で不必要なのだ。そんな浅はかな説明などではなく、わたしが知りたいのは創造の真意――どんなわけがあって現在のこの偶然の結果が生まれたのか――現在がすでに偶然なのであれば、現在とは別の偶然の結果もまた考えられないものか――わたしの髪がたとえ金髪でも、この道が南に延びていたとしてもかまわないものを、ただ偶然にして別の決定がなされた故に今のこの髪、この道に変わったのではないか――だからこそ今とは違った世界というものが考えられるのであり、考えずしては耐えられないのだよ……」

「あなたは恐ろしい懐疑主義者ですこと。だからいつだってそんな憂鬱《ゆううつ》そうな顔をしてらっしゃるのよ」

「わたしは今なぜここを旅し、ユーラはなぜわたしと歩いているのか……」

「そんな難しいこと考えたら切なくなるだけですわ。人の力ではどうにもならないことを考えるのは、自然に逆らうことじゃないかしら。胸が苦しいのはその反逆への罰なのでしょうね」

ユーラは言い聞かせるような優しい声色だ。

ふと見上げると、遠く通りの向こうの木々の合間から教会堂の円蓋《えんがい》がのぞいている。その鷹揚でいて厳粛な姿は、全知全能者の威厳を示そうとしているのか。屋根の上、高くそびえる十字架は懐疑主義者のわたしをとがめているのだろうか。

松花江《ソンホワチアン》のほとりに出て、長い土手を歩きヨット倶楽部についたところで、パーラーのデッキに腰を下ろすと、すぐ目の前に広い川がゆったりと流れる。

パーラーは食事客でほぼ満席、ホールの奥のステージから、すでに午後六時を回っていたのか、楽団の演奏が聞こえてくる。わたしはその演奏を、ハルビンの大きな贅沢のうちのひとつだと惜しむ。食事客はその音楽に関心を示すようでもなく、第一、それを理解し楽しんでいる人間がどれだけいるだろうか。チャイコフスキーの室内楽は、まるで犬に蹄鉄［猿に烏帽子（えぼし）］、いたずらに愚かな群集の耳をかすめ、はかなく消えていく。ハルビンではこんな贅沢を随所で湯水のごとく浪費している。

ボーイに料理を注文して音楽に耳を傾けていると、ユーラはわたしが持参した双眼鏡で川と対岸の太陽島の隅々を眺めるのに余念がない。四方八方にめまぐるしく焦点を合わせては、微笑をのぞかせる。

すごいものを発見したとはしゃぎながら一点を指差し、わたしに双眼鏡を手渡すのだが、彼女とは視力が違い、わたしは自分の目に合わせて焦点を調節し直さなければならない。目にかざして調整ネジを適当に回していると、二つのレンズの中に太陽島の紅い屋根が飛び込んでくる。ベランダに並んで座る家族、川で泳ぐ男女の姿も見える。水上を進む遊覧船の二階のデッキでは人々がひしめき合い、川岸に係留した小さな釣り船には平穏な夫婦の姿が見られる。夫が釣りをする傍《かたわ》らで、水着を着た妻が本を読んでいる。本の小さな活字が、まるでわたしの手に握られているかのようにはっきりと浮かぶ。妻がたちまち顔を向けたのは、夫が釣れたと声を上げたからだ。船端で白い魚がパタパタ飛び上がると、夫婦の笑顔と興奮で、穏やかだった船内がひとしきり活気づく。この団欒《だんらん》の構図はいくら見ても見飽きることはない。おそらくこの日の川辺の風景では随一だったはずだ。

　双眼鏡であれほどはしゃぎ浮かれていたユーラだが、ボーイが運んできたテーブルの上の料理を見ると、それほど興味を示さないのはなぜだったのか。

　それぞれの皿に料理を取り分けると、フォークを取る代わりにまた煙草に戻る。ビールを勧めても申し訳程度に口をつけては下ろす。

「こんなご馳走が口に合わないとは。この店はハルビンでも有名だと聞くが」

　自分だけ喉《のど》に通すのも気が引けてそう言うと、ユーラは

「食欲がまったくないんです」

「煙草ばかりのむからだ」

「煙草のせいで食欲がないのではなくて、食欲がないから煙草しか口にできないんです」

　キャバレーでも彼女は煙草が過ぎた。一時も休まず、間断なく紫煙をくゆらせるのだ。指先は茹

で上がった蚕のように黄色い。

「小言はよそう——とにかくたくさん食べて養生しなさい。なんだね、その手首は。まるで鵜の鳥のようじゃないか」

「健康になってどうするんです」

　結局、彼女の食の細さでは皿に取り分けた料理の半分も食べずじまいになる。

　食事を済ませ、出入り口で帽子を受け取る際、わたしは老いたボーイに銀銭を一枚手渡しながら、ふと、見覚えのある顔のように思え、首をかしげながら表のガーデンに出た。

「そうだ、ステファンだ。それにしてもステファンにそっくりだ」

　あの老いたボーイは——名をなんというのだろう、よくあるイワンやアントンだろうか——姿がステファンに似ているのだ。ステファンはファンタジアの便所の番をしている老いたボーイだ。客の手に水をかけてやりタオルを渡すボーイ。

　ハルビンにはなぜこうも年老いたボーイが多く、彼らの顔はまたどうして皆似通っているのだ。赤ら顔に皺《しわ》が蜘蛛の巣のように刻まれ、髪は白髪という具合で、誰も彼もがステファンのようでいてイワンでもあり、アントンにも見えるではないか——そう思いつつ、わたしはステファンの顔を思い浮かべてみた。酔った客がおぼつかない足取りで便所から出て洗面台に立つと、ステファンはにこにこしながら近寄ってきてコップに用意しておいた水を手にかけてくれ、手にしたタオルを差し出す。客が手を拭き終えると同時にまた笑顔になり、相手の顔をまんじりと見る。その笑顔にはわけがある。チップをくれというのだ。そう考えると、その笑みを含んだ顔が猿のように狡猾で不快にさせるが、そうして稼いだ金が、その男にとっては大事な一夜の収入だと思うと、そう憎いとも思えないのだ。ハルビンの数多いボーイの中でも、ステファンほど卑しく哀れな者もいないはずである。わたしにあれほど強烈な印象を与えたのもそのせいかもしれない。

ガーデンでは緑が瑞々しく、花壇がきれいでそれだけでもじゅうぶん憩いの場となる。白いベンチの置かれた木陰に行き、ユーラと並んで腰掛けても、わたしはなおも、ステファンの残像を振り払えずにいる。ステファンというと、ひとつ、心苦しいことがあったというのもある。

「わたしはステファンに一抹の罪悪感を感じているんだ」

その言葉にユーラはわたしの顔をじっと見つめ、

「その日、チップが足りなかったって話ですわね。その話はもう何度目かしら。一晩に一、二度やれば結構です、それ以上は仕方ありませんわ」

「だがステファンはそれを期待している顔だった」

何度目の用足しだったか、わたしは小銭を切らせたというのもあり、彼の笑顔にこたえられなかったのだ。札一枚を躊躇《ちゅうちょ》したのは、確かにわたしが出し渋ったのだと言われても仕方がない。札の一枚くらい、彼のあの慇懃な奉仕には決して過剰で不必要な報酬ではなかったはずだからだ。わたしは明らかに出し惜しみしたのだ。持ってもいない小銭を探すふりをし、恥ずかしながら男の前を力なく素通りするしかなかった。考えるほどに気がとがめる。

「多いのに越したことはないでしょうけど、世の中そんな奇特なお客いるかしら」

ユーラは努めてわたしを気遣っているようでもある。しかし、彼女が話すステファンの身の上話は、より一層わたしの心を重くした。

「たしかに、ステファンはそうやってこつこつ貯めて本国に帰る旅費に当てようとしているらしいですよ。一銭でも惜しいことは惜しいでしょうね」

「本国に」

「彼はソビエトに帰らなくてはならなくて、それを望んでいるのです」

「ほう。では便所で稼ぐ一銭一銭が遥か十万里の道のりへと続く先々の軍資金になるというわけか」

「だから彼は生涯たったひとつのその願いを叶えるためには、どんな卑屈な笑顔でも作れるんです」

「それならなおさら済まないことをした」

「ステファンの夢は遥か遠くにあって、目の前は空っぽですよ」

「ユーラの夢は？」

　わたしはそう続けたいのをこらえ、口を閉ざし川を見やった。赤茶けた濁流がどこまでも広く、無数の船があるいは進み、あるいはその場に佇んでいる。

　わたしはふと——出し抜けにふと、

〝ステファンはひょっとして、ユーラの父親ではなかろうか〟

と脳裏をよぎるが、われながらその突拍子のなさにはなはだ驚き、顔を横に向けてユーラを見つめた。

　やはり川を見つめていたユーラは、わたしのその挙動に気づいたのか、顔をこちらに向けて視線を合わせる。わたしには彼女の複雑な胸中をその視線だけでは察する術がない。彼女はその愁いの眼差しのやり場に窮するかのごとく、再び川に視線を投げ

「川を見ていると、私は――」

どうにか聞き取れるほどの声だ。

「いつだって、死にたくなるんです」

「し、死にたいとは」

わたしは思わず声を上げながら鵜の鳥のように細い彼女の腕にもう一度目をやる。

「そんな危険なことを――」

と口にしつつ、思えば、ユーラこそわたしより一枚も二枚も上手の懐疑主義者だったのだ。終始煙草を吸い、食欲がなく、鵜の鳥のようにか細い彼女は、密かに死を考えていたのではなかろうか。

「死ぬだなんて、そんなこと」

繰り返し口にするわたしの語は、死を想うというのはむしろ贅《ぜい》であり、人はいくらもがいても生きるより仕様がないという思いを表したかったのだが、ユーラがどう受け止めたかは知る由もない。だからといって再び死について長々と語るのはわたしの役目ではないはずだ。

「最後にはいつもそこにたどり着くの。それだけが救いなんです」

わたしが自分の考えに浸るように、ユーラもまた彼女自身の想念の殻に閉じこもっているのだ。その殻の中には異国のいかなる人間も割り込むことはできない。死以外の、ほかのどんな言葉でわたしに彼女を慰められるというのか。

パーラーからは、変わらずもどかしい生演奏の音が聞こえ、川は夕暮れの残照の中、徐々に霞んでいく。人々を乗せ島へと向かう二階建の遊覧船が、黄昏の中では遠い世界のことのようにおぼろげに映る。

冷凍魚

냉동어

蔡萬植

チェ・マンシク　채만식

オ・ファスン訳

1940

……海を懐かしみ、娘の名、澄祥《ジンサン》を得る

1

××ビル最上階の一角にある、四坪あまりのやや手狭な長方形の一室、折しも雑誌「春秋」の新年号の校正に余念のない午後である。

サラサラ……。

パラパラ、サラサラ……。

断続的に更紙《ゲラ》に刻まれるペン先の音の合間に、ページを繰《く》るたびに紙が立てる音だけがやけに響き、所帯といっても社員三人に小僧一人と小さく、没頭しているのもあり、誰もが黙り込んでいる。

鍾路《チョンノ》の中心地に立つビルディングなだけに、眼下の通りでは轟音《ごうおん》をあげて走る鉄塊の絶え間ない咆哮《ほうこう》、拡声器のがなり声やサイレンといった、都会のありとあらゆる喧騒に包まれてはいるが、この室内においてはまるで別世界の音響のようであり、あたかもスクリーンの録音のように間近でありながら、耳には遥か遠い。

スチームがほっこり温かく、小僧は隅の腰掛で大口開けて気持ちよさそうに居眠りし……。

正面の上座の大永《デヨン》は、他の二人の社員同様、どっさり積み上げられた赤字と首っ引きでひとしきり校正に取り組むが、やがて頭痛がするのと、煙草がしきりにちらつくのとで集中できなくなると手を止め、顔を上げる。

向かい側、出入り口付近にある応接用の円卓の前のソファでは、澄子《すみこ》が先ほどからおとなしく、持参した『星座の話』を開き、読みふけっている。

やや斜めに被ったベレーの下で、大きめのウェーブがかかった髪に、艶のいい黒々とした毛皮のコートの幅広の襟、ほとんど隠れているが、襟元から少しばかりのぞいている耳の後ろの白いうなじ、大永はわれ知らず目を奪われ、そっと視線を留める。

男であれば広々とした額とでもいうところだが、目に映る触感が柔らかくうっとりするほど白く、きめ細かな肌のうなじ、それは確かに女の持つ、女らしい魅力であった。

大永は、今になって、このことでようやくこの澄子に、一人の女を感じさせる、女性らしい魅力を発見したのであった。

いつの間にか、ペンを手にしたまま両手で頬杖を突きじっくりと女を、美しいうなじの一点だけを眺めていた大永は、やがて二度、三度軽く頷き、ひそかに、

「やはりそうだったか！」

と合点《がてん》し、左手を伸ばして無造作に煙草の箱をまさぐる。

この女にもまた、女性らしい魅力があるにはあったのだという新たな事実を、だが、それはまったく新しくもなんともない、しごく当然のことであることについに思い至った、つまり二重に強化された肯定であった。

初めて、あるいはついに、とはいえ、もっとも今日で二度目、したがってたったの二度しか会ったことのない女なのだから、と言ってしまえばそれもまた特段おかしなことでもないのかもしれない。しかし実はその一方では、無意識のうちに彼女にただならぬ関心を寄せており、そのくせすでに二度も会っておきながら、その人を純粋に一人の女として見られなかったということであり、それはそもそも、向こうは同一人物であるにはあるが、こちらが関心を寄せる焦点がなぜか、あらぬところにばかりとどまっていたからであり、つまりは二度であれ三度であれ、会った回数にたいした意味はないのだった。

2

一昨日の午後、普段はほとんど付き合いのない映画関係者のキム・ジョンホという人物が突然電話をよこしたかと思うと、数日前に、東京からやって来た貴客《きかく》がいるが、ぜひとも文《ムン》先生にお会いしたいということで、いま、都合はどうかと、騒々しいおしゃべりを予見させるように予告してくると、やがて実際に連れてきて紹介されたのがこの澄子だった。

キム・ジョンホは大永を、現在の朝鮮文壇における赫々《かっかく》たる「中堅大家」であり、朝鮮だけで十万の読者を誇るもっとも人気の高いこの文学雑誌「春秋」の主幹だと紹介し、その他あれこれと並べ立て、まるで行商の薬売り［おしゃべりな人の別称としても使う］が万能薬だとほらを吹くかのように、ありとあらゆる最上級の枕詞を次から次へと並べ、紹介のつもりで客に説明するのだった。

その後、澄子については朝鮮の諸芸術、とりわけ映画に関しては理解と関心、造詣が深い方であり、その研究と助力のために遥々《はるばる》朝鮮までやって来たのだが、ともすると永住することになりそうだと、さらにうれしいのは、その景気づけにこのほど、自分が原作・脚本・監督を務める『青春よ、なぜ泣く！』に友情出演することをすでに承諾してもらったと。ということで、どうか雑誌でもよろしく取り上げてほしいと、大永に紹介なのか宣伝なのか、ひとしきりしゃべりまくるのだが……。

大永はやむなく鼻先でふむ、ふむ、首をこくり、こくりと動かすだけ、聞いているだけでもすでに嫌気が差し、まったく興味もなにも感じないのだった。

ふん、世の中、物好きな女もいたもんだ……。

退屈ならじっと動かず昼寝でもするなり、いったいなんだってこんなとんでもない所にやって来て、しかもとっつかまっちまったのがこんなちんけなキム・ジョンホさまってか、ご愁傷様だぜ……。

それにしても、まてよ、それなりに芯のある子女であるならば、ばかばかしくてそんなむちゃなことをしでかすはずもなく、軽率な様など、さしずめキム・ジョンホと同じ穴の狢《むじな》ではなかろうか……。

おそらくは、その辺のろくでもないオフィスガールか、せいぜい三流、四流の映画俳優で、何かしでかしたか失恋をしたかで、やけを起こして逃避行してきたのであろう、それをこの厚かましい遊び人が、待ってましたとばかりにひょいと担ぎ上げて、やれ朝鮮の芸術だの、映画に対する理解と関心だの、果ては造詣ときたが、研究などとんでもない、そんなほらを吹いて回ってる場合かってんだ……。

ご覧の通り、大永特有の意地の悪い、したがっていかにも無責任な判断ではあったが、いずれにしてもそう判断した以上、おのずとそのエトランゼに感心も歓心もわかないのは当然であった。

大永は自分自身がいわゆる、世代のルンペン、人のことなどかまってられぬ「歪《いびつ》な廃屋暮らし」の身であり、あらゆる事物にそもそも興味も関心も向かなかったのだが、その上、先入観を持っているキム・ジョンホが女子《おなご》など連れてきて頓珍漢なことをまくしたてているのも気に食わず、ということで彼は（一種の自己暗示というものに陥り）、まずは初対面の客人の身なりや容貌など一つひとつ吟味するでもなく、とにかくどうでもいいような考えと蔑視が先に立ち、

「不埒《ふらち》なことを！」

「なんて女だ！」

などと、容姿までひっくるめて目もくれなかったのである。

あいさつを交わした直後の（ともかく）意識、また態度はおよそそんなところであった。

しかし……。

その後、腰を落ち着けて、キム・ジョンホは澄子の便宜を図ってか、たいして流暢ではないが終

始、国語の「日本語」で時流について、あるいは映画界の現状に対する批判など、的を射ていないのはおろか、それはそれは長々と御託を並べるのだった。

聞かされている大永としては、まことに煩わしい応接であり、間尺《ましゃく》に合わない浪費としかいいようがなかった。

大永は、応接間を構えておいたことまでいたずらに後悔しつつ、初めのうちはそれでもそれなりに相槌を打つふりなどしていたのだが、それすら耐えられず、ついには上の空でただ顔をつき合わせているだけになった。

そんなとき、偶然、あまりに退屈で行き場を失いぼんやりとあれこれ思い巡らせていた意識が、ついに澄子に向かう機会が訪れた。

相当高価な毛皮のコートに、艶のいい黒々としたその毛皮の裾で覆われた膝の上の白い指にはかなりの大きさの、光り輝くダイヤ、この二つの品の、それは豪華な様にふと目がいったのだ。

その意外さに、おのずと首が傾き、

「ふうむ！」

あらためて見ると、どう見ても並々ならぬ贅沢だ、そこで、

「これほど贅沢のできる身分というと……？」

と思い返してみると、今しがた、その辺のろくでもないオフィスガールとか、三流、四流の映画俳優の類などと予想したのは、見当違いだったかもしれないとも思えた。

「だとすると？」

と、それでも意地悪く、

「……金持ちのおやじの、俗に言うインテリ二号……？　嫌気が差して逃げ出してきたか……」

　そんなことを考えつつ、またも首をかしげ、

「……はて、どんな顔だったか？」

　そう思いながら目を向けると、表情は思いもよらずひどく（印象として）沈鬱《ちんうつ》で、はっと驚いた。女の顔が、どんな容姿をしているのか気になり、何気なく目を向けたのだが、意外にも表情だけがそれほど印象的だったのだ。

　どんな容姿をしているのか気になって見たとはいうものの、むろん、そのときに初めて正面から見たというわけではないが、興味がなかったせいか、とにかくそれほど沈鬱だとは気づかなかったのである。

　三度目に首をかしげ、

「どういうわけだ？」

と、ようやくあれこれじっくり眺めるようになった。

　なによりも、彼女の知的に洗練された聡明な気性はこの上なくノーブルで、そればかりか、素顔とも思えるほど薄く施された化粧といい、色彩や模様が嫌味でなくセンスのいい服装といい、どれをとっても上から下まで気品に溢れていた。そうなると（まだ即断の嫌疑が晴れたわけではないが）いずれにせよ、まずは教養が卑しくないことは見て取れた。

　首がついに、今度は前後にこくりこくり、

「うん！　そうだな！」

というのは、そもそもの予想と判断に反し、いまの新たな発見にわれながら感心したからだった。

しかし結局それは、用を成さぬ収穫であり、むしろ明るくてしかるべきであり、つまりあのように沈鬱なわけを説明しうる材料にはならなかった。

「しゃべりもしないし！」

考えてみるとそうだった。

初めに、キム・ジョンホが大永に、原澄子さんだと名前を告げると、それに続いて、

「**どうぞよろしく……**」

と、たった一言、ありきたりのあいさつをしただけで、ほとんど口を開くことはなかった。ひたすらおとなしく、キム・ジョンホが一人まくし立てる合間合間に、

「……ね、そうではないですか？　そうですよね？　澄子さん……」

などと顔を近づけて、二度、三度とねだるように返事を促すとようやく

「さあ……」

とか、あるいは、

「そうですね……」

といった、短い返事をするばかりだった。

それ以外は一切、みずから進んで口出ししたり、話を切り出すということはなかった。

それはまあ、初対面のあいさつをしたばかりの、よく知らない他所《よそ》の男の前だから、おのずと女らしく控えめにするという遠慮もなきにしもあらずであったのだろう。その上、終始、ブリキのたらいのような騒々しさで一人まくし立てるキム・ジョンホにうんざりし、口を挟む気にもならず、この座がなんとも落ち着かないのであろうというのも事実だった。

だが（それもそうなのだが）問題はつまり、気分がまったく浮かなくて、他人と膝を交えて談話したり、浮わついたり、そんな気分にならないからなのであろう。

それでも、ろくでもないオフィスガールや三流、四流の映画俳優の失恋による逃避行ではなくとも、ともかく、これほど年若い娘なだけにおおよそのところ、やはり恋愛などの痛手からくる純然たる感情的な煩悶と思われがちだが、しかし深刻ではあるがそれよりも落ち着いていて清らかな理性の光を放つところを見ると、また、よくあるひりひり痛む苦悩を噛みしめるような表面上の傷心の影がまったく見受けられないところから、やはりそのような一種の筋肉としての心臓の出来事とはどうも毛色が違うようである。

だとすると、つまるところそれは、脳裏に刻み込まれているある種の思索的な世界から醸し出されている、それこそ絶望的な喪心……その症状に違いないはずである。

ついに大永は、自分の考えがそこまで及ぶと、それと同時に突如、女に自分自身の一部を多分に感じたことを発見し、あらためてはっとさせられ、さらに好奇心をそそられずにはいられなかった。

キム・ジョンホは相変わらず、ひたすら話しつづけるだけのトーキー［無声映画に対する発声映画］よろしく熱弁をふるっていて。

澄子はやはり相変わらず、寺参りの娘のような様子で。

大永はただならぬ興味がわき、女が再び目に入るが、その一方では、あまりに予想外で大胆な想

像に、われながらいぶかしく思い一歩引き下がり、

「そうなのか……？」

「はて、いったい……」

詮索が過ぎたのではないかと、ふと疑いの念がわいてきた。

というのは、それ以上の確証を得られるほどの条件は、やはり見つからないように思われた。

しかし反対に、すでにたどり着いた結論をひっくり返すだけの条件もまた、見つける手立てがなかった。

そこでやはり、先の結論をいかんせん、ひとまず承認せざるをえないわけだが、そうなると今度は、

「いったいどんな女なのだろう？」

と、女の正体というものが初めて気になった。

というのも、女の過去一切が明らかになれば、いま現在の行為も（間接的に）自然と判明するからであった。

そこで仕方なく、初めにキム・ジョンホがくだくだ並べ立てた紹介とやらを一から思い返し、考えてみたものの、実際、そんなものでは気になる女の正体をキャッチするのは、到底、無理な話だった。

結局、正体は闇の中のままだが、その代わり、初めに女のことを単なるその辺のがらくたのルンペン――賤民とみなしたことは、明らかに不当な偏見であったことだけは、あらためて認めざるをえなかった。

したがって、はたして今度のことにしても、朝鮮の諸芸術だの、映画だのに関心があるやら、研究やらというのは、実のところキム・ジョンホのこざかしい作り話で、本人は（いきさつはわからないが）気がふさいでいるので見物がてら、ぶらりと未知の世界にでも行ってみようというつもりだったに違いなく、当然、こちらの事情や状況がわからず、また地理にも疎いとあって、この男を偶然知っていたのか、あるいは誰かの（無責任な）紹介で、このご親切な案内人を頼ってきたようであり、それがいま、こうしてわけもわからず引きずり回され、有無を言わさず操り人形をやらされているというところで……と、ここまで考えを修正するに至る。

　ここまで好意的に考えが傾くと、その後は、もしそうだとするなら、見るまでもなく赤っ恥をかかされるのが落ちで、だとしたらこの先どうするつもりなのかと、当初、出発したコースはどこへやら、いつの間にかわれ知らず心配がひとしきりうねり、ぼんやりするのであった。

　むやみに心配になる、それこそこの男のしがない気苦労である。そのことで常に自己嫌悪に陥るのだが、それもどうにもならない、ある面、天性というものだった。

　だがその反動が訪れ、やがて正気に戻ると、

「ふん！　なんだっておれが……」

　と、冷笑とともにまた別の癖を持ち出し、例の「歪《いびつ》な廃屋」の中に自分自身を閉じ込めるのだった。

　ちょうどそのとき、キム・ジョンホがそれまで、優に三、四十分は、豆だの小豆だのと［ああだこうだと］、いわゆる映画批判を一席ぶっていたのを適当なところで切り上げ、ようやく腰を上げた。

　すでに四時になろうとしていて、それでも大永は不幸中の幸いとばかりにいそいそと同時に腰を

上げるのだが、キム・ジョンホはしかし、今度は一緒に表に出ようと言いはじめるではないか。

どうせ喫茶店にでも行こうということなのだろうが、たしかに大永もそろそろ仕事が片付き時間も問題ではなく、一日中頭痛がしていたのもあり、明果《ミョングァ》や金剛山《クムガンサン》の濃いめの、熱々のコーヒーの味に惹《ひ》かれないこともなかった。

しかし、行くなら一人でこっそり行きたいもので、この耳障りな同行者とともにごちゃごちゃした街の喫茶店を訪ね、茶とも言えぬ、汚水のような砂糖水を飲みながら再びこの男の無知な騒音を聞く気にはなれない。

だが、言い訳がすぐには思いつかず、

「はあ……」

と言って時計を見上げてしばらくためらうのだが、ところが意外にも澄子が（どうしたことか）口を開き、

「もしよろしければ、あのう、お夕飯でもご一緒に……」

と、さらに思いもよらぬ提案をするのだった。

大永はずばり、女のそれほどまで気さくで破格の態度が微笑ましく、気に入った。

むろん、だからといってそうやすやすと、即座にそれに応じるつもりはまったくなく、ただありがたいと、しかしこちらが曲がりなりにも主《あるじ》であり、本来なら大事な客人を労う意味も込めてこちらからお誘いするべきであり、しかしそのうちそういった機会もあるだろうから、その次にこちらをお誘いくださるのであればその際は喜んで参上すると、丁重に（話すつもりが、いつの間にか外交官然として）辞退する形になった。

女は一度笑っただけ、それ以上は何も言わず、それを見たキム・ジョンホがしつこく、同じ「文化人」同士、何をそれほど面子《めんつ》を気にして形式張るのかと、さあ、とにかく行きましょうとうるさく言うのだが、あくまでも応じず、それならば、言い出した初対面の客人の顔を立ててお茶でも一杯どうかと言うので、それすら断るのはあまりに不人情な気がして、やむなく近くの喫茶店に場所を移した。

店に入ってからも（初めから覚悟はしていたものの）、やはりキム・ジョンホの、今度は自分以外はどいつもこいつもろくでもない、朝鮮の映画監督の「オールあほ論」をうんざりするほど聞かされながら、無意味な賦役《ふえき》をこなす以外のなにものでもなかった。

澄子は相変わらず沈黙を守っていた。

大永としてはこちらが訪問された側で、こうしてまた同席しているのだから、終始、牛や鶏を眺めるようにぼんやりしているのではなく、こちらからでも話しかけて会話が弾むようにリードするのが心ばかりのもてなしというものであり、したがってそうしようと思えばできなくもなかった。

しかし、相手に対して話題が見つからないとか、人見知りをして、といったことでは決してなく、根本的に気分が、またその場の雰囲気に気が乗らず、興醒めしているのが明らかなのを、わざわざねちねち話しかけて煩わせる必要もなかった。

それもそうだが、第一印象がとにかく「おとなしい人」だったせいか、むしろ話をしない姿のほうが馴染むようであり、ある種の趣すら感じさせた。

その上、こちらとしてもそんな余裕はなく、あえて話をしたいという気持ちもせず、

「ちぇっ！　旅人汁いらず、主《あるじ》味噌あらず「諺で、お互いの利害関係や境遇が偶然一致すること」、ちょうどいいや……なにも出しゃ

ばって口出しする必要もない……自分の食い扶持は自分でだい……」

　そううっちゃってしまうと、それまでどことなく心配だったある種の義務感がすっかり飛んでいき、気持ちが軽くなるようであった。

　そのおかげで最後に冷え切った茶を一気に飲み干し、いつまでもここでこうしていてはまったく埒があかないというもの、ところがキム・ジョンホときたら、どうも席を立つつもりはなさそうなので、やにわに、先に失礼すると言って帽子を手に取り立ち上がった。

　予想通り、キム・ジョンホは一緒に中腰にはなるのだが、ああそうかと、大永の手をつかんで揺さぶりながら、今日はずいぶんと失礼をしたと、それからあすあさってにも伺って、折り入って相談したいことがあると、その一方で澄子には、我々はここで時間までもうしばらく待って、部屋が空いたかどうかアパートに行ってみようと言い、では文先生、このままここで失礼しますと、ひとしきり無駄口を叩かれた後にようやく握手から解放された。

　その間、大永は、自分の肉の薄い指が釜の蓋のような手のひらの中でむごい刑罰を受けるようなものだったが、痛いとも言えず、ひたすら耐えるのみ。

　女は別れのあいさつに席を立つのだが、それまでの雰囲気からして、簡単に一言「**サヨナラ**」とか、お邪魔しました、などと言うのかと思えば、

「あのう、今日、あすにも、仮住まいが見つかり落ち着き次第、近々一度お伺いいたします！」

と、長々とあいさつするではないか。

　これが、初対面での二時間近くの交流で、また場所まで変えた末の、彼女の口から出た、もっとも言葉らしい言葉だった。

大永は音節［原文はシラブルとハングルで表記］が長いのには感心したが、中身は単なる社交辞令だろうと思い、自分もまた礼儀として、

「ええ！　ぜひ遊びにいらしてください！」

と言うと、女の方はあながち単なるあいさつではなかったようで、

「ですが、お忙しいでしょうし……！　遊びにとおっしゃいますが、本当によろしいのです？　わたくしが行けば、皆さんにお手間取らせてしまい、お邪魔ではないかしら！」

と、いつの間にか堰を切ったようにしゃべり出し、ついでに話もさも具体的なところがある。

大永は気分がすっきりし、それはそうだ、なにも必要なことまで押し殺して沈黙に固執して、無理にだんまりを決め込む必要もないのだし、と一変してうれしそうに頭をこくりこくり、

「いやいや、かまうもんですか！　そんなたいしたことしているわけでもないですし……。お客をお迎えしてもてなすのも業務、仕事のうちってものですよ！」

と言うと、キム・ジョンホが待ってましたとばかりに、

「いや！　ごもっともごもっとも！」

と言って、大声で、

「……そうですとも……！　文化人の同志を迎えて会話を交わし、親切に状況を説明するというのは、同じ文化人の生活の中では当然のことであり、また義務ですよ。ハアハッハッハ……いやあ、ごもっともごもっとも！」

と、とにかく騒がしい。

その前に、女は大永に何か返事をしたようだが、その声も打ち消されてしまった。

その日はとにかくその辺で別れ、それから一日置いて、思いがけず早くも今日、先ほど、こうして一人で訪ねてきたのだった。

今日は、あいも変わらず沈鬱な顔といえばそうではあったが、自分から進んで、また一人でやってきたというのもあってか、口は前回のように重くはなく、大永が出迎えて席を勧めながら、

「……それで、お住まいのほうは……？　見つかりましたか？　アパートを探すとおっしゃっていましたが……」

とあいさつ代わりに尋ねると、

「旅館はやはり煩わしいですし、出入りも不便ですので……、どうせならアパートをと思い……」

とすらすらとよくしゃべるではないか。

「気ままでいいにはいいのですが……、最近じゃ、アパートはまったく、復興債券のように値下がりもありますし……」

「ですから一流と言われる所には手が出ませんわ……！　それでなんとか、×××アパートという、府庁前［現在のソウル市庁前］の、そのう、大きな赤い門のある、えっと、なんという宮殿かしら？」

「徳寿宮《トクスグン》？」

「ええ、ええ、徳寿宮……その隣の……」

「それでもまあ良かった！　アパートとは言えないかもしれませんが……。湿っぽくはないですか？」

「ええ、多少……、でも大丈夫ですわ。この先どうなるかもわかりませんし……」

大永はその言葉に腹で、

「なんだ、朝鮮で芸術を研究するとか、映画に出るとか、はたまた永住するとか言っていたのはどうした？」

そんなことを思う。その後、やはり予想通り、キム・ジョンホのでっち上げで、やつの独り相撲だと思い、あえて何も言わなかった。

話はそこで途切れ、しばらくの間、お互い無言で座っていた。

大永はこの、一筋縄ではいかないエトランゼをどう扱ったらいいものか考えあぐね、よくよく心配になった。

まさか、キム・ジョンホのようにあちこち引きずり回して文壇の面々に紹介するというのも照れくさく、キム・ジョンホのように（映画論の代わりに）文壇の考現学や作家論を講釈するのもやはり気が引け、かといっていつまでも、会うたびに（たびたび訪ねてきそうな勢いだが）四方山《よもやま》話をするというのもやってられない。

女の方からでも、なんでもいいから知りたがったり、あるいは聞きたい話があるとか、何か話題でも見つけてあれこれ聞いてくるのであれば、こちらとしてもそれに合わせていろいろ説明してやることもできるのだが、どうやら、二言三言、口を開いては知らん顔で口をつぐみ、という具合で実にやりにくいというもの。

しかし、女はその沈黙と無聊《ぶりょう》にそれほど不自然さや違和感を感じないようで、まったくおかまいなしに、居心地の悪さといったものも感じさせずに堂々とした様子であり、その様が、ともすると、とんでもないヒステリーが気まぐれを起こして猫を被っているだけではないか、と思うと一瞬ぞっとした。

大永はするとふと、今度はオスカー・ワイルドの「謎のないスフィンクス（The Sphinx without a secret）」［秘密マニアと思しき女が登場する短編。一八八七年］を思いつき、いかにもこの女にお似合いのタイトルだと思い、ひとりにやりとするのだが、すると澄子がようやく気がついたのか、平然と、

「まあ、わたくしにどうぞおかまいなく……」

と言うのだった。

「……どうぞ、お仕事なさって……！　お済みになりましたら、街を案内してくださるなり……」

「あ！　街ですか……。そうだ！　それもいい……」

大永もやはりそれが一番だと思い、では申し訳ないが、そこで新聞なり本なり読みながら少しの間待っていてくださいと告げ、ひとまず自分の席に戻り、しばらくの間、やり残した仕事を片付けていたところだった。

その間、そのときまでも、彼は女に対して一人の男としての興味がそそられるだとか、顔、その他、手足や体つきといった特定の部位に、女性らしい独特の魅力が感じられるということはまったくなかったのだった。


一般論として、男というものは、どんな女にでも必ずやひそかなる興味を抱くというのであれば、それこそデマに近い通り一遍の方程式だとも言えるだろう。

しかし一方で、かの意志が強いことで有名な徐花潭《ソファダム》［朝鮮時代中期の学者徐敬徳（ソギョンドク）のことで、花潭は号。彼をモチーフにした朝鮮時代の小説、『徐花潭伝』がある］でも、水に濡れた夏物の薄い単衣の下着姿で目の前でひらひらと舞を舞う黄真伊《ファンジニ》［朝鮮時代の最も有名な妓生（キーセン）。美貌と知性を兼

ね備えていることで知られる］のことだけは見ていられず、揚げ句には背を向けてしまったという逸史や、俗界に下りてきて、村の前の小川で洗濯をしている若い娘の生白い股を目にすると、心が惑わされてしまい、それまでの何十年もの修行が一瞬にして元の木阿弥になってしまったという昔の僧侶の物語などからすると、そのデマはどうも胡散臭いが、その一方で、半分は当たっていなくもないという事実を認めざるをえないであろう。

その、水の滴《したた》る半裸体で舞を舞う黄真伊の前では、花潭の謹厳さも役に立たず、数十年積み上げた修道が洗濯をしている村の娘の股により、一瞬でおじゃんになってしまうこともあるように、平凡な世俗の人間ならなおのこと、普通の男とは、ある種の不具者だとか、腰の曲がった年寄りでないかぎり、いつでもどんな女にも、凶悪なほどの醜女やよれよれの老婆でないかぎり、いわゆるひそかなる興味かどうかは知らぬが、ただ、女の純粋に女性らしい魅力に対してまで、棒切れのように無感覚ではいられないというのが、生物学的な性《さが》というものなのだろう。

大永は歳は三十がらみでまだ若く、家庭のある身とはいえ髭のない不具者［宦官のことと推測される］でも、慎み深いピューリタンでもなく、その「普通の男」の範疇から少しもそれることのない男児《だんじ》だった。また澄子は、目も当てられぬブスでも**オバサン**でもなく、妙齢の女《ひと》であり、遠路遥々《はるばる》不慣れな地を訪れ、当方と生活を交えるつもりの闊達なエトランゼ、誰かの想い人であるかは知らぬが、どうやら人妻ではなさそうであり、したがって、かの「普通の男」をして、その女性らしい外見の魅力は言うまでもなく、つまりは例のひそかなる興味とやらを抱かせるコンディションとしてはじゅうぶんなのであった。

だからキム・ジョンホのような人間はその口火を切ったのであろうし、大永もまた十発十中《じっぱつじっちゅう》の確率［原文はプロバビリティとハングルで表記］をあわせ持つのであり、ただ、時間的にはその活動期（感染後の活動期）が意図せずしていくらかずれただけだった。

例えて言うなら、物寂しい庭園や、山野の森の中をひとり、秋をわびしく感じながらさまよっているところへ、襟元に偶然にも一枚の紅葉した葉が舞い降りたとしよう、澄子の出現は大永にとって、まさしく、そのようなものだった。

であるから、感慨が感慨なだけに、さまよい歩く者は、一枚のその落ち葉を得たとしても、さらに秋の愁いを感じるばかりで、すぐにはその紅葉《もみじ》の紅葉たる趣や美しさに気づけないのが普通であり、大永にしても、女の顔色があまりに沈鬱で、そのことにすっかり気を取られてしまい、そのため女に一人の「若い女」を発見するには至らなかったのである。

しかしだからといって、いつまでもそのような無関心のままではいられないものであり、いよいよあのような、女の（まずは偶然に）美しいうなじに気づいたことで、彼女の女らしい魅力にとうとう惹《ひ》きつけられてしまったのである。

3

無造作に煙草を取り出し、なんとなく口にくわえただけ、大永《デヨン》は釘付けになったように澄子をひとしきり見つめるが、ようやく視線が髪、毛皮の襟の中におさまっている白いうなじへと移り、うつむき加減の横顔［原文はプロフィールとハングルで表記］を目でなぞる。

キュートに尖った小ぶりの耳、その前でひらめく薄い鬢毛《びんもう》、細めの顎にやや飛び出した頬骨、その上の切れ長の目元を過ぎると、まるで植えたかのように長く整ったまつ毛、そしてとりわけ高く鋭い鼻筋。

このようにそれぞれ一つひとつはいわば彫刻のように印象がくっきりしていて、むろん、意識しての吟味なのだから、初めて脳裏に刻まれる決定的な認識となった。

ところが、すでに一度、網膜の上にしだれた観念のベールというのはなかなか奇妙なもので、一つひとつを順にたどっていくと、その後は一瞬にして、あれほど印象的だったそれぞれのパーツの特徴が消え去り、残るのは全体像だけとなり、もうずいぶん長い付き合いの友人だとか、家族のように、いつの間にかまったく違和感を感じさせない顔となって、胸の内にぴたりとおさまってしまうのだった。

そうは言っても、実際には古い付き合いでもなく、したがって期待も想像もしていなかった姿なのだが、しかしそれがまったく意外という気もせず、はなからそれが当たり前で待ち望んでいた既成事実のように、いたって自然に受け入れられるのであった。

ほろ酔い気分で夜道をふらつく人間には、百年《ももとせ》の狐が美しい女に見えるという説話がある。

それがもし、単なる馬鹿げた作り話ではなく、ある種、寓話的な意味を持つというのであれば、いまの大永をそれに当てはめてみるのも、あながち無意味なことではないはずだ。一方の人物、澄子にとってはまことに失礼な話ではあるが……。

ともかく、昔からの友人なり長年連れ添った妻などは、よほど美人だったり、反対によほどの不細工でない限り、それほど気にならなくなるものであり、いまの大永の澄子に対する感覚も、まさにそれと似たようなもので、どこがかわいいやら、どこがいまひとつ、といった視覚的な美・醜の分別とそれに伴う感覚は（いったいいつの間に後退して落ち着き払っているのか）まったく起こらず、ひたすら気持ちが引き付けられ安住できるほど、気楽で親近感のわく姿なのだった。

あまりに急で、また、自分本位と言えなくもないが、いわゆる同類感からくる普通以上の強い絆というのか、前回会った際にすでに女に自分自身を感じたことが、今日のこのための種撒きであったというところであろう。

先ほどからじっと座ったままで、澄子に向けられていた驚きの想念が、やがてさらに主観的な価値の判断を得て、大永はいまさっきのように心の中でひとり、だがより確かに、

「やはりそうだったのか！」

と、続けざまに何度も首をこくりこくり、別人であるかのように、顔がぱっと明るくなる。

つまりは、彼女が一人の女であることを、女性らしい魅力ではなく、いま、目に焼き付けられたその女としての新たな姿で自分自身に観念付けることもまた興のわくことだったようであり……。

そして揚げ句の果てには（いくら夢中になっていたとはいえ）、出し抜けに口をついて出た言葉というのが、

「澄子さんは、女だったんだよな」

であり、そうでなくとも物音ひとつせずに静まり返っていた室内で、誰もが驚き、それぞれが顔を上げては大永に視線が集まる。

主に営業事務を担当している左側の朴《パク》、編集担当の右側の金《キム》、二人とも大永の言葉を思い返しては、居眠りして寝言でも言ったのだろうかと、おのおのにやにやする。

澄子は思わず、

「まあ……」

と声に出し、あきれたように大永を、自分の言葉に気まずそうに照れ笑いするその男の顔を凝視する。

大永とすれば、このみっともない体《てい》をすぐにでもハハハと笑ってごまかしてもよさそうなものだが。

澄子はしばらくの間、じっと目を離さずにいるのだが、やがて男のその微妙な秘め事を、ともすると見抜いたかのように口元にうっすら笑みが浮かぶのを取り繕い、何事もなかったかのように再び本に視線を戻す。

ついに、だ。照れくさいのもあったが、ようやく自分自身を完全に客観視した瞬間、大永は、即座に顔つきは嘲弄《ちょうろう》するかのように、ふんと鼻で笑ってみせ、やがて投げやりにマッチをすり、先ほどから口にくわえていた煙草に大仰に火をつけながら、椅子ごと腰をぐっと反らし、天井に向けて煙をもくもくと吐き出すのである。

女に対してそのような、いつの間にか奇妙な興味をのぞかせている自分自身を発見すると、まず自嘲《じちょう》が先立つのも彼としてはある面、頷けるのであった。

そして男はひとり、心の中でつぶやく。

「……古びた暦が……！　ふん！」

古びた暦というのは、大永自身が自分をあざ笑って表現する、彼の新たな語彙だった。

実に大永自身が古びた暦であるならば、その古びた暦が公然と気象を語り、季節を告げ、つまり色事うんぬんという積極的な「生活」を送るというのは、まことに冷笑と憫笑《びんしょう》の対象以外の何ものでもなかった。

だからといって、いかんせん、ひとたび起きてしまった事実に対し、あえて努めて排斥するだの、必死に拒否するだの、清廉を気取るというような積極的な意思もまたなかった。

それがいわば、古びた暦の、結局、古びた暦たるゆえんであり、だからこそ彼は最後に、

「ちぇっ！　どうしろってんだ！」

「なんたって古びた暦なんだから！」

と、いとも簡単に片づけてしまうことができた。


大永は姿勢を戻し、校正の赤字を見るのだが、どうも女のことが気になり、仕事に集中できなかった。

すると右にいる金が突然大きな声で、

「뚤《トゥル》、뚤《トゥル》……ったく、このぉ……！」

と、苛立った様子でぶつぶつ、

「……まったく、これでも文字か……！　サンティグッ［ㄸ］にリウル［ㄹ］、その横っ面にㅎ《ヒウッ》、なんて厄介なんだ！」

「……でしょう？　文さん……」

と話しかける。

「うん？」

「うちも、ですよ？　うちも春秋社式のハングルをつくってですよ、この凶悪な틇の字、끓《クン》の字みたいな怪物まがいのもんをボイコットしようじゃないですか」

「ううむ……」

大永は気のない返事をするのだが、ちょうど金と向かい合わせで座っている朴が口を挟み、

「おい！　そんなことでけるもんか！」

と金の意見に反対する。

金はからかってへらへら、

「なしてでけねぇんだ？」

と朴の嶺南《ヨンナム》［慶尚南北道（キョンサン）〔ナムブクド〕地方のこと］訛りを全羅道《チョルラド》のアクセントで真似をする。

朴はしかしそんなことにはかまわず、すっかり腹を立てて、

「だめに決まってるべ……、そんなもん」

と食って掛かり、金も負けじと、

「できないこともねえだろうが、けっ……」

と二人で声を荒げる。

この二人はどちらも熱心な文学青年だったが、朴は体格もすっきりした小柄で学者肌のきれいな顔立ちで、一方の金は図体がでかく、顔もぼこぼこの粗雑なつくりで、外見がそれぞれ違うように、性格も一人は内気で消極的だが正確で現実的であり、一人はがさつで暴れん坊のようで、積極的で独断的なところがあり、まったく正反対であった。

そのせいで二人は事あるごとに意見がぶつかり、顔を合わせては衝突していた。

「おい、あんな……」

朴は仕事の手を止めてテーブル越しに体を乗り出しながら歯向かう。

「……ホングル［ハングル］統一案［一九三三年に制定された朝鮮語の正書法で、正式名称は朝鮮語綴字法統一案。これが現代のハングルの基礎になっている］にしたって、先輩たちが長い間ずいぶん苦労して努力したから、なんとか統一したんでねえか」

「だからどうした？」

金も顎を突き上げて対抗する。

「……そんなことわかってら……。おれだって彼らの誠意だけは高く買うし、敬意だって払ってるさ。統一案の大部分は支持もする……だが不便なのはどうする」

「辛抱しろ！」

「無理にか？」

「秩序のために辛抱せんか！」

「秩序とはずいぶん大袈裟だな」

「大袈裟だと？」

「秩序ってなんだいったい」

「秩序じゃなきゃなんだ……？　ホングル統一案が……」

「ホングルってなんだ、ホングルって……ハングル信奉者がそんな発音でいいのか？」

「そんなん関係ねえべ……つまりだ、ホングル統一案がそう制定されたから、いまおれたちみんなこうして使ってるんでねえか？　だから……」

「どこがみんなだ？　第一、新聞社だって、三社ある新聞のうち、一社だってまともに使ってるか？」

「そりゃ、また別だべ……！　新聞社もホングル統一案を支持はするが、活字がそろってないんだべ。そのうち新聞社だって統一案に統一されんだろうよ」

「無駄だむだ……！　統一案だかなんだか知らんが、この不合理な代物をなんだってそんなに追従する……？　不合理でも便利ならまた別だ！　だがな、不合理で不便ときたら、直さない手はねえだろ！」

「不合理だと言うがな……実際には不合理でもねえが、例え不合理だとしても……それが秩序ってもんでねえんか？　じゃろ……？　ちょっと不便で不合理だからって、すでに一般的に使われてるっちゅうなら、しばらくは辛抱して使ってて、そのうち情勢に合わせて改良すりゃいい、ちっと使いづらいからって朝直し、またちっと不合理だっつって夜直し、そんなんでいつんなったら完成する。使わされてる民もたまったもんでねえ」

「未完成で満足するのは賤民根性ってもんさ！」

「この世に完成なんてのがどこにある？　歴史は前に進み、制度はその都度その都度つくられるもんだべ……」

「情けない現状維持主義者よ……！　やってらんねえから、とっとと仕事でもしろ！」

「ハッハッハ……！　ヒットラーの悪事の真似事か……この凶悪な破壊主義者め！」

「ホッホッホッホ！」

「ハッハッハッハ！」

二人はひとしきり論争すると、見る者もつられて笑ってしまうような愉快な笑いで結び、にこにこ、やがてまた仕事に専念する。

性格や主張といったものが違うとはいえ、功利的な衝突が生まれる世界でない以上、また、二人とも学者肌で善良なので感情的な葛藤は生まれえないため、二人のけんかはいつだってただの頭の体操に過ぎず、後腐れなくすっきりしている。

澄子は二人のけんか腰のやりとりを目の当たりにすると好奇心いっぱいの顔で、言葉はまったく聞き取れないのだが、雰囲気だけでも理解して味わってみたそうな、そんな熱心な顔つきで二人を見守り、やがて、最後の二人の快活な笑いにつられてにっこり笑うのである。

大永はまた大永で、初めから二人の様子を笑みを浮かべながら面白そうに見物していたのだが、最後にはみんなのように明朗になることができず、顔が曇る。

若い二人の威勢の良さに対する感心というのか、羨望というのか、また自分とは対照的な乖離《かいり》を感じてというのか……。

そもそも、二人がお互いに言い張りこだわっている主張、つまり朴の秩序のための既成の肯定であったり、また金の完成を前提にした不合理の批正《ひせい》というのは、結局はどちらもある一つの常識的な世界との妥協という点では一致しえるもので、つまるところ、どちらも相克するほどかけ離れたものではなく、二人が主張する内容や理論はこれといって目新しくも、崇めるべきものでもない。

したがって、もし彼が朴や金と付き合いがなく、二人に人間的な友情を感じることもなく、また、どこか別の席で見ず知らずの、あるいは普段から軽蔑していた（例えばキム・ジョンホのような）若者たちが先ほどのようなくだらない主張を、いかにも一大事であるかのように言い張る様子を見せられたとしたら、彼は間違いなく、

「ふんっ！　賤民どもが……！　最近の若いやつらときたら、こんなことで騒いでるのか？」

と口を尖らせていたはずだ。

つまり、彼は死んでもそのようなくだらない内容で、にさんがろく（二×三＝六）ほどのありふれた理論がうらやましいわけではなかった。

しかし彼ら朴や金はそれぞれ、良し悪しは別として、また人からどう言われようと、自分自身の現実を（大きくは世界を）きちんと把握し、把握しているその現実、その世界の維持のため、あるいはよりよい発展のために絶えず、内面では探索を、外部には堂々と主張をする気概が、生き生きとした気概が彼らにはあるのだった。

そしてそうした現実と一致する信念と生活の並行……、それこそが貧しくはあれ、若さの覇気であり、生きた情熱なのだった。

それに比べて大永は、みずからおのれを振り返ると、仮に彼らが勤倹で実直な小商人だとしたら、大永自身は「歪な廃屋で独り暮らす」没落貴族の身といったところだった。世代のルンペン、つまり乞食……。

朴のように肯定する現実や世界を持っていないのは言うまでもなく、一から十まですべてを批正するものの、かといって金のように現実的なこの地球のための批正ではなく、火星を欲望する批正であるから、人間世界では受け入れられがたい「幽霊否定」といったわけである。

彼の信念は、それこそ傲慢で燦然《さんぜん》たるもの！

しかしいくら山を揺るがさんとする信念であっても、大地の現実を踏みしめて立ち上がれなければ、つまり生活が立ち行かなければ、それは結局はよその家の食客《しょっかく》であり、乞食に過ぎないもの……。

　つまりは、左右からは風の音がびゅうびゅう聞こえてくるほど現実は荒々しいが、目の前を見ると灰色の霧が立ち込め、背後にただ、時代遅れの古城がみすぼらしく佇むばかり……。

　大永は気持ちのやり場が見つからず陰鬱《いんうつ》な気分で、わざと周囲を驚かすように、手にしていたペンを校正紙の上にバンと叩きつけ、突然立ち上がったかと思うと澄子の前に歩み寄る。

「出掛けましょうか？　街へでも……」

　澄子は本から顔を上げ、目の前に立ちふさがる大永をじっと見上げる。

「もう……？　よろしいんですの？」

　と言いながら袖口をまくり腕時計に目を落とす。

「あら、もう」

　大永は女と並んで座り、自分も向かいの壁の電気時計を見上げる。

　四時とちょうど半。

　澄子は読んでいたページを折り、本を閉じると再び顔を向ける。

　化粧のにおいがうっすらして心地よい。大永は先ほどからの陰鬱な気分を引きずりつつ、お門違いに、

「畜生、どうとでもなれ！」

　という気持ちでわざわざ女の前に突き進んだのであり、また、向かいの席があるにもかかわらず、横に並んで必要以上に接近したことに、自ら素直に笑うべきか、

「ふん！」

と鼻であざ笑うべきか、自分でもさっぱり判断がつかなかった。

「ところで……」

大永はひとり言でも言うかのように、女の意向を聞く。

「……どこをご案内しましょう？」

女はしかし、しばし前を向いたままで、

「その……！　わたくしね……」

と言い、具体的に話をしようとする。

「……わたくしを、その、なにもお客扱いなさらないでください。ただの……なんと言えばいいのかしら」

「仲間？　友人？」

「仲間や友人として見てくださるのもいいのですが、仲間や友人もやはりお客さん扱いされることもあるでしょうし、そうでない場合もあるでしょうし、ね？」

「つまり、家族のようにってことですね？」

「そう、それですわ！」

女はすっきりとした顔をしてうれしそうに笑う。

「家族のように……、客人とはお思いにならずに……」

「家族のように……！　客人とは思わず！」

「無理かしら？」

「賛成ですとも！」

大永は自分だけに言ったのだと思いそう返事をした。しかし……

　女はうれしそうに頷き、

「ありがとうございます！」

　と言って後を続け、

「……それから、これもまた……例えば、ここ、春秋社の方も、わたくしが来たからといって、わざわざお時間を割いて応対してくださって、どこか案内でもしないと……などと頭を悩ませたり、それこそがお客であることが頭から離れていないからですわよね……？　特に女で、エトランゼだからと気を使ってくださり、それではわたくしはいつまでたってもただの客人で、エトランゼのままの存在でしかいられませんわ、そうじゃありませんか？」

「で？」

「ですから、この京城《けいじょう》［現在のソウル］にいらっしゃる、いつもお付き合いしているお仲間のうちのどなたかがちょっと寄って顔を出したときのように、何気なく、いつものことのように、ね？」

「それで？」

「そうしてくだされば、まずわたくしの気が楽ですし……、皆さんが皆さんの日常的な生活にわたくしを気楽に迎えてくださるのであれば、その間、わたくしはこの朝鮮というところを体感できるでしょうし……」

「朝鮮というところを体感して……！　体感してどうするんです？」

　大永は話の弾みで聞いておきながら、身勝手なような、意地悪なような気がして心の中では決まり悪かった。

「べつにありませんわ！　ただ、そうしたら安心して暮らせるのではないかと思っただけですの……」

「ようくわかりました！　精一杯努力してさしあげましょう……しかし……」

「でもわたくしも……」

「しかしですよ、いったいどれだけの人間がその気持ちを正しく理解し、その気持ちに添えるのか、それは疑問ですがね」

「それはたったのお一人でも、お二人でもかまいませんの、それに、文学や芸術方面に携わってらっしゃる方なら比較的……」

「キム・ジョンホ君を介して何人も紹介されたでしょう？」

「みんな忘れてしまいましたわ！」

女は口元を緩め（何か思惑がありそうな）笑顔になり、続けて、

「……映画関係者は根こそぎ紹介してもらったようです。それに劇団にいらっしゃる方も……、あ、文芸峰《ムンイェボン》［当時、銀幕のシンデレラと呼ばれたスター女優］！　映画で見るよりも物静かで素敵でしたわ」

「それから？　映画関係者や劇団の人間以外は？」

「新聞記者さんを二人……、それから美術をされているとかの、ナムさんて方……」

「いい人だ……！　ところで、キム・ジョンホ君はもともと知り合いだったのですか？」

「松竹に知り合いがいまして、不慣れな所で心配だと言うと……、ほかにも東京にいる朝鮮の方を知っている人がいるにはいたのですが……」

大永は、キム・ジョンホとの縁はやはり予想通り、そんなものだったろうとうなずき、女は少し

間を置いて、

「ところで、先ほど……」

と声を落とす。

「……あちらの向かい合わせのお二人、おそらく何か論争されていらしたのでしょう？」

「ええまあ……それが何か？」

「そうだとは思ったのですが、なにせ言葉が聞き取れなかったもので……！　でもなんとなくですが、**気持ち**だけは伝わってくるような気がしてうれしかったです！」

ちょうどそのとき、小僧が電話を取ると、大永を呼ぶ。

大永は素っ気なく、

「はい」

と電話に出ると、義母が、電話機がふっ飛びそうな勢いで、

「大永かぁー？」

とそれこそがなり立てる。

大永は、家で妻が出産したか、あるいは何か事故でも起きたのかと思いながら、もう一度、

「はい！」

と言うと、電話越しにもう一度、

「大永かぁー？」

とまたも大声を上げる。

「ええ、大永ですって！」

「ああ……！　あんなぁ、ええから急いで来んかい！」

「どうかしました？」

「どうもこうも、ええから来んかい！」

「行くにしたって、理由ぐらい聞いておかないと！」

「いけね、そうだったそうだった！　へへへへ……！　子どもが産まれたんだよ！　赤ん坊が……」

「そうですか！」

大永は産まれたというその赤子とともに横になっている妻の姿が思い浮かぶだけで、淡々とし、これといって特別な感想は浮かばなかった。これで自分も父親になったという思いすら……。

「とにかく、すぐ来るんだよ！」

義母は電話の先で再三、催促する。

「わかりました……、産婆は来たんですか？」

「ああ、来たことは来たけど、なんてこたあない。あの子ひとりですうっと産んじまったさ！　へへへへ！　あ、そんで女子《おなご》だ、女子。へへへへ……！　ま、女子でもしゃあないな！　ほんなら電話切って、さっさと来るんじゃよ！　電車乗ってバス乗ってなんてやっとったら一時間はかかるけん、車できんしゃい！」

大永は、一人娘のうえに初孫だから、確かにうれしいだろうが、とにかくこれほどせっかちでそそっかしい義母からよくもあれほどしっかり者でおとなしい娘が産まれたもんで、しかもどうやって育てたのか不思議なもんだ、と思いつつ電話を切って振り向くと、朴と金がにこにこ顔で待ち構

えていて、

「産まれましたか？」

「産まれたんですか？」

　と同時に聞いてくる。

「ああ！　産まれたそうだ」

「では、すぐ行かないと！」

「どこに……。ゆっくり行けばいいさ……」

「いや、でも！」

「あ、ところで……」

　金が急に思い出したように、

「……どっちです？　男？　女？」

「女というのはそもそも意地の悪いもので、どうせなら自分と似たようなものをこしらえようとするものさ！」

「娘ですか！　なあんだ、ちぇっ！」

　朴は残念がり、金はこぶしで手のひらを打ちながら、

「ああ、あ……！　文さんに息子ができたら豪勢にごちそうしてもらおうと思ってたんだがな……」

「がっかりしなさんな！　育てるには娘のほうがかわいいって言うでねえですか？　それに……」

「かわいい？」

大永はひとりごちながら、ようやく、自分も一人の人間の父親であることを思い、ぽつねんと、窓の外に目をやる。

朴は言おうとしていたことを続けて、

「……それに、ひょっとしたらキュリー夫人のように偉大な娘になるかもしれねえし」

と言うと、ハハハと笑う。

「キュリー夫人？　そうだな！」

金が朴の言葉を受けてひとまず同意するのだが、首をひねり、

「……けど、キュリー夫人は栄光と言っちゃ栄光だが、幸福とは言えんだろ！」

「なんだって！　栄光ってことは幸福でねえか」

「死ぬほど苦労するだけしたのが幸福って言えんのか？」

「苦労の代償が栄光で、栄光ってのは幸福でないんか？」

「栄光ったって、栄光の裏でうまみを丸取りすんのは実際には世間で、その当事者じゃねえ……！いまラジウムの恩恵を受けてるのは誰だ！」

「ああそうさ……！　その恩恵の代わりに世間はキュリー夫人に尊敬と感謝を永久に捧げてるんでねえか。じゃけんその栄光は幸福じゃろ」

「こ〜の唐変木《とうへんぼく》め！　いったい幸福というのは、幸福の主体が誰だと思ってるんだ。当事者が感じなくても幸せか……？　体が壊れるほど苦労した後で、墓の前の冷たい記念碑が幸福と言えんのか？」

「だったら、なんにもせずに遊んで暮らすのが一番の幸せってか？」

「幸福と栄光は違いますっ！　このわからずやめ……」

「それは凶悪な物質主義者の詭弁じゃ！」

「人に死ぬほど苦労させておいて、栄光イコール幸福だなんて言うのは無謀な賛辞さ！　残酷だってんだ！」

大永はそのとき、ようやくこちらに体を向け、ひとり言のように、

「ふむ！　幸福か……？　栄光とは？　わが子とは？　愛情とは？」

と言いながら、おのずと首をこくりこくり、

「とにかく、人の親になれば、それぞれがわが子の幸せというものを願うのが世の常だというなら……だとしたら、おれはむしろ娘で安心だ！　いまはまだ実感がわかんからよくわからないが……」

「なぜです？」

「女というのは男と違って、普通……」

大永はそう答えながら、澄子と目が合う。

澄子はこれまでの三人の激しいやり取りを、どういうことかとひとり好奇の目で見守っていた。

大永はいましがた、女というのは男よりは不幸ではないかもしれない、と言おうとし、その理由を説明しようとしたのだが、そのいい証拠がまさに彼女のような気がして、思わず口をつぐんでしまう。

すると大声で、

「澄子さん？」

と呼び、彼女の前へと歩いていく。

女はまっすぐ見据え、目で答えると、

「……だいたい、この世で、男と女だったら、どちらがより不幸だと思いますか？」

「不幸、ですって？　どちらが、ですか？」

女は長い間、目をぱちくりさせながら考えると、

「……そうですね……ところで、量なのかしら？　質としてなのかしら？」

と聞き返す。

「量か、質か……？　ですが、質であれば、女は男ほど大きく深刻な苦痛や不幸を経験しますかね？」

「まあ！」

「ハハ……！　女は何かっていうとよく泣きますからね、量では勝るかも？」

「幸か不幸かは、結局は主観的なものではないかしら？」

「そうかもしれませんが……」

「女性は特に主観的なものですから……」

「その代わり、男ほどは時流に左右されないのでは！」

「またその代わり、弱くて見くびられるのでよくいじめられますわ」

「強いでしょう？　堂々と……」

「強ければ、いまのお話だと男の人のように時流に左右されるはずですわよ！」

「ほほう！　そうなってしまうか！」

大永はやにわに身を翻し、

「……とにかく、今日は街にでも繰り出しましょう！」

そう言うと、衣紋掛けから帽子と外套をはずして身にまとう。

澄子を後ろに従えてエレベーターを降りると、ちょうど駆け込んできたピョンスに出くわす。

「あ、兄貴《ヒョンニム》！」

地位としては社主だが、それとは別に、同郷であり歳が四、五歳下で、尊敬もしているので彼は大永を兄貴と呼ぶ。

悩みなどなく、自由な家庭で生活もまた裕福なので常に明朗ではあるが、今日は一段と、何かいいことでもあったのか、終始笑顔で、

「……出掛けるんですか？」

と聞き、こちらが答える前に（案の定）

「……今日は、広告をせっついて、全面広告五ページ分も取ってきたさ！」

とうれしそうに目で笑う。

「ほう！　それはでかしたな！　新米の広告外交員が……」

「ハハハハ……！　おれ様がこうまでしてるのに、やつらがのまない手はないでしょう？　今後のこともあるからな」

「おい、だからって春秋社は社長が広告募集に走ってるって噂になったらどうする」

「ハハハハハ！　あれだ、社長兼、広告外交員兼、それと小使いもか？　ハハハハ！　どうってことないさ……！　ところで、まだ間に合うかな？」

「じゅうぶんさ……！　上に行って朴君に伝えてくれ！」

「では、失礼……」

「じゃ……」

一言ずつ言葉を交わすが、すれ違いざまに
「あ、兄貴！」

と再び呼び止める。

大永が振り返ると、ピョンスは何やら腹づもりがあるようで大永の顔をじっと見ながら、

「今晩、一杯どうです？」

「酒？」

「忘年会しましょうよ」

「忘年会は新年号が校了してから社で主催しようじゃないか」

「じゃ、二人だけで軽くってのは、あとで……」

「いや」

「どうして……？　醜態見せたくないから？　慟哭もいいじゃないか」

「おいおい！」

「いいじゃないか、兄貴！」

「結構だ！」

「兄貴は酒でも飲んで、号泣でもしたほうがまだましですよ！　そうやってしかめっ面でいるよりはね……」

「……」

「そんな顔してないで、元気出してくださいよ！」

「……」

「ほら、最近めっきり浮かない顔してるじゃないですか。夕飯は食べさせてもらってるでしょうし、姑さんじゃあるまいし……」

「いいから行ってくれ！」

大永は背を向けて階段を下るが、ピョンスはめげずに、

「あとでどこか行く予定は？」

「知らん！」

「家に帰るぐらいでしょう、じゃ……、車回すんで、そしたら出てきてくださいよ！」

「家に帰るのは夜遅くなる……」

澄子は通りに出て隅の方で待っていた。

そろそろ五時、日の短い冬の午後、空はいまにも雪片でもひらひらと舞い降りてきそうな鉛色に染まり、一段と冷え冷えと感じる。夕暮れ時、そのうえ年末ときているからか、街はいつも以上に忙しなく気が遠くなりそうなほどごった返している。

「これは失礼」

大永は澄子と並んで交差点の方に歩きながら、

「……さっきの男がうちの社の主《あるじ》です」

「社の主？」

「社の主と言うと、最初は聞き慣れないかもしれませんが、社長とはまた少し違うもんで……」

「お若いようでしたけど……？　あの方も文学を……？」

「いえいえ」

「それなのに……！　お聞きしたところ、いつも赤字だとか？」

「だからありがたいですよ……！　朝鮮では彼のような損得抜きのパトロンでもいなければ、雑誌ひとつまともに出せないのですからね……！　ふん！　情けない！」

「どうせなら、商売をするというより、むしろそのほうが楽しくありませんか？　売るのではなく捧げる……捧げるという言葉が牧師さんの教えのようで不快でしたら、みんなで一緒に楽しむというか……」

「それはそうでしょうけど！　わたしもかつてはそれを楽しんでいたこともありましたが……」

　大永はなぜ、これまでただの一度も心を開いて、友人や、いかなる人間にも語ったことのないこんな心境を、出会って間もない、また路傍の人に過ぎぬやもしれぬこの女に打ち明けてしまったのか、自分自身にもわからないのであった。

　しかしその一方で、そうはいってもなぜかそのことに違和感を覚えず、また無意味なことのようにも感じられず、次第に饒舌になっていくのだった。

「文学やら雑誌やら、文学をすること自体、いまではまったく興味を覚えず、だから楽しくもなんともない、ふん」

　女は顔を向けて、うつむき加減の大永の顔をじっと見つめ、何度も見つめながらついて行く。

「……文学が楽しかったし、自分の文学を理解してくれる人々と分かち合うということが自慢でもあり、当然、やりがいも感じた……そうしてる間に文学は厳粛になり、自分という人生以上に大切なようにも感じられ……そんなものがいまや！」

大永は浅いため息をもらし、無言で歩くがまたすぐに言葉を継ぐ。

「……一言で言って、生活を失ったのさ……！　一朝にして生活を失ってしまってからは、文学というのはまるで幽霊のようさ！　現実性がなく、まったく無意味で……そんな無意味で無用なのが文学というもので、しかもお荷物にまでなっちまうんだからね……！　そう思うと、人間の習慣ほど愚かでしぶといものはありませんよ……！　きれいさっぱり捨て去るべきだったと思いながらも、それは文学への未練、というよりも、まだ人生への一抹の未練が残っているからなのか……！　まあとにかくですよ……」

大永はやけになったような口調で吐き捨てるように、

「……近ごろじゃ、この地球の塊が破裂しちまいそうなほど、緊迫した状況の中、時速六百キロの戦闘機さながらに勇ましく前進するこのご時勢に、こんな牛車にも及ばない文学なんぞ……！　とてつもないこの現実の片隅だけでも捉え、核心をキャッチできる筋力が備わってないことには！」

四つ角を南に折れ、ちょうど鐘閣《チョンガク》［鐘楼のことで、現在のソウルの鍾路（チョンノ）区にある、朝鮮時代に建立された普信閣（ポシンガク）のこと］の前を通っていた。

埃さえも根こそぎ消滅した時代を、万国博覧会のアフリカ土人館よろしく、あえて目立つようにクローズアップし、この一帯でもっとも著しく反映・生動している当世と肩を並べ、臆することなく共存しているのがこの鐘閣、普信閣《ポシンガク》であった。

この対照が織り成す恨めしくも絶勝の様に、思慮深い他郷の御仁でない限り、つまり当然、ここにそれがあのように存在することを確かに知りながらも、そして一日に一度や二度はこの前を通り過ぎながらも、にもかかわらず、うっかり騙され（本当に騙されて）ついつい目がいってしまうのが、この取るに足らぬ代物だった。

「さあ、あれはどうです？」

大永は顔をじっと向けて鐘閣を差す。女はしかし、うつむいたままで歩くだけ、それには目を向けようとしない。見なくてもわかる、と言いたげな顔だった。

大永はその後を、ひとり言をつぶやくように、

「……古い時代が新たな現代と同居する、あの貧相でみすぼらしい様……！　ふん！　おれだって以前はいまとは違う感情であいつをひどくあざ笑ったもんさ！」

すると女は（鐘閣の前をほとんど通り過ぎると）突然、顔を上げ、何度も後ろを振り返ると、ついには歩みを止めて頷く仕草で大永を呼び止める。

大永は仕方なく二、三歩引き返しながら、いましがた傍白《ぼうはく》したときの憮然とした気分のまま、

「……ただ、ひとえに、信念だけは捨てずにいるから、それだけが慰めとでもいおうものか……！空気だけを吸って生命を維持しながら春を待つ両生類の冬眠のように……」

と言うのを聞いているのかいないのか、女は大永が隣に来て立ち止まるのを待ち、

「そのね、わたくしでしたら」

と言って、女は女で別のことを考える。

「……わたくしがもしも京城市長でしたら……」

「京城は市長ではなく府尹《プユン》［府長］です！」

大永がそう訂正するが、女は頷きもせずに続けて、

「あら、そうでしたか……とにかくです！　わたくしなら、絶対にこれをこのまま放っておくことはせず、すぐにでも崩してしまいますわ！」

不快感をどうすることもできないと言わんばかりの苦りきった顔で背を向けるその姿は、古跡の観光客が見せる好奇の目とはまったく異なるばかりでなく、それによって大永は女のその秘めた反感の実体をたやすく推し量ることができた。

大永はしかしとぼけたように、

「まあ、宝蔵してもいいのだが……」

と言っておもむろにまた先へと進む。

「……絶対にポリティカルな危険性というものはなく……かつて、そのような疑いが多少あった時代ですら度量の広い処分を受けたのだから、それに比べていまはもう……！　まったく善良な官吏の京城市長、市長のほうがいいですな……、そんな京城市長の座について、古跡保存の本義に背いてまで、そんな下手なまねをする必要はまったくないはずですよ……」

女は自分の考えに浸り、聞いてか聞かずか反応がない。

大永はひとまずそこまでにしておき、黙々としばらく歩を進めるのだが、やがて広橋《クァンギョ》「鍾路の交差点から南大門へと続く大通り、清渓川（チョンゲチョン）の上に架かった朝鮮時代の橋」を通り過ぎながら、

「澄子さん？」

と呼ぶ。

女は返事の代わりに顔を上げるような素振りを見せるだけ。

「先ほどの鐘閣、ですがね……」

大永は自分も前を見据えて考えこみ、一言一言、ゆっくりと、

「……あの、みすぼらしい古びた鐘閣が、たとえば鏡だとしたら……その鏡に……鏡に澄子さんの顔が……つまりなんですか、目やにがたっぷりついてて……白粉《おしろい》だのなんだの、染みだらけで……、そんな澄子さん自身の顔が……そっくりそのまま鏡に映されているというのは、どうにも不快なものではないですかね？　めちゃくちゃに壊したくなるほど？」

自信に満ちて、だからこそ断定的に鎌を掛けたのだった。

言い終えると顔を向けるが、女は変わらず前を向いて歩いていた瞳を、頬に男の視線を感じると、その長いまつ毛とともにそっと下に投げやる。

しばらく黙々と歩いていくが、ふと、女は空を見上げて、

「雪でも降りそうですね？」

「雪も結構でしょう！　こんなときは……」

それからまた二人とも黙り込むが、

「文《ぶん》さん？」

「はい！」

「そのう、以前は……そちらでは、××を阿片と言いましたわね？」［××は社会主義と思われる］

「え、ええ！」

「いまはですよ……他人を阿片呼ばわりしていた自分が阿片になってしまったのでしょうね！」

「自分が！」

「少なくともわたくしには……」

「……」

「……」

「澄子さん？」

「はい？」

「澄子さんは今年おいくつで？」

「三……」

「二十三！　ううむ……！　まだお若い……！　というより幼い！」

「……」

「……」

「文さんは？　今年……」

「わたしも三……」

「男性の三十三でしたら、これからが一番……」

「いや！　いつの間に……！　考えてみると、いったい三十三年もの間、どう生きてきたんだか……！　近ごろじゃ、毎日が退屈で！」

「映画で観たり、物語や本で見るかぎりではとてもロマンチックでしたのに、あの白衣《びゃくえ》「朝鮮では古くから白い着物を着ることを好み、白衣民族とも言われるが、日本の植民地下では抗日精神の象徴とされていた」、なぜこれほど、どうしようもないほど気掛かりに映るのでしょう？」

　藪から棒に、調子はずれなことを言い出すというのは、気を許し、気持ちが入り乱れていることの表れだったはずだ。

「文さんも白衣が気掛かりかしら？」

「わたしは澄子さんのようなノスタルジアはありませんからね……その代わり、根こそぎぶん殴ってやりたいもんだ！」

「なんとおっしゃいながら？」

「寝ぼけ眼《まなこ》で街を闊歩されちゃ、都市の美観を損なうのはおろか、交通の妨げになりゃしないかってね……」

「人にばかり？　ご自分こそどうなのです？」

「確かに！」

「……」

「……」

「手放すつもりで来ましたのに……！　とにかく生活して変えて、阿片など捨ててしまうつもりで来ましたのに……」

「信念のせいでしょう！」

「そんなもの、とうの昔に失いましたわ……」

「それでしたら……いまこそ卒業の適齢期では……」

「……なんの使い道もない屑を……」

「……どう見ても、環境は何不自由なかったようですし……」

「……毒というものがこれほど根深いものだったなんて！」

「……また、澄子さんは血筋がそもそも……」

こうして二人は完全に十年来の仲のように、まったく隔たりがなく、また少しも不自然さを感じさせないのであった。

4

明治町《ミョンチ》［現在の明洞（ミョンドン）］のとば口にある茶房に入って喉を潤すついでに軽い夕食を済ませ、続いて映画を観た。

大永《デヨン》は日ごろ、生き生きした戦線のニュース映画を好み、併映されるクラウスの『ブルグ劇場』［ヴィリ・フォルスト監督のドイツ映画。主演はヴェルナー・クラウス。一九三六年製作］が近来まれに見る映画らしい映画なので適していた。

入れ替え前の約三十分、ラストを先に見たのでおよそ九時半ごろには劇場を出た。

大粒ではないが雪がだいぶ降りしきり、すでに地面にはうっすら積もっていた。

雪が降り、まだ宵の口でもあり、あてどない心の二人だけに、あてどなく歩き始めた。

劇場を出ると出入り口の前で一瞬思案して、

「これからどうしましょうか？」

「歩きません？」

「ふむ、お好きに……」

と言うだけで、もはや建前など必要ではなかった。

カトリック聖堂の暗い坂道をほとんど上りきったところでだった。

「人生が豊かですって？」

ふと思い浮かんだかのように、澄子がようやく言葉を発し、先ほどの『ブルグ劇場』のダイアログを口にしたのだった。

「こちとら単調で死にそうだというのに」

大永がそうつなぐと、女が再び、

「まったくですわ……」

と言って、またしばらくすると、

「……けれど、よくよく考えてみると、生活の魅力というのは、とても大きな力になるのですね」

「生活の？　魅力が？」

「良かれ悪しかれ自分の生活……ある徹底した信念を持って身も心もすべてそれに注ぎ、余念のない本気の生活、そんな生活は悲劇的であっても美しいのではないかしら……ですから羨ましいですわ……」

「羨ましい……」

「生活そのものが羨ましいのではなく。そうまで生活できるという、なんて言うのか、態度というべきかしら、それが羨ましいのです。『ブルグ劇場』を観ていて、そんなことを思いましたの」

「一種の観劇心理じゃあないかな？」

「そうかもしれないですわね……とにかく、あんなふうに一生涯、誰もが経験するような恋愛すらまったく縁がなく、お芝居一筋で誠心誠意生活して……それでいてたまの失敗に悲観して気をもみ、さらに努力を重ね……、すっかり年老いてようやく、他に想い人のいる幼い娘に片思いなんてして愚弄され、思い煩い、アイゴー、目の前でバーンと扉が閉じられてしまってから、深いため息をつく様子ときたら……頬を叩いたのは偽善や戒めではなく、心から沸き上がる憎悪でしょうね？」

「リアルでしたな」

「そんなふうにどれも深刻で、だからどれ一つとっても隙がなく、生活と主体が取っ組み合って闘っているではありませんか？　確かに悲痛ではありますが……」

「澄子さんがもしあの人だったとしたら？」

「何もない、いまのこの状態よりよっぽどましですわ」

「実は先ほど、社でもあの若い二人が、それと似たようなことで言い争いになったのですがね……キュリー夫人、キュリー夫人と連発してましたよね」

「ええ、ええ……！　それで？」

「キュリー夫人の栄光が幸せなのか、幸せじゃないのか、それは……」

「なるほど！」

「で、澄子さんもそう言ってたじゃないですか。幸か不幸かというのは、結局のところ主観の問題だと……まあ、澄子さんはどうかわかりませんが！　こちらよりはましだから……しかし、こちらのような人間の生活を美とみなす人もいるかもしれないですよね？　あたかも若い娘を醜く描いたところ、いわゆる芸術的な美を発見してみたり、ゾラのような自然主義作家が人生の恥部や暗黒の部分を描写したものに、いわゆる文学的美を発見するというのと同様に、病的な退廃の美というものを！」

　話をしながらいつの間にかたどり着いていたのが、電車の走る黄金町《ファングム》「現在の乙支路（ウルチロ）」の大通りだった。

　雪は本降りになり、二人の髪や外套にもとどまり、街を白銀に染める。

「この辺で戻るとしましょう。ご自宅までお送りしますよ……」

　大永は交差点に向かい、女は物足りなそうに一瞬ためらうが、やがて後を追う。

「……雪も降っていい晩ではありますが、夜通し歩くほど風情のある街でもありませんからね」

　そう言い聞かせるように言ったものの、大永自身も無言で歩く足音だけが響く人けの少ない歩道を女とともに、そこはかとなく愁いを漂わせるこの女とともに雪に降られ、雪を踏みしめながら街を行く情緒というのは、決して名残惜しさを抱かせないわけではなかった。

　府庁前に差し掛かろうとするころ、女が、

「文《ぶん》さん、お酒は召し上がりますでしょう？」

　と聞く。

「ええまあ、強くはありませんがね……」

「飲みましょうか？」

「飲みますか？」

「お酒の味ってどんなですの？」

「苦くて……」

「それから？」

「刺激的で……」

「それで？」

「胃が痛み、心臓が膨らんで……」

「それと？」

「麻酔が効いて……」

「それだけ？」

「誇大妄想が始まって、反対に正直になったりもして……」

「それから？」

「神経の一部はむしろ興奮して動物的に凶暴にもなって……」

「お酒と煙草は心配事を忘れさせてくれるって言いますでしょう？」

「いくらかは……苦痛や心配を忘れるためとか、怒りのせいと言っては酒を飲むものですが、しかしそんなのは言い訳で、実際のところは一種の腹いせですよ。主人にとっちめられた僕《しもべ》がよそのうちの犬を足蹴にする、そんな心理に似てるというか……」

「わたくし奴《め》はこう見えましてもお酒に煙草はこれまで経験がございませんの。母も父も古い人で厳しかったもので……」

　府庁の向かいの古い茶房に入ると、ちょうど隅の席が空いていて、向かい合わせに座ることにした。

　せっかくだからアブサンにしようかとも思ったが、あまりにきついだろうと思い、ウィスキーを頼んだ。

　ボーイが、常連の大永をよく知る男なのでにやっとしながら、小さなグラスに瑪瑙《めのう》のような黄色い液体をなみなみと一杯ずつ注ぐと、瓶ごと置いて下がる。

ラベルにはシンプルな白馬が描かれているが、中身は明日の朝、頭痛をもたらすサントリーであろうことぐらい覚悟のうえ。

　大永はグラスを手に取り飲み干すと、

「こうして飲むんですよ」

　と言いながら、一緒に出された冷水で口をすすぐ。

　酒を飲むのではなく、酒の飲み方を教えているところなので、まずは模範を見せるより仕方ない。

　女はグラスを唇に当て、舌の先にほんの少しだけ浸して味を見ると、眉間に皺を寄せてグラスをテーブルに戻す。

　大永は笑いながらその様子を見て、手酌でもう一杯注いで飲む。

　女は羨ましそうに、今度は一口飲むような仕草を見せるが、顔中を歪め、グラスの代わりにハンカチで慌てて口元を覆う。

　吐き出したようで、冷水をつかんで口をゆすぐと、

「なんて味なの……」

「それが酒の味ってもんですよ」

　大永は相好《そうごう》を崩しながら三杯目を口にする。

「どうしてそんなによく飲めるのです！　なんでもないのですか？」

「まあ見ててご覧なさい」

「きつくありません？」

「いいや……」

「苦くも？」

「いいや……」

女は心配そうに顔を歪めたままだが、やがて笑顔を見せながら、

「ああ、飲んでみたいわ……お酒ってどれもこんなに野蛮な味がするのです？」

と聞く。

「野蛮ですか。そうだな……！　そりゃ文明的な酒だってありますよ」

「でしたら、それを……」

「しかしそんなのは酒とは言えんのだがね……」

大永はペパーミントが思い浮かんだが、人前で飲むには気が引け、キュラソーはまた切らしているということで、仕方なく葡萄酒を持ってこさせた。

「どれどれ」

女は鮮血で染まったような美しいグラスを持ち上げ、先ほどひどい目に遭わされたこともあり、慎重に味を見るが、やがてにっこり笑顔を見せながら一口、ついにはごくごく飲み干してしまう。

「……こんなにおいしいものを！　初めにくださらないなんて！」

「酒のうちに入らないのに？」

「それでも刺激的ですわよ？　多少……」

「そうかい？　初めてだから、ま、そのくらいでいいのかもしれないな」

女は酒を注いでまた飲む。それから続けて三杯。

「このお酒、瓶ごと買っていきたいわ」

「若いお嬢さんがなんてこった」

「どうにもくるった時計ですもの！」

「くるった時計か、それもいいな……わたしは古びた暦だし……」

「古びた暦……？　はて……？　古びた暦……？　くるった時計よりもよっぽど言い得てますわね？」

　弱いとはいえ、やはり酒は酒、それに飲んだこともない臓腑なだけに、立て続けに三杯も飲み干すと、目の周りが赤くなり、頬も火照《ほて》り、息苦しいようだ。

　大永は続けて五、六杯ほど傾けた酒がちょうど彼の酒量に合い、言うならば、饒舌になるのにちょうどいい量だった。

「さ、行きましょう」

　酒のマナーを知る由もなし、自分のやりたいことはやったといわんばかりに女はいきなり立ち上がり、カウンターへそろりそろりと進む。

　勘定をさせないために後を追うと、金を出しながら葡萄酒を買っていきたいと交渉中。

　他の店に行って買ってやるからとなだめ、店を出ると、雪は先ほどよりもずっと激しく、街中が雪景色だ。

　ふらつくのか、女は腕にしがみつくように体を寄せてついてきて、

「街を、も少し歩きましょう、ね？」

　とせがむ。

「家にお帰りなさい」

「お嫌？」

「東京とは違って、夜更けに男女二人で歩いていると、警察にしょっぴかれますぞ」

「だからどうしたというのです……」

「つまらないことで難癖つけられる必要もないでしょう」

「まあ善良なこと！」

「さあ、その代わり葡萄酒を買って差し上げますから」

「このまま……このやるせない心で今晩過ごす自信がありませんの！」

「先ほどのあの、映画の中の生活を客観していたように、できれば澄子さん自身を客観視してごらんなさい。そうすれば少しは気持ちが楽になるはずですよ……傍観できれば……」

「強がっていたくせにとお笑いになるかもしれませんが、やはり男の人とは違ってセンチになりやすいのが女というものではありませんか？　その上、わたくしはノスタルジアがありますでしょう……人に言われて来たわけではありませんが、このように不案内な夜に不慣れな人々の中では……」

「ではご自宅に行って、澄子さんの気持ちが静まり、眠りにつくまでわたしが話相手になって差し上げましょう」

「そもそも、文さんにだってまったく責任がないわけではないのですから」

「わたしに？　責任が？」

大永は思いを巡らし、あまりに尻が軽いのではないかと思い、そのせいでかえっていささかの幻滅を感じずにはいられなかった。

女はしかし、

「責任と言っては大げさかもしれませんけれど……女というのは、自分をあまりによく理解してくれる男性にはいつも弱いもので、ですから女らしく甘えてみたくなるものなのです、信じる気持ちに受動的な本能で……一歩間違えれば、あらぬところに発展してしまって……」

「その上アルコールが入って余計におかしな気になるのでは？」

「そうかもしれませんわね」

「ですから、金輪際、酒はおよしなさい！」

「文さんとだけにしますわ……どうせ弱みをみせてしまったのですもの。さあ、葡萄酒買ってくださいね、約束しましたでしょう……」


澄子の部屋は、いくつかの棟からなるアパートのうち、一番手前の棟の一番奥にあった。

スチームがほかほかの小さな部屋に、やはり小さなベッドと小ぶりの洋服ダンスは、古びたちゃぶ台とともに部屋に備え付けられていたもののようだが、部屋いっぱいの大きなソファとシルクのクッション、ベッドに敷いてある羽毛布団、向こうにあるまた別の小さなテーブル、その上にある食器棚に二脚の椅子、こういったものはどれも贅沢な新品で、女自ら新調したに違いない。

「これをね、運んだり並べたりするのに、昨日は一日がかりで、今日も半日……」

女は外套と帽子を脱ぐと洋服ダンスの中に無造作にしまい、振り向きながら、

「……文さんお帽子、コートと……」

と言いながら、部屋の真ん中で突っ立っている大永に向けて指を動かしながら腕を伸ばす。

緑の線が広々と縦横に端正に引かれた、グレーの地のワンピースが体にぴったりフィットして、すらりとして見え、筋肉と手足には張りがある。

大永は服を脱ぐのもはばかられるが、かといって清廉ぶるのもむしろ後ろ暗いところがあるようで、何も言わず、言われるままにした。

「ソファにでも楽にお掛けになって……」

澄子は男が脱いだものを、自分のときのようにぞんざいには扱わず、きちんと掛けてしまうのに手間をかけた。

「……嫌ですわね、この先、少しの間でも心を入れ替えて辛抱できるのかどうか、まだ何も決まってもいないくせに、こんなにあれこれ買い込んだりして……？　こうしてみると、女は猫の気性に似ているというのも、あながちいわれのない悪口でもないようですわね？　まずは部屋に愛着がわかないと、と思い……」

女は大永がこうして共にいてくれることに少なからず心が落ち着き、安心なのか、ひっきりなしにしゃべり続け、最後にタンスの扉をがちゃんと閉じると、こちらに戻ってくる。

「さ、おもてなししますわね」

「何か絵でも、一、二枚あるといいようだが……」

大永は、ちゃぶ台の上に水仙が生けてあるだけで、何もなくのっぺりとした四方の壁を再び見やった。

女は大永の視線をたどりながら、

「そうは思ったのですが、いまの状況ではせいぜいこの程度、絵なんてとても……」

「掛け軸のいいものがあるにはあるのだが、こんな洋室には似合わない。それに古画なので澄子さんの趣味ではないだろうし……」

「古画は宅にもたくさんありまして、よく見ていましたわ。どんなものです？　どなたの？」

「許小痴《ホソチ》［朝鮮時代後期の画家］と言って、澄子さんはたぶん知りませんよ……彼の真筆の牡丹ですがね……」

「ほしいわ」

「それなら……！　しかし薄黒い墨画ですからね」

「こちらにいる間はきちんと飾って鑑賞して、またきちんとお返ししますから、ね？」

「記念に差し上げてもかまいませんよ」

「わたくしもそれでは、記念に差し上げられるようなものないかしら？」

　女は茶瓶を手に出ていこうとして、ドアノブを回しながら、

「そうだわ！　お腹すいてらっしゃるならトーストでも作りましょうか？」

と尋ねる。

　大永は首を横に振りながら、

「いいですよ」

「でも……卵は？　半熟で……」

「澄子さんどうぞ……」

「わたくしは結構です……あは、ところで、まあどうしましょう！　あはは！」

　女はこのとき初めて見せるような屈託のない笑い声を上げるが、大永にはなんのことだかさっぱりわからない。

「……まるで、夫婦ごっこみたいだわ、あははは！」

そう言うのだが、返事をする間もなく、顔からはたちまち、笑みがさっと水が引くように消え去り、眉根を寄せるとおもむろに前を向いてドアを押して出て行ってしまう。

夫婦ごっこという言葉を言い終えるやいなや表情を曇らせたのは、きっと自分の経験した不快な記憶がよみがえったからであろう。

確かに、先ほどのように、男の着物を受け取り自然に扱う様子や、いましがた腹の足しにとトーストやら卵やらと気遣う様はまさに、束の間でも人妻としての経験のある振る舞いで、決して世間知らずの箱入り娘ではないように思えた。

となると、大永は、女のことを、脳から発する喪心だとばかり思ったのは早とちりであり、やはり心臓の出来事もある程度関与していたのだろうと踏み、したがって彼女がいまに至った前後の経緯もある程度、具体的に推測できるようで、そんなことをあれこれ考えながら座っていた。

やがて、口から湯気を上げている茶瓶をぶら下げて、妙な雰囲気でドアを開けて入ってくる澄子は、ガスをつけている間にまた複雑な気持ちになったのか、顔色は元通り、例の沈鬱なあの表情に戻っていた。

押し黙ったままかと思うと、何を思ったか口ごもるように、ひとり、

「雪もいつまでも降って！」

と言ってはちゃぶ台をソファのすぐ前まで引き、それから目を伏せ、黙々と茶をいれはじめる。

かぐわしい紅茶の香りが漂い、茶をいれる音だけが静謐《せいひつ》な部屋の中に高く響いてはやむ。

またそれにふさわしく、大永の煙草の先からは紫煙が一筋、二筋と立ちのぼり。

小気味良い哀愁が美しく潜む穏やかなひとときであった。

やがて、上品な磁器のティーカップに紅く染まった濃い茶を二杯、後から思いついて食器棚に行き、チョコレートを皿に盛ると、

「お待たせしました！　さ、どうぞ……」

と客に勧める。

「……お砂糖はお好みでどうぞ……」

「澄子さん、眠れなくなったらどうするのです」

「かまいませんわ！」

女はソファの一方の端、肘掛にクッションを置いて背を預け、大永の方に体を向けて斜めに座る。

熱い茶が入ると、二人は共に酒気《しゅき》が回り、また顔が火照《ほて》る。

「あのね……わたくし、とてもひどい人がおりましたの！」

なんの前触れもなく、女の口から、しばらく茶をすすっていたかと思うと、出し抜けにこぼれ出てきた話だ。

話が途切れると大永は、いずれその（なんらかの）話が出るだろうことを予見でもしていたかのように（ちょうどその場の雰囲気上、そうなりそうな気がしていた）、そこで、手にしていたカップを置き、新たに火をつけた煙草を一本口にくわえて体を楽にソファに預けると、最後に目は前の壁を見据えて耳に神経を集中させる。

そのころ、女は自分も茶をほとんど飲み終えると、しばらく男のそんな集中するようなポーズを眺め、男の横顔に視線が止まると、ゆっくりと、

「……やっと女学校を出たばかりの……歳もたったの十八……」

と再び話を続け、そこからは落ち着いてすらすらと述懐を始める。

「……何もわかっていなかったのですよ……！　まったくの子どもで、世間知らず、ただ好奇心と感性だけは人一倍敏感で、乳臭さの残る幼い娘でしたの……そんな幼い娘を……裕福な家庭で、男の子がいるでもなく、いるのは姉だけで、末娘ときていて……甘やかされてかわいがられて。腕白坊主のような、そんな幼い娘を、そんな女の子をですよ。ひどいものですわ……その不届きな人間から阿片を教わったのです。いわゆる恋愛ごとをするにもまだ早いのに、阿片をですよ……恋とはいえ、実際には恋なんてものではなかったの……。恋しさなどはおろか、その人自体に対する親近感など感じたこともなく、ただただ、その人の持つ阿片、純然とその阿片の物珍しい魅力に取り憑かれただけ……それなのに、それをずいぶんと、いいえ、まったくの真の恋とばかり信じて疑いもせず……！　太陽をも飲み込まんばかりの激しい情熱とばかりに！」

次第にこうして、過ぎたる日の回想にどっぷり浸かりながら、絡んだ糸玉が解《ほど》けるように、次々と紡がれていく話の、その静穏な声色、やや低めの一定の抑揚といい、夢想的で放心したような顔つきで身じろぎもせぬ様といい、その雰囲気はどこか、他人の霊魂に憑かれ死者の嘆きを口寄せしている降神術の被術者とでも言ったものだろうか、あるいは神懸かった若い巫女とでも言うのか、なんとも妖気めいていた。

「それがとにかく、いまから六年前、年数にして六年前……」

女はここで一息つき、その間、これまた件《くだん》の降神術の施術者のように大永が、さきほどのポーズのまま視線を合わせず一言、

「六年前……六年前というと……」

と静かに反すうする。

「……そのころというと、ううむ……そのころは阿片がそれほど流行した時期ではないはずだが？　廃れてから、助手が必要だったということか……」

「そんなことわかりはしませんし、またわかったところで気にもしなかったでしょうし……」

女は無言でかぶりを振りながら先を続ける。

「……恋愛というものを手段にしてそれを、あの麻薬を与えられて、死のうが生きようがおかまいなしに薬漬け、という暮らしをひと月？　いいえ、せいぜい半月……すると何も目に入らなくなるほどおかしくなってしまい……とうとうすべてを捨てて家を飛び出し、その人といわゆる同棲というものを始め、貧民街の長屋の三畳間でメリケン粉の粗末な蒸しパンを作って食べながらですよ。それでも楽しかった……なんてませた小娘かしらね……！　とにかく、そんな暮らしを続けること半年、半年ももまれると、もうれっきとした阿片中毒になっていたわ、すると彼はとうとう、お決まりのコースの更生に行ってしまい……寄る辺ないわたしは、幸い、優しく受け入れてくれる両親の元へと戻り、その庇護の下……実家に戻って待つこと二年半、その二年半はある私立大学に聴講に通い、また安穏とした環境の中で規則的に多くの読書をしたり、すると病はとうとう骨の髄にまで達し、ついには一人の独立した阿片中毒になったと言えましょうか。ただ、書斎的［思想的］になので、阿片をやらない阿片中毒とでも言うのかしら……とにかく、そんなふうに二年半を過ごし、その後、その人に再会して」

女はそこでため息をつき、

「……会ってみると！」

と言うと口をつぐみ、長い間を置いて再び、

「……そのときまでまったく、恋心で待っていたのではなく、ひとえに阿片を、阿片的なものを待っていたことに気づかずにいましたのに、実際に会ってみると……！　大きな幻滅というか、その人はすでにわたしとはなんの関係もない、関係を持つ必要もなく、つまりわたしにとってはただの通りすがりの路傍の人に過ぎない、まったく無意味な存在。それが阿片の毒をすっかり洗い流して阿片中毒を克服して戻ってきたその人に初めて会った瞬間のわたしの気持ちでしたの。他人……赤の他人、というやつです。わたしを阿片中毒にさせて、長い間待たせて、自分はすっかり足を洗って知らん顔。戻ってきたときの姿ときたらすっかり顔色が良くなって、ずうずうしいったら。やられた方はなんて虚しいのでしょう。するとそのときようやく、元々幼い二人、愛情で結ばれていたわけでも、愛情で支えてきた関係でもないのなら、初めから二人を結びつけていた阿片の魅力を彼に感じることができないのであれば、むしろ当然のことと気づいたのです……それでも人間としてでもどこか惹かれるようなところがあったならば、変わろうが変わるまいが昔のように彼を迎えていたのでしょうけれど、阿片の仮面を脱いだ後の正体は、それは極悪なならず者……！　オカダという男とグルになって、わたしをひどくいたぶり、ついには誘《おび》き出して監禁までして脅迫を、脅迫しても聞かないものだからリンチを加え。両親もそれはひどい辱《はずかし》めを受けました。それもこれも放蕩のためのお金を奪うための手段ですわ。通俗小説にありがちなストーリーそのもの……」

澄子は自ら話をやめると、深いため息をつき、長い間、朦朧《もうろう》としていた意識から目覚めたかのように、表情といい姿勢といい、同時に乱れはじめる。

それでいて、そのついでに手を伸ばしてチョコレートを一つつまみ、

「ねえ？　文さん……」

と呼ぶ声色もやはりいつもの女の声だ。

「うん？」

大永はしかしぼんやりしたまま間の抜けた返事をする。

「文さんは甘いものはお嫌いなようね？」

「まあ……」

「ねえ？　文さん……」

「うん？」

「その人、誰だかわかります？」

大永は首を横に振るだけで、女はチョコレートの銀紙をむいて口に入れようとしてやめると、長い間、男を見つめ、

「文さんと同じ血筋？」

と言ってがぶりと菓子を噛み砕く。

「なんだって？」

声もばかに大きく、大永は反射的に体を翻して女の顔を凝視する。

「驚いた……！　そんなにお嫌なの！」

大永は言われてみると、自分がなぜそれくらいのことでこれほど驚いたのかと思い、気恥ずかしくもあり、こわばった表情を崩すのに一苦労。

「文さん？」

「うん！」

「さっきの言葉、失礼でした？」

「とんでもない！」

「ならどうして、あんなに大きな……」

「思ってもなかったからね……」

「それならいいですけど……本当に文さん、なんとも思わない？」

「正直言うと……」

大永はやにわに立ち上がり、後ろ手に組んで部屋の中を、それほど長くない距離を行ったり来たりする。

「……正直、恥辱を感じたのは事実だがね……」

「それで？」

「結局は血筋による反射的な偏見というのか……しかしだ、そんなやつがよそで何をしでかそうと、わたしになんの関係がある」

「そうですよ！」

「しかも、被害者の澄子さんには……澄子さんは決してそのことで、そのことによって、全体を敵視したり侮辱しようというつもりは、そんな偏見はないはずですから……そうではないですか？」

「そんなことしたら酷い目に遭って京城を追い出されますわよ」

大永はにっこりして女の前まで行くと立ち止まり、上目遣いの笑顔で女の顔色をうかがう。

「さあ……」

女は自分の隣を手のひらでポンポンと叩き、大永が指示通りにそばに座るのを待ちながら、

「お茶をもう少しいかが？」

「いや……」

「じゃ、これ？」

女は買ってきた葡萄酒が忘れられたまま、ちゃぶ台の上に置きっぱなしになっていたのをひょいと手に取る。

「……すっかり忘れてたわ……！　召し上がるでしょう？」

「腹がふくれるだけで薄いからな」

「いっぺんに飲んでしまいましょう！　わたくしもいただきますから、ね？」

ティーカップをそのままワイングラスに仕立て、それぞれに注ぐと、大永はむしろ口をつけるだけだが、澄子はぐいっぐいっと三口、四口で飲み干してしまう。

「女が飲んで酔っ払うと締りがなく軽く見えますぞ！」

「ですから文さんといるときだけにしますって！」

大永は女の、「ですから文さん……」と言うその「文さん」の範囲をどこまでと取るべきかわからず、気になった。

「さあ、それでは？」

「うん！」

「さっきのお話、続きをお話ししますわねぇ」

　大永はうなずいてやる。

「すこぅしだけ残ってますから、ね？」

　酒がまだ完全には回り切らないうちからすでに声色と口調に多少変化があるのは、先ほどの経験があり（初の経験というのはむしろ効果的なので）、酒を飲むと気分が高揚するものだという、自己暗示のようなものにかかってのことだろう。

「で、それで……約一年も追い回されて、やっと解放されましたの」

「よく免れたね」

「人を死なせて、本当に収容されちゃったんですよ！　たぶん十年くらいは……」

「ほう！」

「それで、ようやく気持ちも落ち着いたかと思うと、今度は家でせっつくのです」

「事あるごとに嫁にでも行けと言うのだろ！」

「その通り……！　持参金なんと五万円……！　元は三万円でしたのに、疵物《きずもの》だからって二万円上乗せして……！」

「ふん！　安くはないな」

「引く手あまたでしたわ……！　ところが、当の本人のわたしにその気がないことには……。その中には五万円に目がくらんで名乗りでる人もたくさんありましたけど、なかには普通の新郎として何一つ引けを取らない人もおりましたのよ。でも、根本的にわたし自身が結婚というものにまったく興味がなく、それにもしも結婚するとしても、花嫁は阿片中毒であちらは善良な市民とくれば、長続きせずに破綻するのは火を見るより明らかではありませんか？　例えば、柔道三段の大柄でいかついお嫁さんと、体重が十二貫［一貫は三・七五キログラム］にも満たないガリガリの新郎のコンビのように……年がら年中、柔道で新郎を背負い投げしたらどうなります！　あははは！」

大永はつられて笑いながら、女の赤く上気したケラケラ笑う顔をいつまでも見やる。見ている間、不意に女の唇を奪いたいような衝動にかられるが、それをどうにか抑えてあえて顔をそむけてしまう。

しかし、そのときの表情はどう見ても怪しかったようで、顔をそむけた瞬間、無心に笑っていた女の顔から突如として笑顔が消え、すぐさま目に緊張が浮かぶのを見ると、間違いなく心を見透かされたのだと思い、そむけた耳元がどうにもばつが悪い。

「お互いにいけないことではありません？」

女は先の話の続きだったが、後ろめたい大永は自分がたしなめられているのだと思い、ぎくっとしたところだったが、

「……なんの関係もない若い人にだって悪いですし……わたしにしても、うまくいかないことをわかっていながら、黙ってついていくというのも愚かなことで……しかも二度もそんな過ちを犯しては、わたしはもうそれでおしまいではありませんか……？　こんな深い考えも知らずに誰も彼も急き立てるのですもの！　母にせっつかれ、姉にせっつかれ、おじさんにせっつかれ、父などがみがみ、怖いったらありませんの、昨年の秋でしたかしら、東大の研究室にいらっしゃる所長だかの医学者とお**見合い**をさせようとするのですよ……！　いっそのこと殺してほしいと居直りましたわ。それからというもの、今年の春にはいよいよ父が本当に激高してしまい、とうとう追い出された次第ですの！　このアマ、おまえは親には不孝者、お国には不忠義な百姓、許せん、と……おまえを

養う飯や服はわしのものであると同時にお国のものであり、おまえのような不忠不孝のアマにやるものはない……と追い出すものですから、仕方なく出てきましたわ……家で四六時中せっつかれるよりはむしろ良かったとも思いましたし……それにそれほど苦労もしてないのです。母と姉が二人で……」

女はチョコレートをつかもうとした手を、代わりに酒のボトルにやり、

「わたしこれ、もう少しいただいてもいいかしら？」

と聞く。

「朝鮮の諺に、遅れて覚えた盗みは夜が明けるのも気づかず［人より遅く覚えた事は夢中になりやすい］という言葉がありますぞ！」

「少しだけ……？　喉が渇いてるんですもの！」

「後で気持ち悪くなっても知りませんよ……」

女はさっきと同じようにティーカップに半分ほどもその深紅の液体を注ぐと、真っ赤な唇でぐびぐび、甘い蜜でも吸うように流し込む。

大永は、このティーカップが邪魔だと思い（言い訳し）、またやめておいた。

「でね、母と姉が……」

女はカップを置き、座りなおして再び話を続ける。

「……それからは二人でアパートを度々訪ねてきては、お小遣いをたっぷり置いていってくれたので、まったく生活に困ることもなく、いつしかのようにメリケン粉を蒸して食べるような、そんなこともなかったの……あ、それに、文さんをそのとき初めて知ったのよ！」

「文さんというと？　わたしを？」

「ええ……！　というか……」

「おととい初めて会ったはずじゃ？」

「隣のお部屋にちょうど朝鮮の学生さん夫婦が住んでいて、その二人と知り合いになって……その夫婦が二人ともとても優しくて気さくで、お互い気に入ってすっかり親しくなりましてね、それで、そのおかげでようやく、朝鮮の人に対するわたしの偏見をなくすことができましたの……！　その二人は、夫婦で日大に通ってるの。それから二人とも猛烈な文学志望の学生！　それで自然と朝鮮文学に関する話もときどき聞くようになって、わたしも文学にはとても興味がありましたので、好奇心がわいてあれこれ質問すると、親切に教えてくれたものですわ。そのうちに雑誌や単行本のようなものも、盲者の丹青見学［諺で、いくら見てもそのものの真価を見極める能力を持たないという意味］ですけど、いろいろ見せてくれたりして。それから、いまの文壇で誰がどうのこうのという話の中に文さんも出てきて、ついには作品をたどたどしく翻訳までして読み聞かせてくれたり……それでね、みんなすっかり忘れてしまったのですけど、なぜか文さん一人、最後まで印象に残ったの！」

「なんとも……！　説明をしてくれたという最近の若い文学志望の学生がわたしをよく言うはずもなく、おそらくひどくこき下ろしたのだろうね？」

「大当たり……！　でもね、それよりも、ははは！　怒らないでくださいね、ね……？　作品がなんともふしだらなのですもの！　あははは！」

「名声が天下に轟く、ではなく、醜態が遥か東京まで広まったというわけですか」

「ふしだらと言ったのはわたしの悪ふざけで、あえて言うなら、小説というよりも論文に近いのではないかしら！」

「どれですか？　と言っても、ま、どれもこれも似たり寄ったりだからな……」

「わたしも名前は忘れてしまいましたわ……でもね、論文のように硬くて味はなくても、不思議と心に染み入りましたの……！　それで文さんのことが偶然ですが印象に残って、印象に残ったおかげで、今度の朝鮮でも実は、まずは文さんを頼っていこうかしらとも思ったのですが、そのお隣の学生さん夫婦が、わたしが出発する少し前によそへ引っ越してしまい、居場所がわからなくなってしまったのです。彼らにしても、文さんとは直接の知り合いではなかったでしょうけど……それで、焦ってしまい、するとちょうど、松竹にいる人に道でばったり会って、いろいろお話をして、心配だと言うと、ちょうどいい人がいるといって名刺をくれたのがキム・ジョンホさんでしたの。ご親切に手紙を出しておくとまでおっしゃって……」

「とにかく、朝鮮という所と妙な縁があるようですな？　澄子さんは……」

「そうかも知れませんね……！　本当にそうでもなければ、良かれ悪しかれ、こんなにも偶然の縁が重なりませんものね？」

「そうではなくてですね、澄子さん？」

「はい？」

「そうではなくて、おそらく澄子さんの先祖の誰かがですよ……壬辰の乱、日本の歴史では文禄の役……文禄の役ご存知ですね？　豊臣秀吉の朝鮮征伐……」

「教科書で習いましたし、張赫宙《チャンヒョクチュ》［朝鮮生まれの在日朝鮮人作家である野口赫宙のこと］さんの『加藤清正』も読みました」

「ええ……ところで、そのときにだ……澄子さんの先祖のおじいさんの一人が、朝鮮に出征して……戦《いくさ》の途中でだね……誤って、罪のない非戦闘員を殺してしまったことがあったのでは？　戦時には図らずしてそういうことも起こりうるからね……」

「さあ……そんなお話は聞いたことありませんけど？　それがどうかしましたか？」

「きっとそうに違いない……！　だからその恨みが、子孫の澄子さんにいま厄をもたらしてるんですよ！」

「本当？」

女は目を丸くして、本気にしたようだが、大永がくすくす笑うのを見ると、

「……うそつき！」

しかし、そうは言いながらも半信半疑、ぞっとするのか、つぶらな瞳で男の顔をうかがう。

可愛げのある女を横に、思わぬ方向に話が向かい、そのついでにひとつからかってやるというのも、思いのほか興のわくものだった。

「やはり女というのは、とかく迷信に対して抵抗力が弱いものだ！」

「誰だって本気にしますよ。まんまと騙されちゃった……！　よくも真顔で……題材がまたれっきとした歴史上の事実なのですもの……」

「わたしの小説をふしだらなどとけなした仕返しだよ！」

「そうでしたの！　わたくしはてっきり……じゃ、これでおあいこね？」

「ふん……！　こっちのほうが損した気分だがね……」

「まあ……！　さ、これでお互い水に流しましょう。さあ、話を先に進めませんと……。お話している間に横道にそれてしまって、前後がめちゃくちゃ……それでね、家を追い出されてアパート暮

らしをしながら、春、夏、秋をそれなりに過ごしましたの。また冬を迎え、そのころから、よくよく考えると、このままではいけないって……まぁね、当分の間は苦労はしなくてもすむでしょうけど、だからといって、いつまでもそんなふうに過ごすわけにはいきませんもの。それに、歳のことも考えると、漠然とですが、将来のことなども心配になってしまって。くるった時計のくせに……文さん流に言うと古びた暦が、よくぞそんな分別がついたものですわ……！　それでとにかく、それからは心を入れ替えないと、と思うようになって、すると一度くらいは、果て、というものを見ておく必要があるのではないかと思い、そのうちにふと、いったいその朝鮮というところはどんな所なの？　そうよ、どうせなら一度……！　と思うようになって……！　それからはもう脇目もふらずに、明くる日には旅立つつもりでいると、母と姉がそれを聞いて、それはもう猛反対！　母が言うには、朝鮮にはいまだにトラがうようよしているというのに、なぜそんな所へ行くのかと、朝鮮など聞いただけでも気が遠くなりはしないかと、ただでさえ涙もろい人が、涙ぽろぽろ流しながらうろたえるのですから……姉は姉で、朝鮮は寒くて寒くて、冬になると耳が凍るほどだというのに、そんな所になぜ行くのかと引き止めるのに必死……それでもとうとうわたくしが旅立つ日になると、東京駅まで見送りに来てくれて、ひたすら涙に暮れながら母が、この母の顔を最後にしっかり見ておきなさいと、それから……指輪を、これを……」

　女は次第に声のトーンを沈ませ、左手の指輪を出して見せる。台はプラチナで、台が細い割りに玉が大きすぎて見てくれは良くないが、黄みがかった石は電灯の下で光り輝いている。

　大永はしかし、高価なその宝石よりも、女の愛らしい小さな手をつかみ、その肌に触れてみたい欲望にかられる。

女は、自分も長い間、指輪に目を留め言葉なく回想に浸るが、最後に浅い吐息を吐くと再び、

「……そう、これを指にはめてくれながら、お金を工面しようと思ったけれど間に合わなかったと、これでも持っていって、いよいよ苦しくなったらお金に換えなさいって……母が嫁入りのときに三千円だったかで用意したもので、末娘のわたしを嫁に出すときに持たせるつもりでいたのに、これほど悲しい日に役に立つとは思わなかったと……姉はまた、わたしが外套に薄手のスコッチ［ウールのコート］を着ているのを見て、朝鮮は耳がもげるほど寒いというのに、そんな格好でしのげるのかと、自分のものを脱いで着せてくれて……着せてくれながら、頼むから心を入れ替えて無事に帰ってきなさいと……おまえをそんなに遠くに行かせては気が気ではない、と言いながら母とまた大泣きして……そのとき、初めてわたしも泣いてしまいました……！　遠く見知らぬ異郷の地に赴くというのもありましたが、二人の愛情がそれほどまでだったかと身に染み入り、感激して一緒に涙しましたの！　両親や肉親の深い愛情はそれが初めてのことではありませんでしたが、わたし自身が切に感じたのは初めてだったのです！」

女はまた話を止めてため息をつき、すると今度は声と口調に多少力を入れて、

「……そしてね！　そのときに、わたくしが痛切に感じたことがあるのです……母がこれほどまでわたくしを愛してくれて……姉もそう……血のつながりのないおじさんも……それに父だって、わたくしが言うことさえ聞いていれば誰よりもかわいがって大切にしてくれる……ですからわたくしの周りには、とても深く豊かな愛情が渦巻いているではありませんか？　誇張ではなくて……それに、家は裕福で……家柄だって恥じるほどではなく……立派なものですし……？　それに何より、

わたくし自身を見ましても、多少なりとも学識もありますし……歳はまだ二十三で若くて健康……顔は美人ではありませんが、あばたもありませんし、目も当てられないというほどでもなく……無難ではありませんか？　ね、そうでしょう……？　ですから……どこをとっても、人より劣っていたり引け目を感じるところのない環境であり、コンディションなのですが、でもたったひとつの病、阿片、それさえすっかり取り払ってしまえば……いずれにしてもこの時代と世の中では両立させることのできない、だからとっくに現実を離れた伝説でなんの足しにもならない偶像……わたくしはそれを偶像だと思っているの！　ただの偶像……だから、どうかその偶像だけを、阿片だけを捨ててしまえさえすれば……わたくしはやがて、その素晴らしい環境の中で気後れせず、心から楽しみながらこの青春を、人生を謳歌できるのではないかしら？　なんて素敵なこと……！　そう思いません？　ねえ？　文さん……そう思うのはわたくしの勘違い？　無理なことかしら？　欲張りってもの……？　ねえ？　文さん！　それはわたくしの勘違いなの？　無理な話ですの？」

　女はアルコールの勢いに押されたとか、そのせいでへらへらするといった態度では決してなく、最後には熱を帯びて惜しむ様など真剣そのものだ。

　大永はというと、先ほど夕刻に街で自分の口で言ったこともあり、いま、この場では特に、それが当人の切なる心の叫びであろうことを、と同時にしごく当然の意欲であろうことを同感しながらも、その一方では、それほど身悶えするこの女にどこか寂しいような距離感を感じずにはいられず、どう返事をすればいいかわからず、ぼんやりとまぬけのように前を向いて座っているばかりであった。

　夜は人知れず深まり……。

女はすると、張り詰めていた気持ちが一気にほどけたかのように、驚くほどのため息をもらしては、

「ですがね！」

という声も力なく、するとそのまま体を（考えも躊躇もせず、いかにも自然に）預けるように男の腕に頭をもたれさせ、組み合わせた両手をそっと肩にかける。

「ねえ？　文さん……」

「うん！」

「ですけどねぇ！」

「……」

「どうして人って……人はどうして、思うこととやることが、違うのかしら、ねぇ……？　てんでばらばらに二通りにも三通りにもなってから、ね……？　わけもなく苦しくて、苦労して、そんなことばかり……そうよね？　文さん！」

「……」

「それをわかってくださらないと！」

「……」

大永はすでに気持ちは落ち着き、それに沸々と沸き上がる憐憫の情からして、いますぐにでも背中をさすってやりながら、

「**君は救われる！**　心配はいらない！　**今に救われる、君は……**」

と慰めてやりたい気持ちは山々だったが、そうしてしまうと、なぜか女をまた遠い存在のように

感じるのではないかと思い、惜しいようでそうしてやることができない。

「はあ……」

女はだいぶ時間がたって、嘆息交じりの声を上げながら姿勢を元に戻す。

「……考えたってどうかなるでもなし！　どうにでもなれですわ……」

ひとりそうつぶやくと、いきなり
「……ああ、お腹すいた……！　何時かしら？　いったい……」

と言って時計を見ると、驚いて、

「あれまあ！　三時……！　ねえ、文さん……」

と言って大永の腕を揺さぶる。

「……もう三時ですよ！」

「もうそんな時間か……」

大永は伸びをしようとしてやめ、いきなり立ち上がる。

「文さんどうします？　お宅はここから遠いのかしら？」

「それよりも……澄子さん、そろそろ寝ないといけないでしょうに、そんなに目が冴えてどうします！」

「わたくしのことなど……！　こんなに遅くてはタクシーもありませんでしょう？」

「ないでしょうけど、どうにか……」

「お宅、遠いの？」

「二里くらいですかね」

「まあ、どうしましょう……！　では歩いて帰るおつもり？」

「いいや……」

大永はこの夜半に清涼里《チョンリャン》の先の回基《フェギ》町までとぼとぼ歩いて帰るほど（家庭への）誠意はさらさらなく、遅くなるといつもそうしているように、どこか旅館か友人の下宿を訪ねるつもりだった。

確かに今日は妻が出産したというのもあり、いつもとは多少違う気もするが、それもやはり、出掛けに風邪を引いて横になっている姿を見て出てきた程度にしか気にならなかった。

「いいや、ってなんですか！」

女は気をもみ、心配顔で立ち上がると、

「……いっそのこと、ここでお休みになって……！　わたくしはこのソファで寝て……」

「そんな、窮屈でしょうに！」

「やだ、わたくしったら……！　お宅でお待ちでしょう？　奥様が……奥様いらっしゃいますものね？」

「いるにはいるが……」

「ほら……！　ですからお帰りにならないと……！　ですが、どうやって……？　お宅には奥様お一人？」

「近ごろは義母が来てますが、そのう……」

大永は最後に、妻が今日出産したのだと言おうとしたが、余計に心配するのではないかと思い直し、

「……それにわたしは、初めからそういう癖をつけさせておきましたから、何日か家に帰らなくて

もお互いそれまで……待ってもいませんよ、はっは……！　ですからそれなら少しも心配には及びませんよ！」

「本当ですの？」

「嘘つく必要もないでしょうに！」

「夫婦ってそんなものかしら！」

「うちは特別ですよ……うちの女房というのはやけに神経が図太くてですね……おまけに、わたしは家庭というものを洗濯屋を兼ねた旅館くらいにしか思ってないときてる……！　余談ですがね、一緒にいても夫婦喧嘩をするということもほとんどないんですよ！　はっは！」

「まあ……！　わたくしも奥様のようなゆとりがあればいいのですが！」

「支那人の慢慢的《マンマンデー》［ゆっくり、のろい］のように！」

「ほんとに！　そばに雷が落ちてもびくともせず……」

「下手したら大砲の弾も拾いに行きかねない」

「あははは……！　そこまで？」

「大したタマだよ！」

「ところで、本当にお宅のこと心配いらないんです？」

「うん！」

「では、ここでお休みになって」

「そういうわけにはは！」

「なぜ？　礼儀？」

「はて……まあ、そんなところだろうね！」

「ご心配なく……！　それに古びた暦だっておっしゃったじゃない、あはは！」

「確かに！　古びた暦もたまには役に立つようだ！」

女はベッドの下に押し込んでおいた大きなトランクを開け、毛がふわふわの毛布を取り出すとソファに抱えて持っていく。

「わたくしは、ここでこれで結構……文さんはベッドにどうぞ……お布団は新しいですけど、昨日一晩使ったので、それは我慢してくださいね？」

「どうせこういうことになったのなら……」

大永は女をベッドに連れていき、肩を押さえて座らせる。

「……澄子さんがここでゆっくり寝てください……」

「主人が？」

「わたしがあっちで、横になりたければなりますし……」

「お客さんが？」

「主人と客の礼儀からするとなんですが、男子たる者の道理としてはどうにも。女性に苦労させるのも気が引けますし、それに女性のベッドに侵入するのも、いただけないというもの、でしょう？」

「まあ！　なんてお優しいお方！」

「無理して寝る必要もなし！　もう少し話でもして、眠くなったら、少しの間、横になればいいさ、もうすぐ夜も明けるだろうし……」

「そうだ！　明日は？　明日はどうされます？　わたくし、もうひとりでは、ひとりでは怖くて、怖くてひとりではいられそうにありませんわ！」

「ぐっすり寝て、午後にまたいらっしゃいな」

「今日のように一緒に歩いて、一緒にいてくださるの？」

「ええ！」

「オーライ！　ありがとう、文さん！」

女は首をこくりこくり、うれしそうににこにこして、

「……じゃ、あさっては？」

「あさっても……」

「しあさっては？」

「しあさっても？」

「またその次は？」

「その次も！」

「ああ、これで一安心……！　きっとよ？」

「もちろん！」

「オーライ……！　じゃわたくし、文さんのおっしゃる通りにしますわ、ね……？　さあ、じゃ、あちらに行って後ろを向いててくださいな」

「これは罰じゃないか！」

大永は言われるままに窓辺に行き、そのついでにカーテンをまくって窓の外を見る。

おぼろげにだが、雪は先ほど澄子が口にしたように、いつまでも降り続いている。
佇みながらふと思うに、二十代の若造じゃあるまいし、いい歳していったいなんてざまなのだ、この歳までこれほど幼稚とは、これほど大人になりきれていないとは、とわれながら滑稽に思え、自分の姿を凝視するのであった。

女は、垂れ込むベッドの帳《とばり》をまとめて、寝巻きに着替えると、パジャマにガウンを羽織りながらふらふらとベッドの端に腰掛ける。

「さあ、もういいですよ」

「うん」

「こっちにいらして!」

「うん」

「文さん?」

「うん?」

「ねえ、そんなに善良でお優しい方がですよ?」

「なんだい?」

「どうして家庭には、ですから奥様に……奥様にはそんなに冷たいのかしら?」

「冷たいというより、無関心さ!」

「では、無関心として……」

「見くびってるのさ……それに、ゆとりもなく……」

「それは善良ではありませんわ」

「澄子さん」

「はい？」

「わたしがいつまでも澄子さんに、そんなに善良だと思ったら大間違い！」

「あらまあ……！　でしたら、あ〜んて食べちゃうおつもり？」

「それはそのときになってみないとね！」

「こちらにいらして！　そんなふうに背を向けていらっしゃらずに……」

　大永はようやく向きなおってゆっくりと歩いてくるのだが、衣装の変わった女があらためてより女らしく見え、さらに興がわくのであった。

「またお話聞いてくださる？」

「一度に全部話して尽きてしまったら、次からどうします」

　大永はソファへ行き斜めに座り、それを見た女は自分も後を追いかけて並んで座る。

「そのときはそのとき……」

「遠いし、一人で高い所に座っててもつまらないわ！」

「寝ないのですか？」

「寝る時間に寝ないで生きるのは生命《いのち》の拡大じゃないかしら……？　久しぶりの、こんなに素敵な夜ですもの！」

　口ではこのように、ときどき挑発的なことを言うのだが、そのたびに顔をのぞいてみると、いたって平然としており……大永には、女のほうが自分より感情が洗練され、落ち着いているからではないだろうかとも思えた。

5

早朝の風に身をすくめて家の門の前まで来ると、ちょうどほうきを手にして出てくる義母と出くわす。

「いったいどこほっつき歩いとるんだ……！」

義母は、半分怒ったような、半分あきれ笑いで責め立てる。

大永《デヨン》もにたっと笑うだけ、

「初《チョッ》クッパ［産後初めて食べるわかめの汁とご飯］は食べましたか？」

「こんなときに……わしが何度電話したとおもっとる！」

「安産だったそうじゃないですか、ぼくがいたってしょうがないでしょう」

「なんだって？　悪びれもせんと……！　かかあと赤子、平壌《ピョンヤン》に連れて帰ろうかと思ったさ！　あんまり腹が立って……」

「そうしてくれれば良かったのに……」

「なんだと！　こちとらご免だよ！　使い古しのかかあとぴいぴい泣いてる赤子連れたってなんの得にもなりゃしない……」

大永は心の中で、この頑固さといいしぶとさといい、男に生まれていたら今ごろ、いまでいう「社会ブローカー」としてもじゅうぶんやっていけそうだと思いながら、再び義母である老婆の威勢のいい顔をまじまじと見る。

屏風で枕元を遮った寝床の下のほうで、妻はどちらが上か下かも区別がつかぬほどにくるんだ赤ん坊を端に寝かせ、出産後らしく、乱れて疲れた様子で座り、ちょうどクッパの膳を前にしているところだった。

　大永はどうもばつが悪く、中を覗き込むように首を伸ばし部屋に入ろうとしているのだが、その様子があまりに哀れに映ったのか、足音を聞いてすでに出入り口に目を向けていた妻は、思わず失笑する。

　それから夫の視線を追って幼子に目をやるが、もう一度にっこりするとうつむいてしまう。謙虚な本能というのだろうか、女子《おなご》を産んだ女の気持ちは夫に対して無性に申し訳なく、合わせる顔がない。

「具合はどうだ？」

「お産婆さんにかえって申し訳なくて……」

「ふむ！　心配なさそうだな……しばらくは家でじっとしてなさい！」

「お汁とご飯が温かいですよ……少し休みます？　それとも召し上がって出掛けます？」

　妻は夫の真っ青でやつれた顔を見て、心配そうに眉をひそめる。

「そうだな……」

　大永は迷いながら、懐中から時計を取り出して見る。八時過ぎ……。

　昨夜は四時近くになってようやく、寝心地の悪いソファで二、三時間横になっただけで、ただでさえ頭が重くけだるいのもあり、ぐっすり一眠りしたいところだが、一方で、社のことが気になってしまう。

　まったく気がないようでいて、それでも常によりうまくやりたい、よりいいものにしたい、という欲求と愛着により、しきりに意識がそちらに向かい気になるというのは、いったいどういうわけなのか、自分でもわからないのであった。

「……出掛ける！」

大永は自分の部屋に行こうと踵を返して引き戸を開ける。

「ちょっと休んでからでないと」

「大丈夫！」

「お酒飲みましたの？」

「うん……いいや……」

「おっかさんに何か温まるスープでもこしらえておいてもらおうと思っていたのを、うっかりしてしまって！」

大永は寝室を出て部屋に向かいながら、

「善良な妻！」

そう思う。

しかしその先は、

「あまりに善良な妻！」

とかぶりを振る。

そして最後に、

「おれにはむしろ気が重い妻の善良……！　安産で産婆に申し訳ないと思うように、幸いがむしろ憂いになるように」

　とひとり苦笑いするのだった。

　昨晩、澄子に約束した小痴《ソチ》の牡丹の掛け軸を忘れずに新聞紙にしっかりくるんで脇に抱えて家を出て、社についたのがかれこれ十時をはるかに過ぎており、校正は気が遠くなるほどたまっていた。興奮剤を一挙に二、三袋流し込み、せっせと校正に取り組んでいたところ、電話が回されたので、澄子では、と思い電話に出ると、先月からせっつかれている××社の小説の催促だった。

　書けていないし、今後も書くつもりはない、とすったもんだの揚げ句、両者結論を出せぬまま電話を切るのだが、金がちらちら目を向けると、

「文《ムン》先生、小説はもう書くつもりないんですか？」

　と、出し抜けに聞いてくる。

「まあな！」

「どうしてです？　何か理由でも……」

「なんの理由もないのが理由……」

「なんですって……！　そんな！」

「飯を食うためというのが、小説を書く理由の九十パーセントを占めていたことも多かったが……いまはとりあえず月給があるから食糧の心配はいらないし……小説を書く理由もないってもんさ！」

「大変なことになるんじゃ？」

「なにがだ？」

「まず文壇が……」

「ふん……！　坊主一人抜けたぐらいで法要ができないとでも……？　ましてや、念仏ひとつ念仏らしく唱えられない坊主、いてもいなくても同じ坊主……」

「一人二人と去っていったら、この先どうなります」

「全員がそんなことになるわけもなし……確かに、坊主丸ごといなくなって法要などやらんほうがいい……！　パルプだって、文学以外にも使い道はごまんとあるこの時世にだ……」

「まったく困ったことを言うお人だ！」

「いや、文先生、いったいどういうわけですか？」

　黙って聞いていた朴が、もどかしくなり加勢する。

「理由のない理由だと言ってるだろ！」

「いや！　そんなこと言わず……！　その心境を聞かせてもらおうじゃないですか！」

「簡単に言うと、いいか……？　おれがどこかに消えてなくなってしまったというのに、誰が文学をやるんだ？」

「それは詭弁です！　そんなことで理論が成立しますか？」

「朴君？」

「はい？」

「朕《ちん》は法なり、と叫んだルイ十四世の言葉のように、事実即ち理論、というわけにはいかんだろうか？」

「事実と理論は別物ですよ」

「ごもっとも！」

大永は左手で頬杖をつき、ペンを逆さにしてテーブルの上をコツコツ叩きながら、

「……なら事実から理論を見つけることはできるか？」

「それはもちろん！」

一人があくびをすれば部屋中に伝染する要領で、朴、金ともにいつの間にか、大永と同じ姿勢で物悲しそうに頬杖をつき、それぞれがぽつねんとこちらに顔を向けている。

小僧一人、にたにた笑いながら見物している。

「おれはだ……」

大永はゆっくりと話を続け、

「朴君の言うように、詭弁だとしてもかまわない！　自分がどこかに消えてなくなってしまったというのが……それに、そうではないと弁明したいとも思わない……だが、その詭弁を一つの事実としてとらえることはできるだろう？　そう思わないか？」

二人はうまく飲み込めず、目をしばたたかせて考え込む。

「……言ってることがわからないかい……？　文大永という人間の、そのような詭弁的認識態度……その態度だけは一つの実在だろ……？　むろん、不健康ではあるが……しかし、つまりなんだ、びっこが不具は不具でも、不具であるということが独立した立派な価値、つまり事実であるように……」

二人はようやく納得がいったとばかり、何度もうなずき、大永はまた、

「……だからだな……それを一つの事実としてまずは認めてから、な……？　認めた以上は、そこから理論を見つけるべきじゃないか……？　無理におれの説明を要求するのでなく、それに説明を

聞いたところで、君たちの生理には合わない、やはり詭弁的な結論に過ぎないだろうから……だから君たち自身が、君らなりの結論を、いいね……？　詭弁的なもの、不健康なものに関して……つまり君たちは今日の事実としての現実の担い手だからこそ、すでにこの文大永の認識態度を病的で詭弁と見なしているのではないか？　そこまではいいとしよう……！　しかしだ、事実を事実としてのみ見つめ、事実としてのみ受け入れてはならんのだよ！　それは学問的には常識の奴隷であり、生活的には浅はかな謀利輩《モリベ》［不当な利益を図る輩］のやることで、少なくとも世代のいわゆる、担当者たるものが進むべき道ではないのだよ！」

　大永はわれに返り、言うことが厳しくなったようで、また、脱線したようでもあり、あえて話を中断して煙草にゆっくりと火をつけてくわえる。

　そして先ほどよりも神経を落ち着かせて再び、

「……話が脱線してしまったな……ところでだ、内地の人々の、中世期の**侍**の**切腹**というのがあるだろう？　その**切腹**とは、ただ腹を割いて自殺するだけの、ただの生理的な手段のように思われがちだが、実はそれは大きな精神の力でもあるんだ！　大きな……そしてその精神がそのまま引き継がれて、いまの日本民族の偉大な民族精神を形成しているというわけで……ほら、わが日本軍として戦地に赴くと、捕虜で捕まるということがそれほどないだろ……？　今度の支那事変にしても、敵陣に空爆をしかけに行ったり、あるいは戻る途中で、飛行機が故障して不時着せざるをえない状況になったりすると、その場で自爆してしまうんだ！　いいか……？　それがどういうことかというと、大事な武器ともども敵軍の捕虜になるなんて、そんなみっともないことはできんという勇気で、つまり日本軍人の魂ではないか……？　ついでにその背景をさらに探ると、飛行機に故障が生じたということは、つまり戦闘力を失ったということで、軍人として出兵して、戦闘力を失った以上、それは戦場に臨む軍人としての生命と意義をも失ったことになるだろう？　それで残ったものといえば、軍人としての生命も意義もないただの肉体と捕虜の恥辱……！　であるからみすぼらしく、生命も意義もない肉塊のためにめめしく、捕虜の恥辱を受けるのを回避するために自爆してしまい……しかしそれは、恥辱を回避するためだけではなく、自爆するというのは、戦場に臨んだ軍人の生命と意義、つまり節義とも言えるのだが……それをさらに強調するものなのさ……」

　大永は火が消えようとする煙草をしばらくうまそうに吸い込むと、声をやや下げ、

「……すがる必要なんてない！　すがる必要などないんだ……！　圭角というのがあるだろ？　角に円を被せようとするのは、自分自身にとっては愚かなことで、世間に対しては迷惑になるんだ……その世代にはその世代の担当者に任せて、死人のごとくじっとしていればみっともないこともなく、世の中の弊害になることもなく、丸く収まるだろ……？　それなのに、どうして？　なにが悲しくて……。ほら、その、例えが適切ではないかもしれんが、思いついたから言っておくとだな、例の×××氏！」

　大永はにたっと笑い、金、朴の両者もすぐに思いつき、共に笑う。

「彼はかつて、新聞に、曲がりなりにも小説だといって、酷い代物を何度か連載したことがあったろ？」

「××？」

「○○？」

　金と朴は×××氏の小説のタイトルを一つずつ、それぞれ口にする。

「つまり、なんて醜態だ。みっともないったらありゃしない……！　ま、後々聞くと、生活が困窮していて仕方がなかったようで、一抹の同情を禁じえないこともなかったが……それに、近ごろは、よくよく考えてみると、それがまったくの他人事のようには思えなくなってね！　なぜか……ほほ！」

　大永は最後にもの憂げに笑うと、

「……さ、そろそろ……！　この話はこのくらいにして、校正！　校正！」

　と言って自分がまず仕事に取り掛かる。

　ちょうどそのとき、ドアが開き、キム・ジョンホが大きな図体を押し入れる。

　脇にバッグを抱え、相当急いでいたのか、息を弾ませながら顔には満面の笑みを浮かべ、後ろ手にドアをバタンと閉じると、帽子を脱いでぺこり、

「文先生、グッドモーニング！」

　と声を上げ、続いて金と朴にも一人ずつ、ぺこり、おはよ！　ぺこり、おはよ！

　大永は仕方なく、

「おはようさん」

　と言うだけで、そのまま仕事が忙しいふりをするのだが、そんなことはおかまいなしに、

「文先生、澄子に会いました？」

　と言いながら、近寄ってくる。

「ええ、昨日……訪ねてきました……」

「あ、それは良かった！」

キム・ジョンホはテーブルの角に腰掛けるような（背が高いので）勢いで、人の視野などおかまいなしに至近距離で立ちはだかると、なにやら話し始める。

「……彼女、どうか、指導のほどよろしく頼みますよ！」

「はあ……」

「われわれを頼って、われわれのために遠くまでやって来た人じゃないですか……ありがたいことじゃありませんか……？　ですからこちらも心から歓迎して、世話してあげないと……そのためには文先生のような方が率先して……」

　正直、こちらを信じて言っているのだろうと思うと、大永はどうも肩身の狭いような、後ろめたいような気になるのだ。

　本音を言うと、キム・ジョンホという人間を、常にうるさくて**インチキ**で下品なので軽蔑しているのだが、この男が（明らかに）野心から、あるいは映画製作やその宣伝のために女まで利用しようとしているのと……。

　こちらを信じて指導をしてやってほしいと預けた女を、いつの間にか裏で征服しようとしている大永自身と……。

　どうも後ろ暗いような、下品なような、われながらやましいような気がしてならないのであった。言うなれば、教え子と恋仲になり駆け落ちする、女学校の男性教諭ほどの恥知らずの行為であるようで……。

「ですからね……」

　キム・ジョンホは相変わらず（単に）嫉妬でもするかのような、お節介でも焼くような、

「……ですからぞんざいにせずに、ね……？　ご指導よろしく頼みますよ、文先生……」

「わたしのような人間に指導と言われてもね……」

「いえいえ、そんなご謙遜を……！　それからわたしが忙しくて時間が取れないので、文先生がまず、博物館のような所にでも連れていって、有名な古跡もいいですし、時間があれば見せてやってくださいよ」

「さあ……彼女は観光客じゃあるまいし、わたしだってツーリストビューローじゃありませんからね……」

「それは違いますよ！　彼女は何よりもまず、朝鮮の古跡と自然を満喫する必要があるのですから……」

「……」

「それはそうとして……ところで、文先生」

「はい」

「そのう……」

「なんです！」

「その、文先生にひとつお願いがあるんですがね！」

「飴玉でも買ってくれ、ですか？」

大永はようやく顔を上げ、室内には笑い声が響く。中でもキム・ジョンホの豪放な笑いがひときわ大きく、いつまでも続いたことは言うまでもない。

「ほかでもないのですがね、文先生」

「なんですか！」

『春秋』の今度の新年号にですね……先日お話したシナリオを載せていただけないかと……」

「シナリオ？」

「ええ……わたしの今回の作品ですがね、この前もお話しましたよね？『青春よ、なぜ泣く！』という……澄子も友情出演する……いや、近ごろ、その執筆に追われて、今日になってようやく……」

「そう言われても……うちの雑誌には、そのシナリオとやらの文明的な代物は、どうも……」

「無理ですかね？」

「無理というか、合わないというか……」

「でも脚本はときどき載ってるじゃないですか？」

「戯曲は、劇文学としてすでに確立された文学の一つのジャンルですからね……」

「というと？　シナリオ文学は文学じゃないとでも？」

「いますぐ価値が認められるような、ずば抜けて優れた作品があれば、例外として認められないこともないがね……朝鮮のシナリオは原稿用紙すらまだ未熟だからな……！　そう思わないかい？キムさん……」

　大永は椅子ごと体をぐっと反らせ、ふくれっ面で立ち尽くす客人を、にやっと見上げながら、

「……シナリオは文明かもしれないが、文明だけではね……両班《ヤンバン》［高麗・朝鮮時代の支配層］になるには、もっともっと文学として洗練されて、研ぎ澄まされないことには……」

「そんなややこしい理論よりも、とにかく宣伝をしないことには、宣伝を……」

「ビラでも刷ってばらまけばいい！」

「そんな！」

「新聞広告で連載でもするなり」

「からかわないでくださいよ！」

「トーキー一本に一万二千円だの、一万五千円だのかけてるんだから、そのくらいは……」

「どうしろと言うんですか？」

「近ごろじゃ、映画専門雑誌も一つできたようだが？　でなければ、趣味の雑誌でも歓迎されるはずだし……」

「権威がないと！」

「なんてことを……！　そんなこと言ったら袋叩きに遭いますぞ……読者だってよっぽど多い！」

「数だけ多くてどうします。しょうもない低俗な読者！」

「よろしい……！　で、『春秋』の読者は高尚か？」

「そんなことわたしに聞かないでくださいよ」

「では、『春秋』の読者は高尚としよう……で、その高尚な読者たちがだ、朝鮮のシナリオだの、映画だの、それ自体に関心があるとでもお思いか？」

「それが間違ってるって言うんですよ……！　ああ、文先生だってなぜ映画を積極的に支持してくれないのです。同じ芸術運動に……」

「おい、キムさんよ」

「おいとは！」

『秋月色《チュウォルセク》』［一九一二年に発表された崔瓚植（チェチャンシク）の新小説。朝鮮をはじめ、日本、中国、英国を舞台に繰り広げられる男女のロマンスを描いた作品で当時の新小説の中でもっとも人気を博した作品の一つ］や『江上美人《カンサンミイン》』といった、そんなものを作って売ってる輩が、これも芸術なのに、文壇や社会ではまったく支持してくれないとぼやいてるとしたらどう思う」

「いくらなんでもですよ、朝鮮映画が『秋月色』や『江上美人』なんかと同等だっておっしゃりたいんですか？」

「そうやって自分たちは違うと言い張って、低俗だと思っていないのだから、百年たってもそれ以上のものは作れやしない……脳みそ［原文はブレーンとハングルで表記］がそんなに乏しいんじゃ、朝鮮映画の向上、向上と騒ぎ立てたところで、結局は技術が巧みになるだけで、行き着くのはアメリカの低級映画が関の山さ！」

「観衆はいてもいなくても……？　いつだって赤字で……。そんな商売に誰が金出しますか」

「羅雲奎《ナウンギュ》の『五夢女《オモンニョ》』［李泰俊（イテジュン）原作、羅雲奎脚色・監督のトーキー映画、一九三七年製作］が『川向こうの村』［羅雲奎原作・脚色・監督の無声映画、一九三五年製作］よりも振るわなかったのをまさか知らないわけじゃ……？　昨晩『ブルグ劇場』を見に行ったところ、朝鮮人が三分の二は占めていたはずだ。超満員でね……映画『無情』［李光洙（イグァンス）原作、朴基菜（パッギチェ）脚色・監督の映画、一九三九年製作］は原作のせいで失敗したのか？　原作を生かして芝居にしたら満員だったがね」

「もう結構！　じゅうぶん……」

「聞きたくなくても聞くんだ！　キムさんよ……民衆に心の糧を与えるのに映画ほどいいものはない！　文学や演劇なんて足元にも及ばない……！　それなのに、これまでの朝鮮の映画はあまりにも不毛だった……！　技術がまだまだだったから仕方がないにしても、少なくとも志は、つまり民衆に心の糧を与えたいという意欲……志向……それがまったくなかったじゃないか……！　腕が短くて届かないのであれば、伸ばそうとするべきものを、伸ばそうともしなかった……！　だから朝鮮映画は民衆を裏切ったことになり、裏切った罰の代わりにこうして耳の痛いことを聞くべきなのだよ……！　いいね？」

「知りませんよ……！　じゃこれで、失礼します……」

意気消沈して背を向けてしょぼしょぼ出て行く姿がおかしくもあるが、いくらか憐れにも思えた。

その後、少し考えてみた。

人というのは付き合い方次第、見方次第というもの、あのキム・ジョンホだって、救いようのない悪党ではない、むしろ気が弱く、お人よしな面もなきにしもあらず、むやみに軽蔑して嫌うというのは、ひとえに自分のひねくれた心根のせいではなかろうか……。

このようにつくづく自省し、一種の悔悟の念すら感じるのであった。

午後になり、すでに三時。

澄子とは時間の約束をしたわけではないが、どうしたことかいまだ電話もなく、訪ねてもこないことが、多少、気に掛かり……。

するとちょうどそのとき、新年号の件でインタビューに来た新聞社の学芸部の友人につかまり、近所の喫茶店に出掛けて一時間近く、なんやかやと雑談を兼ねて長々と話し込み、その後、社に戻るとその間に女は訪ねてきていた。三十分ほどひとりで待っていたそうだ。

また来るなり、電話をよこすなりするだろうと思っていたのだが、五時が過ぎて退勤するまでなんの連絡もなかった。

小痴《ソチ》の牡丹の掛け軸を、今朝持ってきたときのように脇に抱えてアパートに足を向けてみたものの、予想通り、ドアには鍵が掛かっていた。

名刺を一枚、ドアの下の隙間から押し込むと、掛け軸は邪魔なのでアパートの管理人に預けて×号室に渡すよう頼み、ひとまずそこを離れて本町《ポンジョン》通り「現在の忠武路（チュンムロ）」に向かった。

古本屋を見て回って丸善まで行き、そのついでに明果《ミョングァ》のほろ苦いコーヒーを一杯、ゆっくり味わってから再び女のアパートを訪ねてみた。

ドアはしかし、閉ざされたまま。

時は八時近くになっていて。

もう一度喫茶店にでも行って待ってからまた来るか、メッセンジャーを遣るかしようかとも思い、しばしの間立ち止まって考えたが、体がだいぶ疲れているのと、会えばどうせまた夜を明かすことになり、無理が重なるだろうとも思い、結局は新たな名刺に一言、二言書き残し、先ほどのように押し込むと、多少惜しい気もしなくもないが、その場を後にすることにした。

翌日は朝早く、十時が少し過ぎたころだが……。

小僧が、内地人の原さんからだと言って渡してくれた電話に、だからあらかじめ国語で、しかし周りには遠慮がちに、

「澄子さんですか？　こちら文ですが」

と丁重に言うと、受話器の向こうでは急いた様子で、

「**まあ！　やっとつかまえたわ、文さんを……**」

と、うれしそうな様子がありありとして喜んでいる。

すると甘えるように、

「……でもひどいわ、文さんたら」

「すみませんでした、昨日は……」

「話し方がよそよそしいですわ！」

「あ、いや、まあ……いまどちらからお電話を？」

「すぐ前の公衆電話……ああ、そうね！　やっとわかったわ……！　けれど、わたくしは公衆電話ですから、ちょっとふざけさせてもらいますわよ？」

「ふてくされているよりは……！　ところで、どうします？　これからこちらにいらっしゃいますか？」

「行ってもいいのです？」

「それはまあ……！　しかし、わたしの手が空くのは、午後の四時、五時になってしまいますが、いくら朝鮮の気持ちを知るためとはいえ、一日中、人の口と顔色ばかりを見て過ごすわけにもいかないでしょうに」

「確かに！」

「ですから、これから五、六時間、映画でも観るか、すぐそこですから徳寿宮《トクスグン》に行って絵でもご覧になるなり……」

「では、好きにしてますので、あとで午後に伺いましょうか……？　何時ぐらい？」

「四時か五時……」

「ではそうすることにして……けれど、困ったわ！」

「どうしました？」

「時間つぶすのが……！　昨日のお昼と夜の一日でもううんざり！　退屈であきあきして死にそうだったの……！　でもそれが昨日や今日だけの話ではないってことよね！」

「それは困ったな！」

大永は確かにかわいそうだとは思ったが、自分だってすぐには（すぐもこうも）どうすることもできなかった。それこそ、一日、二日のことではないのだから……。

ところで、実はそれが、つまりひとりで時間をつぶす苦痛に女が耐えられないでいるというその事実が、後日、別のある重大な事態を引き起こすことになるのだった。

だが、当の澄子もそうだが、大永もそのこと自体がかわいそうだと思っただけで、それ以上のことに発展するとは思いも及ばなかったのである。

「あ、昨日もですわ！」

女はようやく、昨日の出来事を話し始めるのだが、

「……で、二度目に目を覚ますと正午だったので、外に出て朝昼兼用の軽い食事をして……」

「電話でも先にいただければ良かったのに！」

「すぐに行こうと思っていたので……！　それで、ついでにアフタヌーンドレスを一着あつらえようと思ってカネボウに寄って……そうだ！　昨日そこで生地をいくつか見立てておいたので、あとで一緒に行って文さんが選んでくださいね」

「ええ、まあ……しかしわたしはそっち方面にはまったく目が利きませんよ……」

「かまわないわ……それで、三時くらいになってしまったので、急いで電車に乗って文さんの所へ行ったら、いまちょっと前に出掛けたって！」

その後の話を聞くと、女はその足で街に出ると、キム・ジョンホにばったり出くわして一緒に喫茶店に行くことになり、そこで六時まで、今回製作するという映画の台本の内容を聞かされたという。

それからようやく解放されて、社に電話をすると誰も取らず、七時ごろにアパートに戻ると名刺が残されていて、そのままじっとしていられず、また表に出て当てもないまま探し回り、また戻ってみるとまた名刺だけが残されていて、するとそこにはおやすみと書かれていて残念でならず、そのせいで一晩中一睡もできなかったという。

掛け軸は、少し前にしかと受け取ったそうな。

大永はいずれにしても申し訳ないことをしたので、その代わり後で来たら、涙が出るほどおいしい**ごちそう**を食べさせると言って電話を切った。

約束の時間通り、四時半ごろに澄子がやってきて、少しの間待たせた後、金と朴の二人も連れて社を出た。

接待するのに女だけを連れて出て行くのもなんで、また、お互い親しくなる機会を与えたいというのもあった。

連れて出てきたものの、考えてみると、どこに行けばいいのかわからない。

先ほどの電話では涙が出るほどおいしい**ごちそう**と言ってしまい、するといまもそれは何かとしきりに聞いてくるので、口では朝鮮の**気持ち**を味わわせてあげようと言ってしまい、だから朝鮮のもので接待すべきだが、それがどうにも難しい。

ソルロン湯《タン》［牛の頭やモツ、骨などをじっくり煮込んだスープ］やビビンバ、それに一膳飯屋や居酒屋というと、その朝鮮の**気持ち**がよくわかりすぎるから（まだ）早いだろうし。

料亭の料理は大きすぎ、大きいだけで特別注文の料理ならまだしも、それこそ論山《ノンメ》［忠清南道（チュンチョンナムド）の南端にある地域、本来の読み方はノンサン］の江景《カンギョン》［論山にある邑］は恩津《ウンジン》彌勒［論山市恩津面の灌燭（クァンチョク）寺にある石造の弥勒菩薩。高さ二十四．五メートルで朝鮮の立像としてはもっとも高いことで知られる］でもっていて、後家の僕《しもべ》は大きい鈴が役に立つと言われるようなもの。近ごろの朝鮮の料亭の料理というのは、神仙炉《シンソルロ》［朝鮮時代の代表的な宮中料理の一つで魚肉や野菜などさまざまな具を入れた寄せ鍋］くらいが（それも実は中身より見てくれ――器だけ）朝鮮の料理として生き残ってはいるが、それ以外は、まるで万国料理の貧弱な盛観を発揮している怪物のようなもので、不本意なものに金を浪費してまで、あらぬ味覚のノスタルジアを貪る必要もなく。

家にはちょうど食べごろのトンチミ［大根の水キムチ］と白菜のキムチがあるが、女たちをそれほどまで虚仮《こけ》にすることもできないものであり。

すると残るは和信《ファシン》［和信商会のこと。一九二九年鍾路に建てられた朝鮮初の現代的百貨店］の朝鮮定食というものだけだが、田舎のお上りさん連中のような食事をするのは癪に障るが、初心者に免疫をつけるつもりでひとつ世話になるのが唯一の方策のように思えた。

交差点に向かって歩きながらよくよく考えると、財産などと呼べるものでもなく、あえて自慢をするだとか、いい格好をするつもりはまったくないが、必要な場合に、他郷《たきょう》からの客をもてなす美味《うま》い料理もろくにないのかと思うと、情けない気もするが、その無様さがむしろいい気味ではあった。

約束したのが涙が出るほどおいしい**ごちそう**だったので、まさか騙されるとは思わず、言われるままに、まずはあの強烈なカクトゥギ［大根の辛いキムチ］を、そのにおいに耐えながら口の中に放り入れると……

　見るまでもなく、一挙に涙がこみ上げ――

「ひどいわ！　ひどいわ！」

と訴えるが、かといって体裁もあって吐き出すわけにはいかず、そのまま飲み込むには口の中がシベリアのようで、しばらくはにっちもさっちもいかなくなり、そのおかげでその場の雰囲気は盛り上がり。

　夕食を済ませると、一行は再び街をぶらつき、途中、しゃれた音楽の聴ける店でお茶をするなど楽しい時間を過ごし、最後に二人には女を送っていくという口実で自分ひとり、女とともにアパートに戻った。

　部屋の中には不釣合いな小痴の掛け軸が掛けてあり、鏡台にはこんもりと、果物が大きな器に盛られており、また、葡萄酒が少しも減っておらずそのまま残っているところを見ると、女に心のゆとりがあるようで、安心した。

　前回ほどは話すことが多くはなかったが、それでも三時ごろにようやく、それぞれ床に就いてわずかばかりの仮眠をとった。

　明け方の別れ際に、あらかじめ、後ほど夕刻に落ち会う時間と場所を決めておいた。

がしかし、大永がそれを台無しにしてしまった。

　自宅に戻り、目覚ましにと掃き掃除をすっかり済ませると、ぽかぽかの上座《アレンモク》［部屋の中で、オンドルの焚口から近い温かい場所。主に家長や目上の人が座る］で朝食を摂るのだが、さじを手にするとなぜか手足の力が抜け、突然、疲労感が押し寄せてきて朝飯どころではなく、さじ一つ手に取るのも億劫なほどになる。

さらに、風邪気味なのか疲れのせいか、体中に寒気がしてどうにも具合が……。

妻が心配して止めるまでもなく、これではどうにもならないと思い、一、二時間のつもりで横になった。ところが、一日中、日が暮れて部屋の明りが灯されるまで起きることができなかった。寝ていてももうろうとし、熱があってうなされ……。

外が暗くなり、ようやく目を覚ましたものの、一度寝てしまうと体は押さえつけられているかのように重く、そんな状態で夜分にしかも寒い中、抜け出すなど無理な話であった。

電報なり、速達なり、とにかく便りだけでも出して知らせてやるべきだが、使いに出すといっても義母ぐらいしかおらず、郵便所はやや遠く、夜道にそんな使いを出すのも気が引ける。

翌日も体はそれほど軽くもならず、無理だとは思いながら、それでもあれこれ気に掛かり、正午過ぎ、一時ごろに社に出てみた。

電話が何度もあったと伝えられ、まずは安心させるために事情を簡単に書いてメッセンジャーを遣わすと、玄関が閉まっていたといって持ち帰ってくる。

ちょうどピョンスが詰め寄ってきて、それ見たことかと、ひとりで飲み歩いているから、その罰として酒の毒が回ったのだと悪態をつくのだが、それに昨晩、忘年会をする約束だったのに、兄貴《ヒョンニム》がいなくてできなかったから、今日は何が何でもやるといって聞かず……。

大永が動揺して、今日だけはどうか勘弁してほしいと泣きつくと、それなら一日だけ目をつぶってやると言い、次は絶対に逃げられないようにしてやると言って、その場で、遠く郊外にある料亭に電話を入れて手はずを整えるのだった。夜遊びには郊外がもってこいで、また雪景色がいいではないかと……。

大永は自分でも言っていたように酒は強くはないが、嫌いではなかったので、酒を飲むのはいつでも歓迎ではあった。

しかもピョンスといい、金や朴といい、歳下ではあるが酒の飲み方をわきまえていて、飲んだ後に醜態をさらすこともないので、同じ社の仲間同士、静かな飲み屋を選んで歌舞の優れた芸者と夜遊びをするのは、愉快なことではあった。

しかし、例の澄子のことが頭から離れず、ついつい気になってしまう。自分の時間をほとんど割いてやらなければならず、小言の多い女房にうんざりしている夫のように圧迫感を感じ、酒を飲むのも気がとがめるのだった。

いざ出社して待ってみると、なんの連絡もなく、社は社で忙しく、熱が上がってけだるいのをこらえ、どうにかこうにか日暮れまで仕事をするふりだけはして。

それからアパートを訪ねてみるのだが、玄関のドアは一日中閉まっていた。

具合が悪いのを考えると、家に帰って寝るなり養生するべきではあった。

しかし倒れたのが不覚であった、すぐにはよくならないのと同じで、いつも出歩いている人間であり、とりあえず出てきたのが（間違いと言えば）間違いではあったが、出てきた以上はただの風邪や疲れぐらいで用心してこのまま家に帰るなどというのは土台無理な話。

故意ではなかったにせよ、すでに二日も放っておいてしまったのだから、たった一時間ですら時間をつぶすのが苦痛だと言っていたのに、ひどい目に遭わせてしまったことになり、それに、その、つまり会いたくもあり……。

名刺にまたすぐ来るから、出掛けずに待つようにと書いて滑り込ませると、前回のように木町通りに行って、やはり前回と同じように本屋に寄って、茶を飲みもした。

しかしアパートに戻る途中、なにか強烈なやつを三、四杯ひっかければ身も心もすっきりするような気がし、ひとりでみっともないのは承知で、取引所近くの、たまに顔を出す飲み屋に入ったのが運の尽き、普段から懇意にしている文壇の連中に会ってしまったのだ。

嫌いではない連中に、しかも飲み屋で会ってしまったのだから、女子《おなご》の一人や二人のことなど後回しにしてもかまわなくなってしまい……。

みんなそれぞれ強情だが、酒といういいものが入り、みんないける口で、共にわいわいがやがや！　ということで、自然と長引き午前零時近くになってようやくお開きになり……。

大永は酒に（ズルをしたので）酔うというほどではなかったが、ほろ酔い気分でひとり抜け出し、女のアパートに向かった。

ノックをせず、来るたびに鍵がかかっていたことを思い、なんとなく取っ手を握ったところ、するりとひとりでに回り、その拍子に扉までがばっと開いてしまう。

そのまま押される形でいきなり玄関の中に足を踏み入れるより……。

女はすると、外套に帽子、靴、すべて出掛けてきたいで立ちのままで、まぶたはまたひどく腫れ、ぽつねんと（待ちながら）座っていたソファの端から反射的に立ち上がるが、その瞬間、体中の力が抜けたのか、またへたり込んだかと思うと瞬く間に涙が浮かぶ。

すると、視線だけは、ゆっくりと目の前まで歩いてきて腰を屈めて（抱き起こすのではなく）な

だめるように覗き込む大永の顔を見上げてじっと見つめるのだが、やがて魂の抜けたように、

「知らないわ、あたし……」

恨めしさや嘆きというのではなく、ひとりでにこぼれ出た嘆息だった。

しかしその姿がなんとも艶《なま》めかしく、憐れなことか、一方、二日間、ひとりの間、想いを寄せる男への情熱は募る一方で、いまはまさにその激情を力の限りにぶつけて、体ごと彼《か》の人の胸に抱かれ、存分に、ありったけの恨めしい気持ちを哀訴しつつ、それでいて全身を愛撫されたいという欲望が渦巻くのだが、しかしふと、無意識のうちにある障壁にぶつかり、そのせいでどうにもすることができないのであった。

こちらに対する男の想いもとうに気づいていて、またその人そのものに対する心の隔たりがあるというのでもなく、ただ、表向きの躊躇からくる一人の女としての自制であり、取るに足らぬ（一時の）自衛であった。

もし万が一、このときに男がもう少しだけ、例えば、手で髪をかきあげてくれたり、無言で背中をとんとんと叩いてくれたり、そんなことをしてさえくれていれば、女はすぐさまその腕にすがり、そのまま抱かれてしまうほど、そんな障壁など優に乗り越えたはずである。

大永は言うまでもなく、女の（元気がないにはないのだが）目に溢れんばかりの情熱を感じ取り、唇に刻まれた切なる思いに気づかないはずはなかった。

今こそチャンスだ、心の中ではそう思う。

かわいくて、気になる女であり、唇を奪いたいと思ったのも一度や二度ではないところへ、いまとなっては女の方もその気のようであり、これ以上なにを考える必要があるのかといえる、絶好の

チャンスであった。

したがって、至って自然に、またいとも簡単に、万国共通のあの儀式ひとつによって、二人の例の情熱と欲望を、愛情というひとつの新たな段階へと転化させればそれまでのことであった。

大永はしかし、それとは正反対に、いきなり腰を起こしたかと思うと、ぷいっと背を向けてのそのそと部屋の中を歩き回る。

実のところ、なりふりかまわず、例のあの儀式をものにしようともしたのだが、なぜか臆病風に吹かれ、一気に興ざめしてしまったのだった。

「……いまも、胸が若干どきどきしてる……女を抱き寄せて……唇を、蜜をなめるようになめ合い……！　チェッ！」

そのずうずうしい自分自身の姿がこっぱずかしく、青二才たちがじゃれ合うのを真似るようで、どうにも気恥ずかしくてやってられなかった。

何ごとにおいても本気で掘り下げることができず、決まってそのことを客観視して皮肉り、それほどひどく冷めていた。

澄子は男の突然の尋常ではない態度に心配になり、自分のことなどもはや二の次で、潤んだ瞳でじっと様子をうかがっている。

大永は部屋の中を歩き続けながら考え直すのだが、今回は自分という人間がまったく情けなくてたまらない。

不十分な情熱……。

確かにいまも女がかわいく気になり、したがって抱擁と接吻を楽しみ、それによって愛情を感じたいと思わないこともない。

それにいつでも、あるいはこの後すぐにでもそうしてしまえばいいので、そうすることもできるし、そうするつもりでもある。

しかし、そう思いながらも、その一方でそのことに対する自嘲《じちょう》や稚気がつきまとい、それは結局、情熱が生ぬるいままで、それ以上、し烈なまでには燃え上がらないからであろう。

生ぬるい情熱、それならむしろないほうがましというもので、かえってみっともない。

たとえ、八十の白髪頭になって、口の曲がった不細工と恋愛をするとしても、熱く燃える心臓さえあれば、これほどまで煮え切らないことは決してないはずである。

万事に熱を入れることができず、それよりも自分というものがどこかに行ってしまい、つまり魂を失った人間なのだから、それも奇怪なことではないかもしれないが、だとしても三十三のこの歳で、頑なで恋愛にすら熱中することができないのであれば、まさに生命の枯渇以外の何ものでもないはずである。

大永は、そんなことを考えながら行ったり来たり（女の視線を避けて一点を見つめながら）何度も部屋の中を往復するのだが、最後には、ふうとため息をついて再び向こうで背を向ける。

澄子はそれ以上は耐えられず、ついに立ち上がって男のもとへ行き、袖口をつかんで男の前に立ちはだかると、顔を見上げる。

瞳がいじらしく、しばらくして、

「文さん？」

と切羽詰ったように呼ぶ。

大永は自分がとんでもない行動に出たことを内心恥ずかしく思い、なんとかにこりとでもしてやろうと思うのだが、顔面の筋肉が言うことを聞かず、口もすぐには開かないのだった。

「ねえ、文さん！」

「……」

「怒ってらっしゃるの……？　お加減がよろしくなかったというのに、そのことをお伺いもせず……わたしったら、自分のことばかり……」

すると大永はそのとき、いきなり女を、恥も外聞もなく手荒に女を自分の胸の中に引き寄せ、きつく抱きしめる。

自暴自棄的な発作による腕力であり、突然の情熱の燃焼では、しかしなかった。

ただ、その猛烈で隙のない様は、いかにも激しい抱擁といえるもので、それゆえに女が、抑えに抑えていた激情をついに抑えきれなくなり、それほど荒々しく爆《は》ぜたのだと思い込むのも無理もなかった。

張り子のように引き寄せられ自分もぎゅっと抱きつき、しばらくは荒い息遣いだけが聞こえ。

すると首を少し反らせて顔を上げる。

それ以上に重要な瞬間がひとつ抜けていたのであり、そのせいで唇はより艶を増し赤みを帯びていた。

大永はそのように発作的な機会ではあったが、とにかくその抱擁とそれに伴うものをやっつけてしまうことにし、実際に行動を起こすと、想像以上にずっと血が沸き立ち、あらためて女が愛《いと》おしく思え、すっかりご満悦になるのだった。

大永は女をソファに連れていって座らせ、上着も自ら脱がせて自分のものまでタンスに掛け、それからソファに一緒に座る。

女は片手で背中を抱きながら、額に手をかざす。

「熱があるわ！　どうしましょう！」

「大丈夫さ……！　これしき……」

「でも……！　少し横になります？」

「いや……」

「それはそうと、こんなに無理されてどうしましょう。わたしのせいで……」

「せいだなんて、賦役でもあるまいし」

澄子はその言葉がおかしく、声を上げて笑いながら男の胸に顔を預ける。

「ですが、文さん……」

「うん？」

「よく見ると、それほど健康そうでもないようですわね」

「どうとでもなれ……ってもんさ！」

「そんな……！　これからもずっと、これまでのように夜を明かして、いつも無理しないといけないのですもの、体はもっと弱っていって……そのうち倒れでもしたらどうします？」

「仕方ないさ！」

「そんなことになったら二人の生活はまったく無意味になって……無意味どころか、なくなってしまうわ……！　文さんがこれまでの仕事や生活をすべて捨てて、わたしとだけいてくださるのなら、そうすれば二人の暮らしもずっと穏やかでしょうに、でもそんなわけには……」

「明日のことなど心配していたら、とっくに毒薬でも飲んでるさ！」

「まあ、なんてことを……！　文さんはそうでも、わたしは今日からは違いますわ……。それに明日のことっておっしゃいますけど、今日のことよ！」

　恋愛とは、どうにか結ばれても、その後は心配、二人はそのことに身をすくめ、しばらくは思案ばかりが深まる。

　すると澄子がやにわに、膝を打つような仕草をし、

「あ、そうだわ！」

　と言って顔を上げ、目を輝かせる。

「……わたしたち、一緒にどこかへ行きましょう！」

「どこかってどこ？」

　大永はにわかには呑み込めず、しばらくしてそれがここを離れるという意味であることに思い至り、快く、

「行こう！」

「行くの？　本当？」

　女は自分のほうがかえって驚き、信じられず聞き返すのだが、大永は変わらず断固として、

「本当さ！」

「絶対？」

「絶対！」

「いつ？」

「いつでも……」

「いつでも？　絶対？」

「絶対！」

「どこへ？」

「澄子さんの行きたい所ならどこでも……」

「本当？」

「本当！」

「まあ、良かった！」

　息が上がり、最後に大きくため息をついたかと思うと、「まあ、良かった」と言いながら感激で涙が溢れ、男の首にしがみついて頬ずりするのだった。

「……ありがとう！　優しい文さん……！　ね、文さん……」

「うん！」

「一緒に行ってくださいね、うん？」

「心配しなさんなって！」

「わたし、本当にもう一日たりともこの朝鮮にはいられないわ！　もう……誰しもぼんやりして、憂鬱そうな顔で、こっちまで憂鬱になってしまうの……！　おまけに文さんはわたしをずっとひとりにしておくのですもの……ねえ、文さん……」

「うん」

「東京へ行くのは、どう？」

「東京か……？　それもいいだろう……阿片と手を切りに来てまた阿片中毒を連れて帰るか？」

「かまうものですか！　でも……父はかんかんになるでしょうけど、それくらいの覚悟は……　ところで、いつ出発？」

「明日でも……」

「本当？」

「本当！」

「本当に……！」

　女は急に元気がなくなり、深く座り直す。

「……でもよく考えたら、文さんは行けないわよ！」

「なぜだ？」

「家庭はどうするおつもり？　奥さまは……」

「なんだそんなことか……家庭や女房のことを思って自分のしたいことができないようなやつ、そのほうがいいのかい？」

「でも、いますぐ文さんがいなくなってしまったら、奥さんはどうなります。文さんはかまわないでしょうけど……」

「実家に帰るなり、うちの父親の所へ行くなり！」

「だからそれはひどいのではないですか？　わたしのせいで……」

「ふん、それがためらわれて澄子さんがよすというのであれば、仕方のないこと……」
「いいえ！　行くわ！　一緒に……」
女は慌ててそう言い、大永に抱きつきながら
「……一緒に行きましょう……！　でも、罪のないお方に申し訳なくて」
「その気持ち、わたしが代わりに預かっておくことにして、後日、もし機会があれば本人に伝えるとしよう！」

ついには汽車の時刻表を見ながら、出発の手配について相談をする。

汽車は翌日の真夜中の三時四十六分、釜山《プサン》行き、ひかり……。

大永は実は、昼の汽車でもいいと言ったのだが、女がそれを聞いて、いくら片付けることがないとはいえ、仕事や家庭があるのになぜそんなに慌てて発つのかと、夜の汽車を主張したのである。

女はそして、明日一日は出発の時間まで、大永を奥さんにお返しすると言い、今夜、夜が明けて朝別れてからは、その時間に停車場で再会することを約束した。

大永は、家と社には車中で手紙の一つでも書けば済むと考えていたのだが、ちょうど明日の夜は忘年会をすることになっていたので、最後だと思って仲間同士、一晩遊んで旅立つのも悪くないと思った。

女の家財道具はそのままにしておくには惜しく、だからといって売るのもせこい気がするし、また煩わしくもあるので、いろいろ考えた末、どうせだから大永の家に送りつけることで意見が一致した。

いずれはそこでも邪魔になるかもしれないと思うと、なおのこと申し訳ない気もするが、やはりそれ以外には打つ手がなかった。

そこで明日の夕方、女が運送屋かメッセンジャーを呼んで発送することにして、大永は回基《フェギ》町の自宅の住所まで書き残した。


旅立ちの手はずの相談が終わってからも、二人は果物をむいたり、茶を飲んだり、また、そのまま残っていた葡萄酒を二人で分けてすっかり飲み干すなど、遅くまで遊び……。

最後に寝る段になると、女は随分とためらう素振りを見せるのだが、まずは大永に（体の具合が悪いので）ベッドを譲り、ソファに自分の寝支度を調える。

自分の意思よりは、また自分としては判断がつかないので、男の出方を待っていたようだ。

大永は（当たり前のように）何も言わず、女をベッドに連れていって寝かせる。

女は素直に従い、そのときになって、狭いけれどそれならここで一緒に寝ようと言う。

大永は、東京に行ってダブルベッドを用意してから……と言ってその場から離れた。

女は歯がゆいのか、すぐに
「**善良ね！**」

と言って身を起こし、ベッドの端に腰掛けて隣を指差す。

「……ちょっとここに座って！」

大永は内心、善良なんてものではなく、小心で卑怯、はたまた虚栄なのだと否定した。

事実彼は、それ以外の、今宵、澄子とともに一つのベッドで寝てはならないという理由や条件など何もなかったのである。

「じゃ、おやすみなさい」

女は隣に座る大永に、おやすみのキッスをしながら耳元でささやく。

「……それから、東京に行ったら、文さんの優しい奥さんになってあげるわ、ね？」

「そいつはありがたい……！　しかし、魔法でも使うのかい？　優しい、奥さんに、なる、とは！」

「そんな……！　そんなんじゃなくて、文さんがあまりにお優しいので、澄子うれしくて……だから、わたしたち、ダブルベッドを手に入れるまでは恋愛のままにして、その後は文さんはお婿さん……澄子はお嫁さん、ね？」

「結局、誰がなんと言おうと、虚栄であり習慣的な偽善であって……！　ふう、ところがその偽善を振り切ろうとすると、次に現れるのが偽悪とはな……！　人間というのはややこしいものさ！」

「本当は善良なくせに、その反面、とても薄情なところがあるお方……！　冷たくて！」

そんな不平（いまではすっかり言いたいことを）を言いながら、女はもう一度口づけをして肩の腕をほどく。

大永はソファに戻って座り、煙草に火をつけて口にくわえてじっくり考える。

「明日はあれを連れて、連れてではなかった、ついて東京に行く？」

「行く……東京へ……あれについて行って……明日……」

「ふん！　行けばいいさ！」

まったくたやすいことだった。

明日、女と一緒に、東京に、行くこと、それだけのこと、言うなれば絶対のことだった。四方を見渡したところで、女と一緒に明日、東京に行ってはいけないという拘束も躊躇も何もなかった。

「ならば、実際に行くとしても……いったい、何をしに行くのだ？」

「何をするもなにも、女について行くまでさ……あえて言うなら、恋風に吹かれて……」

「ううむ、恋風に吹かれてか……！　いけてないな」

「だいぶいけてないだろ……」

「やめるか？」

「けっ！　やめてやれ！」

これまたたやすい。

いくら考えても、明日、あの女を連れて東京くんだりまで行く必要も理由も見つからなかった。

「だったら、やめるか？」

「ふん！　やめてもいいが、でもやめたところでどうする？」

「だったら行くんだな！」

「やめてもそれまで……」

「やめなくてもまたそれまで……」

どちらも同じだった。

行ってはならないという条件もわけもないので行くのだった。

同様に、行く必要も理由もないから行かないのであったつまり結局は、行くのなら行くのが善であり、反対に、行かないのなら行かないのが善だった。

したがって結論は、明日、女と一緒に東京に行く、であった。

しかしその一方で、明日、女を連れて東京に行かない、であった。

「へたすると逃《の》がすぞ！」

「逃したところで大したことはない」

「あえて逃がす必要があるか？　あの妖《あや》しいのを……」

「かといって一生涯連れ添うのか！」

「ふん！　逃がしてもよし、逃がさなくてもよし……」

「明日発ってもよし、あさって発ってもよし……」

「しあさって発ってもよし、明日永遠に発ってもよし……」

「行ってもよし、行かなくてもよし……」

「なるように……」

「ちぇっ！　なるようになるさ……」

6

翌日。

午前二時になろうとしている真夜中、予定通り、春秋社の忘年会が開かれている東小門《トンソムン》〔現在の恵化（ヘファ）

門。ソウルの北東にある］外の牛耳《ウイ》洞付近の閑静な料亭で……。

大永《デヨン》、ピョンス、そして金と朴の全部で四人、家族のような仲間に、二、三人の妓女がそばで世話をし、豪勢ではないが、酒と料理をそれなりに楽しみ、少なからず酔いも回っていた。

しかし、その中で大永だけは初めから量に気をつけ、また、のべつ気になることがあり、ほとんど酔ってはいなかった。

彼は昨晩からいまのいままで、まったく考えは変わっていなかった。

行くのなら行くのがよし、行かぬなら行かぬがよし、今日発つのもよし、明日発つのもよし……ってなものだった。

すなわち、これは猶予未決や躊躇ではなく、どちらでもよろしいというひとつの立派な決定なのだった。

酒もかなり入ったところだったので、それぞれ膳から離れて話に夢中になり……。

大永は妓女の膝枕で横になっているが、またも時計を取り出して確認する。

一時四十分。

これから一時間後には自動車を走らせて京城《キョンソン》駅に向かわなければならず、二時間後には澄子とともに釜山《プサン》行き第五号急行列車ひかりに乗らなければならない。

大永は手のひらを打ってボーイを呼び、先ほど頼んでおいた通り、二時四十分までに、必ず車一台待機させるようにと念を押す。

すると向こうの方からピョンスが大声で、

「兄貴《ヒョンニム》！」

　と呼ぶ。

「なんだ……！　そんな大声上げて……」

「へっへっへっ……どうしても行く気ですか？」

「行くさ！」

「まったく、何があるって言うんです……？　そんなのやめて、ゆっくり酒でも飲みましょうよ！」

「だめだ！」

「いったいどこの誰なんですか、こんな夜中にわざわざ見送りに行くほどの仲っていうのは！」

「愛人だと言ったろ！」

「そりゃ、違う……兄貴は役者だから、本当に愛人だったら愛人とは言わないさ！」

「虚虚実実、知らんのか？」

「絶対違うね……！　とにかく戻って来ますよね？　二時間以内に……」

「ああ……！　おれが善良なおまえさんを見捨てるわけないだろ！」

　自分の口でそう言いながら、どうも後味が良くなかった。

「だとすると今日はお流れか？」

「まあ、それもいい……」

「どうせだから行ってもいいし……」

　じっと待つのももどかしく、宴もしらけはじめたところで伽倻琴《カヤグム》〔朝鮮固有の琴〕の竝唱《ピョンチャン》〔弾き語り〕を一曲聞き、なんやかやと二時半になったのを確認して、ピョンスと金、朴の三人を膳の前に集めて（最後の別れのつもりで）どこか物寂しく杯を交わす。

やがて、車が待機しているという知らせが入る。

立ち上がろうとするが、まだ時間はじゅうぶんなので五分だけ待つように伝え、もう一杯酌み交わす。

その後、さていよいよ東京に発とうと席を立つのだが、隣のピョンスが腕をつかんで座らせると、兄貴の様子がどうもおかしいと言っては、必ず戻ってくるという誓いにと、大きな杯に注いで飲ませる。

その次は、自ら座り込んで（行かなくてもそれまでだと）杯を手にする。

しかしその後立ち上がる。

しかし再び座る。

また立ち上がる。

また座り込む。

この調子で何度も座っては立ち、立っては座り込み、その間、何度も時計を取り出してはしまい、を繰り返し、そうこうするうちに三時になり、続いて五分、十分、とうとう十五分……十五分を迎えると、ついに最後の時間は完全に過ぎてしまった。

このぎりぎりの時間をやり過ごすと、というわけで今日は必然的にお流れになったことを実感し、その瞬間、不思議なことにどこか寂しいようであり、その一方でさっぱりしたようでもあり、こうなった以上、酒でも思い切り飲んでやれ、と威勢よくボーイを呼んでウィスキーを注文する。

すると今度は、停車場でひとり、待ちぼうけを食らってやきもきした揚げ句、仕方なく引き返す女のしょんぼりした姿がしきりに目に浮かび、不憫でならない。

そうだ、後で帰り道にアパートに寄って慰めてやればいい、なんならそこで一緒に待って明日の昼の汽車で発とう、とここまで固く心に決めるのだった。

しかしよく考えてみると、アパートを引き払ったわけであるから、そこに戻ることはできないはずで、すると深い水底に魚を逃したような気になり、もやもやしてきた。

だが、そうだとしても万が一ということもあるので、まずは寄ってみることにし、またそれが筋であり、もしも戻ってなければ、どうせ駅前の旅館にでもいるに決まっていて、明日の早朝にでも社に連絡をよこしてくるはず……最後にはこうして自分を安心させたのである。

どうせその網の中にいるに決まっていて、どこへ行くというのだ、という一種の酔った勢いの自信であった……。

緊張は解けたが、酒がだいぶ入っていたので、それからは一気に酔いが回りはじめ、やがて泥酔状態になり意識を失う。

その後、朝五時には、同僚たちに指示された運転手が東大門《トンデムン》外めがけて走る車のクッションに体をうずめ、意識のないまま運ばれていくのであった。


晴れた朝、陽が高くなってやっと目を覚ますと、ようやく自宅の部屋で横になっている自分を発見すると同時に、澄子のことがまず頭に浮かぶ。

遅れてはいけないと思い顔をぐっと上げて机の上の目覚まし時計を見ると（十時が過ぎていたが、それよりも）こんもりとした、朝刊の上に重ねてある一通の手紙が目についた。

鉛筆で走り書きされていて、文大永様という文字ですでに、何も書かれていない裏面など見なくてもわかるというもので。

昨晩の一件ですっかり機嫌を損ねているのは火を見るより明らかで、ちょうど住所も知っていたので、腹立ち紛れに文句でも書き連ねているのだろうと思い、にたにた笑いながら開封して読んでみると、冒頭にいきなり、

「お許しください！　文さん。文さんに黙って澄子ひとり、大陸に向かうところです！」

大永はすっかり目が覚め、目を凝らして急いで読み進める。

……よくよく考えました。それでもどうすればいいのかわかりませんでした。澄子、この愛があまりに大切で、あまりに惜しく、手放すのはとてもつらいことですが、しかしこうするしかないのです。

澄子、二十三も過ぎようとしているこの歳になって、本当の初恋といえる愛であり、まったく偽りのないものでした。お優しい文さんのおかげです。

そして、それだけに予定通り、文さんをお連れして東京へ行き、二人で楽しくその愛を深めるのが本来で、またそうしたいという切なる気持ちはいまも変わらず、いつまでも忘れることはないでしょうね。

しかしいくら考えてもそれはなりません。初めのうちはそれはただただ楽しいでしょうね。ですが、二人でそのようにひと月ならひと月、ふた月ならふた月、半年、いえ一年、そのように過ごして、その次は？

最初の楽しい時期が過ぎてしまうと、その次は必ずや、二人には無為の倦怠による破綻が待ち受けているはずです。

きっと、文さんの暗い顔、澄子も暗い顔、この二つの暗い顔で、昼も夜もお互いただぼんやり見つめ合うだけでしょうね。話もなく笑いもなく、ひたすら押し黙って……。

どうです、考えただけでもどうすればいいかわからず、恐ろしくてぞっとしませんか？

生活がなければ！

文さんも澄子も生活を営む気力を失くした、同じ阿片中毒……阿片中毒者なのです、血が通うだけの肉塊なのですもの、この二つの肉塊がどうやって……？

健全な生活が伴ってこそ恋も愛情も息吹くもので、これほどアブノーマルな二つの肉塊と肉塊が昼夜問わず顔を突き合わせているだけなんて、そこからどのように愛が育ち、支えられるというのです？

考えてもみてください、文さん……。

二人でこれから東京で過ごすことより、ずっとましと言える文さんのいま現在の生活……それでも生活というものがあるいまでも、文さんは文さんの家庭、つまり「古い女」になぜそれほどまで興味がなくぞんざいなのかしら。しかも奥様は健全なようですのに……。

ましてや、二人とも廃人で、生活というものがまったくないわたくしたちの今後はどうなると思いますか？

ついには、これまでのこの楽しい愛というものをすべて忘れ去り、その代わりにお互い不快な記憶だけを抱いて別れることになるのでは？　そうでなければ、澄子、耐えられなくなっておかしく

post card

恐れ入りますが、切手をお貼りください

810-0041

福岡市中央区大名2-8-18
天神パークビル501

書肆侃侃房 行

□ご意見・ご感想などございましたらお願いします。

※書肆侃侃房のホームページやチラシ、帯などでご紹介させていただくことがあります。
不可の場合は、こちらにチェックをお願いします。→□　※実名は使用しません。

書肆侃侃房　http://www.kankanbou.com　info@kankanbou.com

■愛読者カード

このはがきを当社への通信あるいは当社発刊本のご注文にご利用ください。

□ご購入いただいた本のタイトルは？

□お買い上げ書店またはネット書店

□本書をどこでお知りになりましたか？

01書店で見て　02ネット書店で見て　03書肆侃侃房のホームページで

04著者のすすめ　05知人のすすめ　06新聞を見て（　　　　新聞）

07テレビを見て（　　　　）　08ラジオを聞いて（　　　　）

09雑誌を見て（　　　　）　10その他（　　　　）

フリガナ

お名前　　　　男・女

ご住所　〒

TEL（　　）　　FAX（　　）

ご職業　　　　年齢　　歳

□注文申込書

このはがきでご注文いただいた方は、**送料をサービス**させていただきます。

※本の代金のお支払いは、郵便振替用紙を同封しますので、本の到着後１週間以内にお振込みください。
銀行振込みも可能です。

本のタイトル	冊
本のタイトル	冊
本のタイトル	冊

合計冊数　　冊

ありがとうございました。ご記入いただいた情報は、ご注文本の発送に限り利用させていただきます。

なるか、自殺するか……。

ですから、たかだかひと月やふた月、せいぜい半年ほどの喜びのために、いまの澄子のこれほどまで楽しく大切な愛を、不快な汚点で塗りつぶして葬り去るべきでしょうか？

澄子、それは嫌！　それに悲しくても、この愛をこのまま大切に胸にしまっておくほうが幸せで、誇りになりますわ。

『ブルグ劇場』のミッテラーがため息をついたり悩んだりしていても、幸せそうに見えるように。高山樗牛《ちょぎゅう》［明治時代の日本の文芸評論家、思想家］が言ってましたわね？　人は豚となりて笑はんよりは寧ろ人となりて泣かんと欲する者也と。澄子、いま、文さんをお連れして東京に行くというのは、その豚のようなもの！

だから、いけないことなのです。

でもね、それはわかっていながらも、その豚になれたらどんなにいいかしら！　切なくて切なくて、豚にでもなってしまいたいわ！

夜中に文さんがお帰りになった後で、ずっとそのことばかり考えていて、結局、決断することができず、とにかく少し早めに駅に来てみましたの！　すると、二人で東京に行くことにした時間より三十分早い、三時十五分、大陸行きの汽車がちょうどあったのです！　それを見た瞬間、ついに決心しました。そうよ、どうせだから大陸に行ってみようと。

悲しくても、後ろ髪引かれても、誇りと幸福に包まれた愛を守れるのなら本望ですし、しかもその地で阿片を捨てることができるのであれば、言うことなしですわ。

昨夜、文さんもおっしゃっていましたが、日清・日露戦争のときから、さらには豊臣秀吉、いえ、もっとずっと前から伝わる、日本民族の悠久たる民族的使命であり、ひとつの大きな歴史的行動である、中原、大陸の経綸《けいりん》……それは誰がなんと言おうと、現世代を前提とした人間情熱の巨大な爆発なのだと思います。

澄子、このままその地に旅立ち、見て、向かい合って、触れてみようと思います。

新たな建設を前に、恐ろしい破壊が中原の天地で凄まじく展開されている、そのとてつもない舞台と行動を……。

澄子と同じ血統であり、同時に一人ひとりの人間とも言える、あの勇ましい長征が、そのような世紀的事実の行動者として凛々《りり》しく登場しながら、絶えず血まみれで倒れゆく、逼迫しつつも厳粛な事実を……澄子、この目で見て触れたとき、心から包帯を巻いてあげたいと思えるのではないかしら。必ずや、興奮と感激を感じるはずで、阿片の毒も忘れられると思うのです。

いま、ラウドスピーカーが大陸行きの改札をアナウンスしています！

封をしてポストに投函してこれから向かいます。

でも、行けないわ！　後ろばかりが気になって、涙がたまってしまって。どうすればいいのです？

いま、文さんが、もしも偶然、早めに到着してあの重たい扉を押し開けて姿を見せてくださるのなら、どうかそうなさってくださるのなら、澄子、急いでこんな手紙など隠してしまい、そのまま文さんについて東京に行きますわ！　そうするに決まってますわ。澄子が……！　しかし、偶然というものは、そうたやすくはないことが怨めしいばかりです。

文さん、どうかあのソファに座って、あのカップでお茶を飲みながら、澄子のことをいつも思ってくださいね？

そうしてくださると思っただけで澄子、少しは涙も収まり、うれしいわ！

澄子、あの薄暗い牡丹の掛け軸を一生涯そばに置いて眺めながら、文さんのことを恋慕いたします。売店で慌てて買った便箋がほとんど埋まってしまいましたが、伝えたいことは尽きません。しかし時間も差し迫っていますので、それではこの辺で……。

どうかお元気で。

ほかでもない文さんですから、澄子のこの気持ちと状況を理解し、また賛同してくださり、けしからんなどと怒らないと固く信じております！

それではいま一度、さよなら。

お優しいわたしの文さんへ

いけない澄子より

息もつかずに最後まで読み終えた大永は、ようやく一挙にふう、こらえていたため息をもらすと同時に体の力が抜け、手紙を手にしたまま床にばたんと腕を投げる。それから目をつぶり……。

胸にはせいぜい拳大の何かが入り込んで、埋もれているだけだと思っていたのだが、体の一部あるいは体ごと一緒くたになって抜け出してしまったような、そしてこのまま永遠に満たされることのないような虚しさを覚え、頭の中はひたすらぼう然とするばかりで何も浮かばない。

屍《しかばね》のように、しばらくは横たわったままでいる。

心にはやるせないほどの孤独感が、やがてどこからともなく締め付けるように四方から押し寄せてくる。

それは愛情を逃したときの、単なる胸の痛みとはどこか違うもので……。

幼いころ、夜遅くまで友達と一緒に外で夢中になって遊んでいて、やがて子どもたちは一人二人と家に帰っていき、最後に……。

最後に二人きりになった一番仲良しの友達すら、いつの間にか何も言わずにいなくなっていて、呼んでも返事がなく、探しても見つからなく……。

やがて、ひっそりとした誰もいない路地に向かって友の名を呼びながらひとり佇むときの、その侘しくて泣きたくなるような気持ち……。

大永のいまの孤独感というのはちょうど、そんなふうにいつの間にか友達が一人残らずいなくなり、ひとり取り残され、見捨てられた、そんな少年時代の夜更けのことのように切なく、どうしていいかわからないもどかしさであった。

いっそのこと泣けるのであれば、心ゆくまで泣いてしまったら少しは気持ちも楽になるのかもしれなかった。

誰も残らず寂しい上に、去ってしまった人には、一人ではどうすることもできない情という未練が募る一方なのでなおさらだ。

しかしその一方で、二人はやはりお互い結ばれがたい境遇にあるのだから、むしろこれで良かったのであり、正しい道であることも理解する。

また、手紙にもあったように、やはり二人に喜びは短く、いずれは他人になる運命なのであれば、未練のために幻滅と不快の日々を迎えるよりも、むしろ愛憐《あいれん》たる一幅の取るに足らぬ絵だけでも、見苦しい上塗りをするのではなく、不出来ではあるが、そのままでこれから先もずっと胸にしまっておくというのもまた慰めではあった。

しかしそれはやむをえない断念であって、長い月日が流れ、気持ちが落ち着いたときにようやく効き目のある慰めであり、いまはすぐにでも大陸に追いかけていきたい気持ちでいっぱいなのだから……。

女の幻影を追ってまっしぐらに大陸に向かう心、それを必死に抑えつけようとするのは、つらい努力が伴うのだった。

女と一緒に東京へ行くことがいとも簡単だったように、大陸だからと行けない理由など何もなかった。

しかし昨晩、女と連れ立って東京に旅立つのと、今日になって女の後を追って大陸に行くというのでは、人間としての見苦しさに雲泥の差がある。

つらくても耐える、見苦しいのはご免だった。

部屋の扉がそっと開くと、むくんでいるようでまだ産後のやつれが残る妻がそろりと入ってくる。大永は扉の音に、顔を向けようとするがやめておき、もう動き回ってもいいのかとも思ったが、余計なことと思い、とにかく声をかける心の余裕などないのだった。

そのついでに煙草をまさぐり、一本火をつけて口にくわえるとまた仰向けになり、妻は感心したように枕元に来て座り、

「よくそれだけ飲めますこと……」

と言って敷布団の下に手を入れてみる。

「……何か、召し上がりませんか？」

聞いても大永は聞こえないふり、愁いを帯びた煙草の煙だけを天井に向けて吐き出し、身じろぎもせず横になっている。

いつも通りの夫なので、妻は特に反応することもなく、長い間そのまま黙って座っていたのだが、思い出したように、

「そういえば……あれ、届けないと……赤ん坊の名前でもつけてくださいな」

ただでさえしんどいところへ、まったくやる気のない面倒なことであり、女子《おなご》の名前くらい適当につければいいことで、そんなことで煩わせるなと文句を言おうとしたところだったが、ふと（まったくもってふと）、それを思いとどまるほどの妙案がひらめいた。

「いくら娘だからって、父親がいるのに、母親だけで決めるのは……」

最初に夫の顔が歪んで不服そうであるのを察知した妻が、なだめるように弁明しているところだった。

大永はその間、表情を取り繕うために少し間を置くと、出し抜けに、

「澄むという字の澄《ジン》……」

と言う。

「澄むの字のジン？」

妻は思いもよらぬことだったのでうれしそうに、

「……澄むの字のジン……！　三水偏《さんずいへん》に登るという字ね？」

と言いながら机の紙と筆を下ろして澄の字をしっかりと書く。大永は、女、澄子を意識して澄の字をつけるのは子どもに悪いような気もしたが、その一方で、考えてみるとその必要もまったくなかった。記念にしようというわけではないのだから……。

妻は紙に書いた澄の字をじっと見ながら何度も首をかしげ、

「ふうん！　素朴でいいわね！　書くのは少々ややこしいけど……それで、その下の字は？」

「そうだな……節という意味を持つ字で、何かいいのはないか！」

「松……竹……あとは雪……」

「貞操だけを意味する節でなくて……うむ、ムン・ジン……ムン・ジン……サン！　ムン・ジンサンだ！」

「サン？」

「祥瑞《サンソ》の祥……衣偏に羊……」

「ああ、祥瑞の祥……！　ムン・ジンサン」

妻はまた新しく文澄祥という三文字を書いては眺め、

「……ムン・ジンサン……ジンサン……まあ！　いいわね……！　ムン　ジン　サン、ムン・ジンサン……どこかで聞いたことのあるような名前ね……！　ところで祥瑞の祥の字に、節の意味もあるんです？」

「女学校出たくらいで、それがわかれば大したもんだ……。ま、おまえさんは、孝行を願っているのだろうから、王祥［中国の三国時代の大臣で親孝行として知られる］の祥の字とでも思っておきなさい……」

「まあ、うれしいこと……」

妻は軽くかわそうとしたのだが、むしろ深いため息をつきながら、

「……これからは子どもでも育てて、いい子にして少しでも親孝行してくれることを願うだけ、ほかに何があるというの？」

妻はそう言うと、ぼんやりと思索にふけるのだが、はたと夫に、

「わたしはそうよ、願うのは孝行くらいですけど……あなたは何を願ってこんな立派な名前をつけてくれたのかしらね……？　まさか、あの……」

「冷凍魚の郷愁は海にあるのさ！」

大永は今度は自分が長いため息をつきながら、ひとり言をつぶやくのだが、

「……いい気なもんだ……！　大層な女子《おなご》一人産んだくらいで……初七日《チョンニレ》〔お七夜〕もまだの赤ん坊だというのに……母親は母親で、父親は父親で、それぞれ勝手なこと考えて子どもにすがるとは……！　ああ、みっともない！」

舌打ちをしながら寝返りを打つが、すると寝室からおぎゃあ、と赤ん坊の泣き声が聞こえてくる。夫婦はどちらもその声をあらためてうれしく思うのだが、その一方で、なぜか情けないような気持ちにもなる。二人はその後、それぞれが抱える重苦しい愁いに浸り、母親ですら赤ん坊の火のついたような泣き声がしばらくは耳に入らないのである。

経営

경영

金南天

キム・ナムチョン　김남천

岡裕美 訳

1940

　九時から九時半までに、峴底《ヒョンジョ》洞の差入店の前までタクシーを一台よこしてほしいと数日前から口を酸っぱくして頼んでいたが、忙しくて忘れられてしまうのではないかと心配になった崔《チェ》武卿《ムギョン》は、事務室を出がけにもう一度タクシー営業所に電話をかけた。だが、ちょうど話し中だった。別の電話番号にかけても話し中だった。受話器を置いて椅子に座ったまま壁かけ時計を見上げ、カレンダーに何気なく目をやってからもう一度受話器を取ったが、その時外から電話がかかってきて、机の下に取り付けられたベルがけたたましく鳴った。

「**ヤマト**アパート事務室でございます」

　といつものくせで先に名乗ったが、すぐに、

「はい、わたしです、わたしが崔武卿です。こんにちは。ええ、いま出ようとしていたところです。はい？　明日にですか」

　それからは返事もできず、聞こえてくる声にだけ耳を傾けていた。しばらくして彼女は受話器をつかむようにして口をぐいと近づけた後、

「明日に延期だとおっしゃいますが、そうしたらもう出てこられないんじゃありません？」

と問いただすように尋ねた。だがしばらくして、

「そうですね、それならわかりませんけど。本人の過失だかで、ややこしいことになりませんか？　ええ、それなら安心です。明日は間違いないんですね？　ではそのように承知しておきます。失礼します」

力なく電話を切り、ぼうぜんと椅子にもたれる。

クライマックスに向かってワンシーンごとに盛り上がっていたところでフィルムがぷつりと切れたかのごとく、肺の空気がすーっと抜けてしまうようだ。

明日のこの時間まで二十四時間、目が回るほど忙しかった数日の果てに突然やってきたがらんどうの空間のような、予測していなかった時間。

回転椅子に座って腹立ちまぎれに爪先で机の脚を蹴ると、体はくるりと回って自然にカンさんの方を見ることになった。

カンさんは腰を曲げて座り、孫娘が運んできた弁当に茶を注いでずるずると音を立ててかき込んでいたが、電話を受ける様子でおおよその事情は察したというようにちらりと若い女事務員の顔を見て、

「裁判所ってのはそんなもんさ、まったく」

そして食べ終わった器をがちゃがちゃと片付けた後、

「さて、どういう理由だね？」

と、深いしわの刻まれた顔で武卿を見つめる。

「わたしこそどういうことか知りたいですわ。弁護士の話だと、予審判事がまだ検事の承諾を得られていないそうなんです。検事の承諾を得るのは難しくて苦労したというけれど。出てこないものはどうしようもないし、弁護士の話だからってでたらめに言うことを信じられるものですか。だからといって一つひとつ問いただすこともできないし……」

「当然、それはそういうものさ。こっちは忙しいがあいつらはのんびりしてるんだ。やることをやってから思い立ったら手をつけるんだろう。だけどまあ、気を落とさずに、これだけ待ったんだから一日ぐらい、それにそうやって会うからもっとうれしいものだろう、ふふふ……」

あちこち欠けた歯の間から息が漏れる。善良な老人の顔を見ていると、悲しいながらも情がわいて、武卿は口元ににっこりと笑みを浮かべるのだった。しかし、そんな笑いはカンさんとの長年のつきあいでほとんど習慣のようになったものだから、内心はひそかに別のことを考えていた。

どうしよう？　家に帰って昨夜と同じことを繰り返そうか？　夜は外食をして、出てくる人を迎えてアパートに案内した後、帰りは早くても十一時か十二時になると朝出かける時に言っておいたのに……やっぱり何か軽く食べていこうと思うのだ。

武卿はタクシー営業所に電話をかけ、事務室を出て食堂に入った。事務室にカンさんがいるように、食堂にはサンちゃんというまだ幼さの残る少年がいて、彼は入るたびにうれしそうな表情を浮かべる。洗ってきれいにアイロンをかけた白い調理衣を着た年若い少年は、

「おや、崔先生どうなさいましたか。夕食を食堂で召し上がるなんて」

彼女の後ろをちょこまかと追いかけながらにこにこし始める。

武卿は隅の方のテーブルに座り、目の合った客と軽く会釈を交わすが、テーブルの前に立って木

靴の爪先でセメントの床を鳴らしながらじっと武卿の目を見ていたサンちゃんは、

「写真［活動写真］を見に行くんだな。どこか当ててみせましょうか？」

　と丸い目をぱちくりさせる。

「写真だなんて、サンちゃんじゃあるまいし」

　愉快そうな表情でバッグを食卓に置いて笑ってみせると、

「ああ、そうだった、府民会館。音楽会があるってすっかり忘れてた」

　休む間もなくカチカチと動く電気時計をちらりと見ると、

「早く行かなきゃ遅れちまうな。何にします？　ご飯ものはカレーとハヤシしか残ってないけど。すぐできるのはかけうどん」

　武卿は少年のおしゃべりが楽しくて、

「じゃあかけうどんにするわね」

　まるで音楽会に行くかのように答えるのだ。音楽会。本当に音楽会のチケットを買って大事にしまっておいたことを今ごろ思い出す。すっかり忘れていた。初日だったから、もう大分前だ。

　バッグの中をかきまわすと、片隅からチケットが出てきた。年に一回聴けるかどうかの交響楽団の夕べだった。今ごろはチャイコフスキーの「悲愴」が始まっているだろう。彼女はここ数日、まともな精神状態でなかったことに改めて思いあたる。それでもうれしかった。ある崇高な仕事に力を尽くしたという満足が、彼女の心をゆったりと慰撫してくれる。音楽会のチケットくらい、十枚、二十枚を無駄にしたってちっとも惜しくないと思うのだ。音楽会といえば、駆け出しの学生たちの演奏会にも欠かさずに通っていたのに……

うどんが出てきた。数口食べれば赤いつゆだけが残る小さなどんぶりが、今日ほど彼女の心に似つかわしいことはなかった。彼女は熱いつゆを飲んで食堂を出た。そのまま三階に上るのだ。廊下を曲がって彼女はあるドアの前で足を止める。

部屋の前に立つと、いつも感激を新たにし、胸が高鳴る。

二年近くになる。それなのにまだ予審も終わっていない。予審が終わる前に保釈運動をするのは並大抵のことではなかった。はじめは面会の方法も知らなかった。弁護士を立てて次第に慣れてくると、催促し、駄々をこね、策略も立て、あらゆる手を尽くして面会も比較的ひんぱんになり、そして二カ月前からは保釈運動に手をつける欲まで出した。そんな努力でここまでたどりついたのだ。

ハンドバッグから鍵を取り出してドアを開けると、体がかぐわしい花の香りに包まれるようで、彼女はそれを思いきり吸い込みながら目を閉じてしばらく玄関先に立ったまま動けなかった。西向きの窓から望む丘に沈んでいく夕陽の柔らかな光が、青いカーテン越しに花瓶が置かれた低い本棚に斜めに差し込んでいる。本棚の二段分は空だったが、真ん中の段には新刊と今月号の総合誌が整然と並んでいる。その中に経済年報が二冊。白壁には白い額縁に入った水彩画が一幅。白い布団を敷いたベッドは北側の壁沿いに置かれており、枕元には電気スタンド、その下には鉄筆とインクを置いた小さな文机。たんすと台所は、武卿が立っている横に並んで据えつけられているが、もちろんその中には何も入っていなかった。透明なガラスがはめられた南向きの窓の横に、簡単な応接セットと事務用机。応接テーブルの上には植木鉢が一つ。

武卿は靴を脱いで下駄箱を開け、そこに入っている新しいスリッパを出して履くと部屋の中に入った。この大きな建物の中でよい部屋や一番大きな部屋ではないが、一人暮らしに適した南向きのアパートの一室だ。ベッドの上に置かれた洋服包みをどけてその横にぺたんと腰掛け、彼女はもう一週間もの間一日に数回ずつ心と目で繰り返してきたささやかな手続きを今日も三度目に行ってみる。

何か足りないものはないか？　部屋の中を見回して確認するのだ。洋服包みの中には新しい寝間着があり、ベッドは弱った体をゆったり横たえるのに十分だ。家財道具も満足できるほどではないが、簡素ながらも心を込めたものだ。長い間新しい知識に飢えていたから、その間の社会情勢の変化や傾向がわかる程度の新刊、経済を専攻していたから最新の経済年報を二冊、そしてあわただしい世間の雰囲気が感じられるように総合誌も買っておいた。花束を花瓶に生け、家で大切に育てた鉢植えの花を一つ机に置いて……この程度なら彼を迎える必要最低限の準備ができたと繰り返し考えるのだ。彼女はしばらくの間、口元に満足げな笑みを浮かべて座っていたが、突然思いついたようにハンドバッグの中から男物の懐中時計を一つ取り出した。大きなクロームのケースに覆われたウォルサム［米国の時計メーカー］が、カチカチと音をたてながら長い鎖をひきずって現れた。手に握るとずっしりとした重みが信頼感を与える。

呉時亨《オシヒョン》が学生時代から身につけていたものだ。事件の取り調べが終わって送検された後、勾留期間が十日を超えてついに予審に送られ、時亨が囚われの身になってしまった時、着ていた服と一緒に引き取って持ち帰ったものの一つだった。その時から二年近く、この重たい懐中時計は主人のふところを離れ、いつも武卿のハンドバッグの中で時の流れを指し示していた。この長針と短針は、いったい何千回ぴかぴかの白い文字盤を回っただろうか？　秒針が一秒ごとに時を刻む音をじっと聞きながら座っていた彼女は、時計にそっと顔をすり寄せてみた。冷たい。しかし胸の中には押し殺していた感情がふわりと浮かんできて、すぐに彼女の頬の体温はクロームのケースを温めてしまう。胸にこみ上げる熱い血潮を落ち着かせるため、彼女はしばらく顔をベッドに埋めてじっとうつぶせていた。

母に自分たちの関係を認めてもらうのに、どれだけ苦労したことか。実家とは絶縁したも同然の時亨に差し入れをし、保釈運動をするのにどれだけ走り回り、骨身を惜しまず働いたか。そのために就職だってした。裁判所、弁護士、拘置所へのつてを狂ったように探し回った。

彼女は胸の中に明るくも崇高な快感を穏やかに感じながらベッドから顔を上げ、時計をバッグにしまって部屋を出た。明日、明日の夜にはそんな苦労が実を結ぶ……。

外はもう夕闇が迫っていた。まだ冷えていない空気が、風に吹かれてふわふわと動く。だが汗ばんだ肌には、広々とした丘で揺れる夜風は冷たかった。北阿峴町《プクアヒョンジョン》の方の新興住宅地をしばらく眺めながら立っていたが、長年の習慣で通りに出ると彼女はいつも忙しい人のように小走りに急ぐ。監営前、鍾路《チョンノ》、安国洞《アングクドン》と三回も電車を乗り換えるのも、なんとなく忙しく走り回りたい気持ちにふさわしいようで、今夜の彼女にはまたとない軽い興奮が楽しく感じられるのだ。花洞《ファドン》の通りまで、スカートのひだから口笛が鳴りそうなほど大股で歩きながら上っていく。

母にも一緒に行こうと言ってしまおう。最初は信用ならないと必死に反対されたが、その程度で二年ぶりに帰ってくる彼を満ち足りた気持ちで迎えられないはずがあろうか。もはや誰がなんと言おうと、将来の婿ではないか。式さえ挙げれば息子も同然、母のたった一人の婿ではないか。母も最近はひそかに待ち望んでいた。一緒に行こうと言えば喜ぶはずだ。出てくる本人の喜びはいうまでもなく……。

家に入る時には鼻歌まで歌っていた。

「母さん、いる？」

と甘えた声で呼んでみる。鉢植えがずらりと並ぶ階段状の棚の横に立ったまま、武卿は母の部屋に向かって呼んでみるのだ。しかし返事はない。女中部屋から、ここに通ってまだ一カ月にしかならない家政婦が縁側に走り出て、

「あらお嬢様、お帰りですか」

と顔にクリームでも塗っていたのか、あわてたように襟元をいじりながら立っている。

「奥様はお客様と一緒に外出されましたけど、遅くならないように帰られるって……ところでお嬢様、どうされました？」

「明日の夜に延期よ」

と答えると、武卿はすぐに自分の部屋の戸を開けた。

「洗面器に水張っておいて！　それからごはんある？」

家政婦は軒下の履き古したゴムシン［ゴム製の履物］をつま先にひっかけて庭に出る。

「はい、でも大したおかずもありません……お嬢様、外で食べてくるっておっしゃったものだから……」

水道から水を汲んで洗面器を板の間に運び、せっけん入れとタオルを持ってくると台所に入る。

武卿は顔を洗った。もう一度自分の部屋に入って頬にクリームを塗っていると、

「お夕食、こちらにお持ちしましょうか？」

と家政婦が戸の外から覗くようなしぐさをする。母の部屋で一緒に食べていることを知っている

家政婦は、食事はやはりそこで食べる決まりだとでも思っているようだ。

「うん、わたしがそっちに行くから。母さんの部屋に持っていって」

「おかずは、イシモチと漬物しかないですけど……」

と心配するのを、

「それで十分よ。お茶漬けにして簡単に食べればいいから」

頬におしろいを数回はたくと、武卿は母の部屋に入ってお膳の前に座った。箸を取ろうとしたところ、たんすの下に見慣れない扇子が一本あった。武卿はそれをしばらくの間じっと眺めた。

「あら、お客様が扇子を忘れていかれたんですね」

武卿の視線を追った家政婦は、板の間にうつぶせるようにして顎を支え、主人の娘が食事をする姿を見ていたが、目に入った扇子についてそんな説明をした。だが、がばりと上半身を起こすと扇子を手に取って机の上に置き、再び庭に出てしまった。

武卿は箸を持ったまま、茶碗に手を伸ばすことができなかった。彼女は箸を置いて立ち上がり、家政婦が置いていった扇子を取って広げてみた。間違いなく男物だった。美しい色彩で山水画が描かれ、「為河谷大仁清賞」と書かれた下に「青山」という画家の落款が押されている。どうやら青《チョン》山《サン》という画家が絵を描き、河谷《ハゴク》という人に贈った扇子らしかった。この扇子の持ち主は河谷という雅号を持つ人物だ。そして母はこの河谷という人と一緒に外出したのだということはわかったが、武卿はそもそも河谷という人に心当たりがなかった。

「河谷？　河谷」と何度かつぶやいてみたが、そのような雅号と一緒に浮かぶ姿はなかった。

「顔も名前もよく知っている人でも、号を知らずにいるのかもしれない」

そう考えながら扇子を机の上に戻した後、お膳の前に戻り、

「おかずがいくつもないのに、魚卵を忘れてましたわ」

と言い訳するように持ってきた家政婦の手からそのまま黙って皿を受け取ったが、なぜか心は晴れなかった。

母と一緒に出かけた客人がどんな人かを家政婦に聞いてみようとしたが、それもやめておいた。彼女はしばらくぼんやりとお膳の前に座っていたが、家政婦に怪しまれないか気になって、すぐにおひつを開けて汁椀にご飯を入れた。それから、

「一人で食べるから、出ていって」

と家政婦も外に追い出した。

おかずと一緒に数口食べた後、彼女はもう一度部屋の中を見回さずにはいられなかった。洋服だんすと整理だんす、文箱、机、机の上の聖書、すべてが定位置に置かれている。しかし、机の下をのぞいた時、武卿の心はぎくりとした。装飾用に置いてあった真鍮の灰皿に、吸いさしの煙草の吸い殻が一本押しつけられたように刺さっていたからだ。客人は煙草を吸う人だということがそこからわかった。そして、それは決してささいな発見ではなかったのだ。母の知り合いで煙草を吸う人は、武卿の記憶にはなかった。二十数年間基督《キリスト》教に親しんできた人だし、その中で年若い寡婦を貫いてきた母に、喫煙の習慣を持つ男性の客人がいるはずがなかった。

「食べ終わったから下げてちょうだい」

と叫ぶように言うと、武卿は自分の部屋に入ってしまった。

扇子、河谷、煙草。このようなものが一緒に絡み合いながら終始彼女の頭から離れない。そして

彼女の疑いは、しばらく前に経験した一つの事件を改めて頭の中に呼び起こすのだった。

一カ月ほど前のことだった。うららかな初夏の日曜、武卿は久しぶりの休日にもう何年もの習慣通りに家で読書をし、母だけが教会に行くといって家を出た。正午を少し過ぎれば決まって教会から帰ってくるから、彼女は母と一緒に昼食を食べて、本町《ボンジョン》にでも行ってこようと時間になるのを待っていた。ところが母はどうしたことか、一時になっても帰ってこなかった。説教が長引いて礼拝時間が延びているのだろうとしばらく待ってみたが、二時になっても帰ってこなかった。それで、武卿は一人で昼食を食べて家を出た。安国洞の交差点に出ると、教会の伝道夫人［宣教師の下について伝道活動を行う女性］に会った。

「お久しぶりです」

近年あまり信心深くない「堕落した信者」は、牧師や伝道夫人に会うと少しきまりが悪く、それほど長々とあいさつをしない習慣があった。すると、都会人らしく礼儀をわきまえた牧師や伝道夫人も武卿の態度を察してそれ以上長い話をしようとしなかったが、今日ばかりは簡単にあいさつを終えて背を向けようとすると、

「お母さんはどうして教会にいらっしゃらなかったんでしょう。具合でもお悪いのかと思って、夜にでも伺おうかと思っていたんですが……」

と武卿をつかまえて尋ねた。

「いいえ、そんなことはありませんけれど、それに母は教会に行くって朝に出て行って、まだ戻っていないんです」

しかし、それ以上話を長引かせたくなく、

「たぶん途中で誰かに会って教会に行けなかったんでしょう。何か急用ができてそっちに行ったようですわ」

と簡単に片づけてしまった。すると伝道夫人も、

「あら、そうなんですの」

と行ってしまった。

初夏の太陽がぽかぽかと気持ちよくて、電車にも乗らずに本町まで歩く間も武卿はそれに関して特に深く考えようとはしなかった。それで、用事を済ませると彼女は数時間で家に帰った。母はまだ戻っていなかった。本当に何かあったのかと心配になったが、母は夕暮れ時に顔が日焼けしたように赤くなって千鳥足で帰ってきた。

「家庭訪問についていったら大変な目にあったわ」

と、聞く前から母は言い訳する。武卿はびっくりして母の顔を見ずにはいられなかった。家庭訪問？　教会にも行かなかったのに伝道夫人と牧師と一緒に家庭訪問だなんて、何を言っているんだろう？　母はその時服を脱いでたんすの中にかけているところだったので、幸いにも娘の変わった目の色と驚いた表情には気づかなかったが、武卿はしばらくの間その場を動けず、固まった彫刻のように立っていた。再び母が板の間に出てきて、

「わたしは金長老［教会の役職］のお宅で夕飯を食べたから、あなたたちで食べなさい。それからあなた、お水をくださいな」

と急がせると、武卿は顔をそむけてあらぬ方向を向き、わざと母の顔を避けた。母の言葉が明らかに作り話だと知ってしまった以上、当惑と気恥ずかしさを隠そうと急いでしらを切る母の表情に

対して、正面から追及するのが気まずかったのだ。

母は一体どこに行っていたからといって、こうしてわたしをあざむくのだろうか。考えてみればなんでもないことのような気がしながらも、母ひとり子ひとりで信じ、頼り、甘えてきた母だけに、嘘をつかれたということだけで彼女は限りなく寂しく、悲しくなるのを感じるのだった。もちろんその後はそのことを深く覚えてもいなかったが、それから一カ月ほど経ったいま、正体不明の男の客人が母と一緒に外出したという事実にぶつかると、若い娘の鋭い予感はもう不吉な事態に向かって考えの触手を伸ばすことになるのだ。

武卿は自分の部屋に入っても何も手につかず、ぼんやり机の前に座っていた。昨夜のように、娑婆に出てくる呉時亭のことを考えながら楽しい夢想にふける心の余裕も生まれなかった。想像力の限りに空想を繰り返しながら事情を探ろうと苦労してみても、絡み合った考えから出る結論はいつも彼女の心を悲しみのどん底に突き落としてしまう。そのたびに彼女は争いでもするように頭を振った。まさか母さんが……そんなはずはない。わたしだけを信じて青春を犠牲にした母ではないか。あらゆる雑念を追い払って誘惑の手を振り払うために、若い感情と情緒をまるごと抑圧してしまうために、生活に不自由しない境遇ながらも自ら望んで病人を扱う職業を選んだ母ではなかったか。二十五の、三十の、三十五の、大変な峠を神々しく越え、もう四十の峠も越えた母が、まさかそんなはずがあろうか。

自分の考えにむち打ち、自分の心に侮辱を与えながら母の帰りを待ったが、十一時近くになって母の足音が門の外に聞こえた時には、彼女は反射的に電気スタンドのコードを抜いて灯りを消し、真っ暗な部屋の中に隠れて母と向き合うのを自ら避けてしまった。家政婦が母に、彼女が早く帰ってくることになった事情を説明するのを聞きながらも、彼女は耳をふさぐようにして床にうつぶせになり、息を殺して肩を小刻みに震わせていた。

2

どこまでもどこまでも、果てしなく伸びるような赤れんがの高い塀に気圧されるようにしながら、薄明かりの中で固く閉じられた出入口の前で、崔《チェ》武卿《ムギョン》はもう一時間も行ったり来たりしていた。早く着きすぎたのだ。だが他の場所でいつになるかもわからない時間がくるまで無為に過ごすわけにはいかず、彼女は日が沈む前にアパートの食堂で簡単な夕食を食べ、すぐに霊泉《ヨンチョン》行きの電車に乗ってここまで来て、こうやって一人で門が開くのを待っているのだ。人の往来も少ない丘の上だったが、彼女が来て待っている一時間あまりの間には、きょう検事局で簡単な取り調べを終えて新たにここに収監される被疑者の一団と、公判や予審に出廷した被告たちを乗せた車が二、三回この大きな門を出入りし、昼間の仕事をようやく終えて帰宅する看守たちも、小さな門を開けては中から腰をかがめて背広姿で現れたりした。そのたびに門を開け閉めする音が武卿の神経をいらだたせ、胸を騒がせるのだった。差し入れをするために二年近く出入りしていた関係で、その中にはなんとなく顔を知っている看守もいたが、門の外で会えば彼らはいつも初対面のように無表情な顔で彼女の横を通り過ぎた。

外から入る人はもういないから、中から釈放される人が出てくる時間になったはずだ。もしかしたら、呉時亨《オシヒョン》を釈放しろという検事と予審判事の令状を、さっき裁判所から戻った看守部長が大きなかばんの中に持って入ったのではないか。今ごろは長い間慣れ親しんだ未決囚の部屋で令状を受け取り、外に出る準備に慌ただしくしているのではないか。そんな空想をしていたら、ガチャリと門の方から鍵を開ける音がして、彼女は驚いてそちらの方に目をやるが、そのたびに門から現れるのは、看守や差入店の使い走りの小僧といった人々で、彼女は毎度おあずけを食わされるのだった。

九時を過ぎてしばらくすると、頼んでいたタクシーも到着した。書き入れ時に長時間待たせるのが申し訳なく、車から降りて

「まだかかりますか？」

という運転手の近くに行き、

「もうそろそろ時間だと思います。メーターを回してください。お忙しいのに無理をお願いして申し訳ありません。でも、時間が決まっていないのだからしかたないんです。だいたい九時ごろには出られるっていうし、もうそれほどお待たせしないはずですわ」

しきりに時計を灯りに照らしながら運転手に言い含めるのだった。アパートで契約している会社なので顔見知りの運転手は、何も言わずに再び運転席に座ってカードを手に鉛筆でなにやら書き込んでいた。メーターの時計が回りながらカチリと十銭ずつ料金が上がる音が、静かな中で武卿の尖った神経を刺激していた。しかし、十分が過ぎても二十分がすぎても、何の気配もなかった。この調子では今日も無駄足ではないのか。そう考えるとそんな気がして彼女はさらにじれったく、じりじりと焦る心情を抑えられなかったが、誰かに聞いてみることもできず、向こうの線路がある方まで駆け下りて弁護士にもう一度電話をかけたくなるいらだちが生じるのをなんとかこらえているの

だ。

　そうしていると、下の方から背広を着た紳士が一人よたよたと上ってきた。麦わら帽子を手に、チョッキを着ていない胸を扇ぎながら車の横を通り過ぎ、軽い洋装をまとった武卿を見つけると近寄ってきて、

「あんた、どなたさんです？」

　とぶっきらぼうに尋ねた。何と答えればよいかわからずにぼんやり立っていると、

「あんたの名前は何だと聞いてるんだ？」

　と紳士は質問の意味を説明した。

「崔武卿です」

「崔武卿？　誰かが出てくるのを待ってるのか？」

「はい、呉時亨という人が保釈されて出てくるのを迎えに来ました」

　紳士は手帳を取り出し、街灯の下に武卿を招いた。

「私は西大門《ソデムン》警察署の高等係［独立運動や政治・思想犯を取り締まる部署］にいるものだが、名前を何と言いましたか？」

　すると武卿が話す通りに手帳に書きとった。

「住所は花洞町……×十五番地」

　そう低くつぶやくと、

「呉時亨とあなたはどんな関係ですか？」

　と訊いた。武卿は突然の質問にしばし言葉が詰まったが、すぐに
「婚約者です」

と答えた。すると刑事はしばらく黙って鉛筆で紙をつついていたが、

「それでは、**内縁の妻**とは違うということですね？」

と尋ねると、答えも待たずに何かを手帳に記していたが、

「年齢は？」

ともう一度質問した。

「二十四です」

「それじゃ、呉時亨が出てきたらこの住所に住むんですか？」

じっと武卿の顔をのぞきこむ。

「いいえ、竹添町《チュクジョムジョン》にある**ヤマト**アパート三階三百二十三号室に住みます。ちょうど警察署の向こうに見える……」

しかし刑事は鉛筆を持ったまま首をひねり、再び武卿を見つめる。どうして住むところがそこになるのかを理解できずに困っている表情だった。それで武卿は、

「まだ式を挙げていないから、朝鮮の習慣に従ってそれまでアパートに住むんです」

と説明を加えた。

「それじゃ、このアパートには他に誰もいないんですね？」

「はい」

「それは困りますね。そうなるとあなたを身元のはっきりした責任者とするのが難しくなります。もちろん自分が起こした事件について改悛の情が確実に示されたから、裁判所でも保釈を許可したのだと思いますが、ひとまず刑務所の外に出れば責任はその時点から警察に移るのですからね。も

し行方がわからなくなることがあれば、おおごとではありませんか？　しっかりした身元引受人がいなければ、警察署で当分の間保護しなければなりません。住所が違うあなたを信じて身柄を釈放するのは難しいのではありませんか。形式上だとしても……」

「わたし、昼間にはそこで事務をやっています」

と、武卿はまたも生じた難関を乗り越えようと必死に言う。

「それが何の条件になるというんですか？」

と微笑を浮かべるとしばらくの間、どうしようか？　という姿勢で首を傾げて考える。

「せっかく裁判所が許可して外に出てくる方ですし、身柄も身柄ですが、それだけ判事や検事も人格を信用して釈放するんですから、出てくるやいなやまた留置場暮らしとでもいうことになれば喜ばしいことではないでしょう？　ですから、これは法律上は違法ですが、明日中にアパートの責任者だとか、誰か同じ住所に住む方を保証人にして知らせてください。そうすれば、今夜は崔先生を信用してそのまま預けてしまいますから。明日の朝に報告書を作成して主任に提出しなければいけないので、その前に知らせてください」

「ああ、ありがとうございます。明朝、おっしゃった通りにいたします」

と、まるでその刑事に呉時亨を釈放する権利があるかのように、武卿は彼に対して謝意を表してみせた。

「それじゃ、少しお待ちください。だいたいは準備しているでしょうから、そろそろ入って連れてきましょう」

と手帳をしまい、門の方へ歩いていく後ろから、武卿はもう一度ていねいに頭を下げた。

刑事は門番の看守に案内を求め、門が開くとすぐに中に消えた。

「もうすぐ出てくるそうです。警察官が来なかったからこんなに遅くなったようですわ。長い間お待たせしてごめんなさいね」

武卿はもう一度運転手の方に行って詫びた。

かれこれ十分ほどがすぎた後、刑事と一緒に両手に荷物を持ち、ふらつきながら時亨が門の外に姿を現した。荷物が多く、門の中から看守が何度も運び出すのを時亨は腰を曲げて受け取り、運んでいる。武卿と運転手はそちらに向かった。運転手は重い本の包みを両手に持ってそれを車に積み込んだが、武卿は荷物を持つ気も起きず、そこに立っている呉時亨をしばしの間ぼんやりと眺めている。時亨も薄明かりの下でしばらく武卿を見つめていたが、すぐに刑事に向かい、

「じゃあ、そういうことで」

と言った。すると刑事は、

「崔先生、間違いのないようにしてくださいよ。私はこれで」

と武卿の方だけ見ながら麦わら帽子を少し持ち上げ、そこから丘の下に向かって消えた。

荷物を車に乗せ、二人は並んで後部座席に座った。時亨は興奮を静かに抑え、

「ああ、すごい灯りだな！」

とだけ言った。車が動き出した。武卿も何と声をかけてよいかわからず、じっと座っていたが、

「灯りがそんなに不思議ですか？」

と笑顔で時亨を見上げる。男は目線を下げて横に座った恋人の視線を受け止め、ようやく久しぶりの彼女の顔をまじまじと見つめていたが、

「うん」

と答えるとすぐに横を向き、それから尻を動かして座席に沈み込み、窓の外を流れる通りの風景をぼんやりと見ている。

武卿は低く息をついて前を見る。左脇には拘置所の中で読んでいた本が肩に届くほど積まれている。倉庫のにおいが服の包みと本と、そして時亨の体からも漂ってくるようだった。興奮が胸の底に落ち着き、安心と満足がじわじわと浮かび上がるのを彼女は楽しむように味わっていた。間もなく車は大きなアパートの前で止まった。

寝ずに待っていたカンさんは、車の音を聞くと出てきて荷物を運んでくれた。しかし、エレベーターもなく夜半に荷物を三階まで運び上げるのは面倒だったから、彼らはカンさんの考えに従って荷物をいったん事務室に置き、明日の朝に運び上げることにした。

車が去った後、武卿は呉時亨をカンさんに紹介し、彼をアパート三階の一室に案内した。久しぶりに歩くので、思ったほどはなまっていないもののふらつく足が心もとなく、武卿は時亨が蹴上の高い階段を上るあいだ自分の肩と腕を貸してやった。三階への最後の階段を上りながら、

「第七天国［一九二七年製作の米国映画。冒頭に屋根裏部屋への長いらせん階段を上るシーンがある］みたいね」

と武卿が笑うのに、時亨はただにっこりと感慨深い微笑で応じ、廊下を曲がって部屋の前に立つと、ずらりと並んだ扉に出てきたばかりの拘置所をしばし連想したようだったが、

「ちょっと待って、開けるから」

男の肩の下から抜け出して解錠し、扉を開けると、

「こんな立派な部屋を準備したのか」

とドアノブを片手でつかみ、もたれるように立っていた。

「いま灯りを点けます」

武卿は小走りに駆け込んで壁のスイッチを入れた。天井から差す光とベッドの横の小さな机の上に置かれたスタンドの明かりが一度に点き、広くない部屋の中がすみずみまで一度に時亨の両目に入ってきた。

時亨はしばらく部屋の中と置かれた家具をじっと眺めていたが、自分の足を曲げて見せ、

「二年前に脱いだ靴をはだしに履いたら、足にカビがついたよ」

と履きつぶした靴から足を抜いた。

「待ってて、タオル持ってきますから」

先に部屋の中に入って扉を開け放し、時亨が入ってくるのを待っていた武卿は、台所に行って古いタオルを水で濡らして持ってくると足を拭いてやった。

そして靴箱からスリッパを取り出し、

「これを履いて……」

苧麻《からむし》の赤衫《チョクサム》［単衣の上着］に麻の袴衣《コウィ》［短いズボン］を着た男を導くようにしてベッドに座らせ、

「どう？　鳥かごみたいな狭い部屋にお連れするのは申し訳ないけれど、武卿が一週間もかけて準備したんだから」

と、しなを作って両手を男の膝の上に乗せる。呉時亨は膝の上に置かれた手を握ってさすりながら、

「武卿さんの手をわずらわせて苦労させたね」

と感激のこもった低い声で言った。

「とんでもない」

そう言いながら、その時に男が強く握った手をぎゅっと握り返し、両手をすっと抜いて大げさに二、三歩後ずさりすると、

「そんなこと言うなんて水臭いわ」

とわざとすねて見せる。しかし彼女の顔に浮かぶ賞賛への満足感は、何かを追いかけて逃した時のように手のやり場がなく、ぽかんと見ている若い男の目には少なからず媚を売るように感じられた。時亨は何も言えず、胸の中で激しい渇きを感じながら武卿の目だけを見つめていた。目を見ていた時亨の目がくちびるに、そしてあごの下に下り、胸元に移動する時、武卿は男の心を巧みにたぐり寄せるようにぱっと体を離して、部屋の中央に置かれたテーブルの後ろに回りながら、

「この花、何か知ってるでしょう？　わたしが春から夏まで手塩にかけて育てたのよ」

時亨は鼻を花の中に埋めてくんくんと香りをかぐようにすると、軽くため息をついた後、

「あじさいだろ、それぐらい知ってるさ」

と答えると、再び顔を上げながら、

「わあ、あじさいも知ってるのね。すごいわ」

男はフンと笑いながら、

「それぐらい当然知ってるよ、赤いインクを吸わせると赤くなり、青いインクを入れると青くなることだって……」

とベッドに座ったままで返事をすると、

「へえ、そんな植物学も経済学にあるのね！」

武卿は喜びが全身を捕えたように再びテーブルの横に行き、

「このテーブルで手紙も書いて勉強もして、向こうでは顔を洗って歯磨きして、それからあっちには本をずらっと並べて……」

たんすのある方に行くと、寝間着を取り出してベッドの上に置く。

「どこにそんなぜいたくをする金があるんだ」

時亨は、武卿の愛情に感激する喜ばしい心をそんなとげのある言葉で表現したかった。武卿はそれがさらに気に入ったのか、

「もう」

と彼のベッドに座りながら、

「まったくご主人さま気取りなんだから。まあ、主人みたいなものよね。母さんも最近になって許してくれたから……あとは平壌《ピョンヤン》の家のお許しさえ出れば……」

もう一度ふくれっ面をしたところで時亨の左腕に肩を抱かれると、

「平壌のお家でもうまく話せば許してくれるわよね、そうでしょ？」

と顔を向けて男の顔を見つめた。

「さあ、あそこにいた間、親父からは一度も手紙がこなかったんだ。それに何か以前からの婚約の話もあるみたいだから……でもそんなことは関係ないさ。あそこにいる間、僕を物質的にも精神的にも養ってくれたのは武卿さんだから、あの中からこうやって僕を連れ出してくれたのも武卿だし……」

時亨は感激した口調で言った。そして肩を抱いていた腕に力を入れ、熱い吐息を武卿の顔に浴びせた。待ちに待った感激の中に巻き込まれるように酔いしれながらも、武卿は男にくちびるだけを与え、ぎゅっと捕まえる両腕の強い抱擁から逃れた。

感情と情緒に飢えていた男は狂おしい調子で、

「なぜ？　なぜ逃げるんだ？　僕が信じられないからか？」

とベッドから立ち上がった。武卿は時亨の感情と神経の状態に驚きながら、それでも必死の表情で、

「立たないで、立ち上がったらわたしは帰ります。もう一度そこに座って」

と命令するように叫んだ。その勢いに押されて男はたじろいだように止まったまま、しばらくの間自分の心を振り返るような態度だった。時亨はもう一度ベッドに腰掛ける。興奮した胸の火種を消そうとしてか、さっと横を向く。

武卿は時亨の顔に羞恥の色が浮かぶのを見て、それ以上男の態度を見ていられず、窓の方に身をよけた。彼女の胸も鼓動の音が聞こえるほど限りなく高鳴っていた。窓の向こうに暗く見える丘の上の住宅地には、灯りがきらめいている。空にも黒いホライズン［地平線］の上にばらまいたような星々。麻浦《マポ》行きの小さな電車が、レールを切り裂くようにして丘を這い上がるのを見下ろす。清々しい夜の空気に顔を吹かれながら、ゆっくりと胸の鼓動を数えてみる。

やっぱりそうするのがいいわ。健康のこともあるし、結婚式までは何があろうとも、わたしたちはこれ以上感情の手綱をゆるめてはいけない。

いつのまに汗をかいたのか、ブラウスの下を通り過ぎる風に背中が冷たい。ある軽々しくない義務を断行した時のように、彼女は甘い自衛に抱かれていつまでもいつまでもこうやって三階の高い

窓から空と道と丘を見ていたい気持ちだった。ところが背後から、

「いま何時かな。二年間も時間がわからないところで過ごしていたから、外に出たらつい時間が知りたくなるな」

という、ゆったりとした時亭の声。驚いたように気を取り直して武卿は向き直った。時亭の優しい微笑。

武卿はすぐに両目をまたたかせ、ハンドバッグが置かれているテーブルに向かう。バッグを取ってくると時亭の前に立ち、

「何を渡すかわかる？」

と、口と目が一緒に笑おうとするのをぐっとこらえている。

「わかるわけないだろう」

としらじらしく答えると、

「ふん、そんなこともわからないの」

それからバッグを開けてクロームに覆われた重い懐中時計を取り出して長い鎖の端を握り、ぶらぶらと持ち上げて見せ、

「これ！　これをわたしが二年間も持ち歩いたのよ」

文字盤を覗くと、

「あら、十一時半、もうこんな時間！」

しかし時亭は、学生時代から卒業して証券会社の調査部に就職した後もそれをいつも身につけていたので、取り出すたびに、

「まあ、重くないのかしら！」

と武卿が驚いたのを思い出し、声を立てて愉快に笑っていた。すると武卿は足をそろえて、

「おかげでこれまで遅刻もせずに善良な人になりました。さあ、管理人から所有者へ」

時計を両手で持ち上げてぺこりとあいさつをする。時亭が渡された品物をうれしそうな笑みとともに受け取ると、

「保管料はきちんと払ってくださいね」

ともう一度冗談交じりに約束させ、ハンドバッグを持つと電車代を準備した。

「明日の朝早く寄るわね。でも時計がなくなったから遅刻するかもしれないけど……すぐに灯りを消してゆっくり休んでください」

しかし、時亭は時計を置いて立ち上がった。忘れていたことをせかそうとするような落ち着きのない表情だ。靴を履いて立つ武卿のそばに来ると、武卿はわざとそんなことには気がつかないふりをしてすぐに扉を開け、廊下に出ながら指を自分のくちびるに当てて投げキッスをするだけで、もう落ち着いた二人の胸に再び火をつけようとはしなかった。

静かになったアパートを出て、安全地帯の上に立った。電車を待ちながら、三階、呉時亭がいる部屋を見上げると、灯りが消えた。武卿は安心して帰途につけそうな気がした。

朝早く荷物を運んで部屋を整頓したら、お医者さんを呼んで健康診断を受けさせ、母さんとも正式に対面させる機会を作って、そう、アパートの主人と交渉して身元保証人になってもらって、警察に知らせるのをなによりも先に……。

安国洞で電車を降り、彼女はそう考えながら家に向かって歩いた。道路には人の行き来もない。

彼女は家に近づいたことに気づくと、ようやく若い女が通りを歩くには遅すぎる時間だと思い、歩みを速めてすっと路地に入った。その時、ある紳士とぶつかりそうになり、彼女は驚いて身をかわした。白いスーツにノータイで、パナマ帽をかぶった体格のよい紳士。彼はしばし手を帽子のつばに当てて失礼をわび、武卿のそばを曲がって大通りへ歩いていった。だが、彼女は動けずにしばらくその場にとどまって紳士が立っていた場所にその幻影を固定しておき、ショックを落ち着かせるのに苦労するのだ。

　路地にはもちろんわが家だけがあるのではなかった。二十軒ほどの家がずらりと表札を並べている。いま通りに出た紳士がどの家の門から出てきたのか、家を訪ねて路地に入ったが徒労に終わって帰っていく人なのか、それは武卿には知る由のないことかもしれない。だが武卿は、その紳士を見た瞬間自分の家から出てきたのではないかと錯覚し、そして紳士が河谷という雅号を持つ扇子の持ち主ではないだろうか、というおかしな考えにとらわれているのだ。

　武卿の胸はまたも重苦しい圧力の中で不快な動悸を始めた。家の門が向こうに見える。門は閉まっており、門灯の丸い灯りがいつも通り照らしている……いつも楽しく出入りしていたこの門が、なんとはなしにうとましく感じられてしかたなかった。しかし、彼女はそちらの方に歩いていくしかなかった。

　門を押すと、からんからんと鐘の音を立ててひとりでに開いた。家政婦が出てきた。寝起きの目だ。

「お嬢さま、いまお帰りですか？」

　武卿は答えず、板の間に上がって母の部屋を見やった。寝床についたが、起き上がった。どこを見回しても誰かが来ていた気配はなく、彼女はやっと疑いにとらわれていた胸をなでおろす。しかし、無用な憶測にとらわれていた自分の心に対して嫌気と嫌悪感がつきまとうのはどうしようもなかった。

「帰ったの？」

と母は豆電球を消してワット数の高い電灯で室内を照らす。

「はい」

武卿は小さく答えただけで、板の間の真ん中で心のもやもやを抱いて立ったまま動けなかった。

「そう、今日は出てきたの？」

「はい」

「うん、それはよかった。元気そうだった？」

母は寝床から体を起こす。寝間着も着ずに薄い下着だけを着ていた。武卿は、乱れ髪の母の肌を初めて見たかのように寝室から目をそらし、暗い自分の部屋に駆け込んだ。母がまた何かを尋ねる声が聞こえてきたが、漆黒の闇の中に浮かぶのは女としての肌のにおいを失わず、贅肉が首と腹、腿にほどよくつき始めた母の肉体だけで、武卿は満腹の食欲が脂肪の多い食べ物を目の前にした時のように脂っこい生唾が口中に湧き、胃が喉元までせり上がってくるのに耐えられなかった。

3

朝早く行くと約束はしたが、はからずも家を出たのはいつもと同じ午前九時だった。洗濯しておいた時亨《シヒョン》の夏物の背広と下着を包んで靴墨といっしょに小脇に抱え、アパートに着いたのは九時半過ぎだった。事務室に寄ってから時亨の部屋に上がると、寝間着姿の彼はカンさんが給仕と一緒に運んでくれたと、本をほどいて本棚に並べていた。

「わたしが差し入れした本以外にもたくさんあるのね」

と武卿《ムギョン》は彼の背後に行って眺める。

「おふくろがたまに送ってくれた金で、あそこの中で買って読んだから……」

それから行李を開け、ちょうど一番上に置かれている小さな岩波文庫のほこりをパタパタと払ってみせながら、

「あそこで読んだ中で、僕が一番感激した本がこれだよ」

と腰を伸ばした。武卿は何も言わずに本を受け取ったが、

「朝ごはんを召し上がらないと。それから下着と背広も持ってきたから、これに着替えてくださいね。お医者さんを呼んで診察を受けて、そしたら母も会いに来るから……」

「朝飯はカンさんが案内してくれて食堂で食べたよ。お母さんは僕から訪ねていかないと」

「ううん、もう来るって……」

風呂敷包みをテーブルの上に置くと椅子に手をついて立ち、武卿は時亨から受け取った本を見た。プラトンの『ソクラテスの弁明』と『クリトン』という本だった。武卿はプラトンとソクラテスの

名前は聞いたことがあるだけで本の内容は知らなかったので、そのまま表紙と序文を見ていると、呉時亨は寝間着のままベッドに座ってひとり言のように話しはじめた。

「ソクラテスの事情が僕のその時の環境と似ていたせいだともいえるかもしれないが、むしろ文章の内容からくる感銘はそんなものとは違って、僕の環境を完全に忘れさせてしまうところにあるような気もするんだ。読み終えて僕の精神が自分の環境に再び戻ってくると、むしろソクラテスのその立派な態度は僕の場合にはまっすぐ通じないようで、不快な感じまで与えたから……」

もちろん武卿には理解できない独白だった。何と答えればよいのかわからず、きょとんとして立っていると、彼は立ち上がって服の包みをほどいた。

「はは！　久しぶりの懐かしい洋服だな」

と彼は感激した様子で、ナフタリンのにおいがする洋服を広げて抱きしめた。それをしばらく見ていたが、武卿は警察署に身元保証人を連絡すると言って下の階に下りていった。アパートの大家はここに住んでいないので、たいていはこのアパートに泊まるカンさんに保証人になってくれるようお願いした。それを警察署に伝えた後、彼女はまた呉時亨の部屋に上がった。

時亨はシャツに背広のズボンだけを穿いて再び本棚の前をうろついていた。武卿は身元保証人について決まった通りに伝え、靴墨を持ってきて固くなった黒い靴を磨きはじめた。

「そう、中でその本を全部読んだの？」

とブラシをかけながら武卿が尋ねる。

「まさか！　半分だよ。ほとんどは不許可だから……」

「不許可？」

と、びっくりしたように武卿は靴を磨いていた手を止め、時亨の方を見る。

「経済方面の本は全部不許可だよ」

そう答えて時亨はまた立ち上がり、ベッドに腰掛けた。

「でも考えてみれば幸いだよ。経済学に関する書籍を読んでいたら、考えを切り替える方法がなかったかもしれないから。そういう意味で経済学は僕にとっては融通のきかない頑固な学問かもしれない。こうやって武卿さんの顔を明澄な夏の朝にまた見られるのが、哲学のおかげであることは事実だから」

時亨の話す口調は普段の会話口調ではなく、どこか演説のような感じを受けた。

「経済学と哲学との違いがあるんですか。学問としては同じでしょうに……」

と武卿は自分の意見を小さく言ってみたが、時亨はそんなことは意に介さず、再び自分の考えを開陳した。

「僕自身が立っていた世界史観だけではなく、欧羅巴《ヨーロッパ》的な世界史家たちが足掛かりにした史観は世界一元論ともいえるものだけれど、このような場合に東洋世界は西洋世界と理念を異にするのではなく、東洋世界は大体が世界史の前史のような扱いを受けてきたという事実があった。宗教史観や精神史観だけでなく、唯物史観の立場もこのような前提から出発したのですからね。ゆえに東洋とは下等な歴史的世界でもなく、ただ便宜的に呼ばれる一つの地理的概念に過ぎなかったのです。しかし、もしこのような世界一元論的な立場を離れて歴史的世界の多元性の立場に立脚すれば、世界はそれぞれ固有の世界史を持っていることがわかるし、証明もできるのではないか。現代の世界史の成立をこのような角度で理解しようとするなら、われわれが持っていた世界史観について重大な反省をすることもできるから……」

　もちろん、人が話しているのに靴磨きをすることもできず、そのまま耳を傾けてはいたが、武卿には時亨の話す言葉をどうこう考える準備がなかった。それでただじっと彼の顔を見つめているだけだった。しかし時亨は一人、自分自身に言い聞かせるように窓を見ながら熱心に持論を展開していた。

「たとえば、東洋だ西洋だという概念もローマの世界で成立したもので、古代や近世という特殊な時代区分も近世の欧羅巴史学で成立した区分だから、このようなものから離れて東洋と東洋世界を多元史観の立場から改めて反省し、成立させる必要があるのではないか。これは東洋人の学問的な使命だ。東洋人の学徒が行わなくてはならない義務なのだから」

　彼は言葉をぷつりと止めた。そしてその場から立ち上がった。窓の方に行って久しぶりに味わう興奮を静かに鎮めている。武卿は靴を下駄箱の中に入れて靴墨とブラシを片付けた後、水道で手を洗った。

「お医者さんを呼びましょう。あまり興奮しても体によくないんじゃないかしら……」

と言うと、時亨は体を翻して声のする方を向いた。だが、武卿の問いに答えようとせず、彼は青白くなった顔でこう言った。

「独逸《ドイツ》が波瀾《ポーランド》、ノルウェー、デンマークを破り、和蘭《オランダ》、白耳義《ベルギー》を征服して仏蘭西《フランス》を降伏させたのは決して小さなことではないんだから。このような世界史の変動に対応して東洋人も東洋人らしい自覚を持たなければならないだろう」

　そしてベッドに行き、体を横たえた。

武卿は何と言えばよいかわからなかった。本来、呉時亭がどんな思想を持っていても、それに口出しする考えや準備は自分にはないと考えてきた。彼女にはただ、中にいる人を健康なままで一日も早く救い出すことが任務だと思われた。だからいま時亭の熱を帯びた独白を聞いても、それに関してこれといった意見を述べようとしなかった。

そうしていると、ドアをノックする音が聞こえ、母が入ってきた。

時亭は立ち上がって上着を羽織り、ひざまずいてあいさつした。

「疲れているでしょうにおかまいなく。中でどれだけ苦労したことでしょう。体はどこか悪いところはない？」

「はい、体はどうもないようです。外にいらっしゃるみなさんに、大変なご迷惑とご心配をおかけしてしまい……」

「とんでもない。なんといっても中で苦労した人にはかなわないわ」

武卿はくすくす笑いながら母と時亭の横に立っていたが、

「母さん、それはなあに？」

と手に持っているものを尋ねてみる。

「これ？　いまハン薬局に寄って薬を煎じてもらったのよ。体は大丈夫だといってもそのままじゃいけないでしょう、養生しないと。それで朝は早いから無理だとしても、夕食は家に食べに来ればいいし、薬だってここはガスが通ってるというけれど、それで何ができるの。最初は足が疲れるでしょうけど、明日からでも家に来て薬を飲んで、食事も大したものではないとしても家で食べるようにしないと……人目もあるから、同じ家には住むことはできないけれど、運動も兼ねて……そうでしょ、武卿？」

時亨が恐縮した様子で遠慮しようとすると、武卿はすぐに母の言葉を受けて、

「そうだ、そうしましょうよ。朝ご飯もわたしは早いから時間通りに食べるけど、呉先生は母さんと一緒に少し遅く食べるようにすればいいわ。それからそこで本でも読みながらゆっくりして、昼ご飯も食べて、薬も飲んで、夕ご飯も食べて、夜だけここに来て寝て……そうしましょう。何日かは足が痛くて歩くのは大変でしょうから、きょうはこの近所でも少しずつ歩いて……」

自分たちだけで勝手に付き合っていると不満そうにし、その次は「信用ならない人」と嫌がり、彼が法の網にかかった時にはさらに頑強に武卿の考えを責めた。しかし、他のことでは母の気持ちに背いたことのない武卿も、これだけは耳を貸そうとしなかった。差し入れをするために初めて仕事に出るのを見て、母は驚いた。いくらかは母娘の仲まで傷ついた。しかし武卿は聞く耳を持とうとしないのだ。食事と服は家で面倒を見てもらい、自分が稼いだ給料で時亨のために本と食事を差し入れる。こうして二年、ついに母は娘の情熱に降参したのだ。

とにかく母の今日の態度を、武卿は感動の面持ちで見つめた。このような日がくると信じてはいたが、これまでに感じた侮辱が大きいだけに、いま目の前でそんな場面を直接経験すると、喜びは彼女の胸の中にビリビリと電流が流れるような感激を呼び起こすのだ。

「正午に出てこられるならどこかで昼食を一緒に食べましょう。この近くに食堂はないの？」

母は、時亨の部屋を出がけに娘に言った。武卿も玄関に立ったまま、

「この近くは大したものはないの。鍾路や本町に出ないと。じゃあわたしがタクシーか電車で連れて行くわ。どこかで時間を決めて待ってて」

それで、結局本町の入り口にある洋食店で会うことにし、時間を決めて部屋を出た。出がけに時亨は紙切れに書いたものを渡しながら、

「電報を急いで送ってくれますか。出てきたと家に知らせないと」

と武卿に言った。武卿は母と一緒に下の階に下りてきた。

「時間がある時に朴先生に来てもらうように言いましょうか？ それとも、連れて行って診てもらうか」

娘が母に医師の診察を相談すると、

「事情は知ってるから、来てくれと言えばいらっしゃるはずよ」

と母は答えた。

*

仕事が忙しく、五時になるまで頭を使わなくていいのはむしろ幸いだった。武卿は昼食を食べて戻ると、呉時亨を三階に連れていってすぐに事務に没頭した。しかし一つの仕事が終わって別の仕事に手をつけるたびに、母との約束が頭をよぎるのを振り払うことができなかった。仕事が忙しく、すぐに頭を空にして帳簿整理と計算に集中したが、五時の鐘で帳簿を閉じて顔を上げると、再び母の言葉が頭に浮かんだ。

快く軽い興奮のうちに昼食を食べて出るときに、時亨を先頭にした後ろで母は武卿に小さく耳打

ちするように言ったのだ。

「あなた、今日何時に出られる？」

「四時までだけど、仕事が多くて五時ぐらいになりそうだわ」

「じゃあ、五時半までに京城ホテルに来なさい。話すこともあるし……」

「一人で？」

「うん、あなた一人でいらっしゃい」

話はそれだけだった。そしていま五時になり、帳簿を閉じて片づけた後も、母の話というのが一体何か想像もつかない。どうしてホテルに来いというのか。夕食でも一緒に食べながら話そうという意味なのは推測できるが、昼食に外食したのにまた夕食を食べさせてくれるというのも妙だし、いつでも家で二人だけで静かに話すこともできるのに、いまさら場所を外にした理由もわからない。呉時亭との結婚について何か変わった話や相談事があるのだろうか。理由がまるで想像できなかった。

「外で用事があって出かけるから、今日まで、夕食はここの食堂で食べてください。夜の定食は洋食より和食がおいしいから、和定食にしてね。わたしは七時か八時ごろに寄るから……」

時亭にそう言いおいて、武卿はアパートを出て電車に乗った。ホテルに着くと、ロビーに母が一人座っていた。武卿はそばに近づくと話しかけもせず、ちらりと母の表情を窺いながら椅子に座った。

「待った？」

と聞きながらもう一度母の顔色をうかがうと、時計を見て

「うん、少しね」
それから話を始めようとか食堂に入ろうという言葉もなく、そのまま顔を少し背けてぼんやりガラス窓を眺めて座っているのだ。難しい話をする前に人がよくする、落ち着かない態度だった。顔は無表情を装っているが、心のうちにはさまざまな考えが行き来し、じりじりとした焦りまで薄紙のように風に震えているのだ。

武卿は窒息しそうな時間を長引かされるのがじれったくなった。何か難しく、驚くような話が飛び出すのを待つ緊張した姿勢が長い間続き、神経が疲れてこめかみのあたりが刺されるような錯覚まで覚える。彼女はついに決心したように顔を上げ、

「何の話ですか」

と母を見つめる。

「うん？」

と顔を向けたが、再び

「うん。もうすぐしたら……」

それから、武卿の穴のあくほど見つめる視線を避けて横を向く。しかし何を思ったのか、母は決心した表情で青白い顔をもう一度武卿に向け、

「話すことは別にないけど、どうせあなたに知らせなきゃいけないこともあるし……だから今日、人を紹介しようと思うの」

と、とつとつと言った。話を終えた母の顔に興奮のせいか、または恥ずかしさのせいか赤い血潮が頬と目元に薄く浮かんだように見えた。話の内容ははっきりしないが、そんなことを詮索するま

でもなく、母の態度と表情から武卿は一度に事件の核心を理解したのだった。しかし、それが何かを自分の頭の中で深く意識する間もなく、窓の外に階段を上ってくる一人の紳士を発見した母の両目はもう、当惑の色が濃くなった表情の中で沈着さを失っているように武卿には感じられた。

　下の階のクロークに帽子とステッキを預けたのか帽子をかぶらず、さっきステッキを持っていた名残で右手の扇子を少し上に持ち上げ、白いスーツを着た紳士は二人が座っている場所に近寄った。きっちりと分けた気品のある髪には、短く整えた髭と同じようにちらほらと白いものが混じっていた。武卿はすぐに彼の扇子を見た。

　母が席から立つと、五十がらみの落ち着きのある男は、

「お待たせしました」

　と微笑を浮かべて母にあいさつした後、もう一度、

「あ、この方が武卿さんですね。お話はいつも伺っていましたが、これまでお目にかかれませんでした。わたしは鄭一《チョンイル》洙《ス》と申します。お忙しいところおいでくださり……」

　と武卿を見つめた。武卿は自分がいま経験している事態と立場を思わず意識しながら、固まった姿勢のまま頭だけ少し下げて見せる。すると、鄭一洙氏は横に立っているボーイに

「準備はできましたか？」

　と訊いた後、

「さあ、それでは、あちらにどうぞ」

　武卿と母に庭の方を指し示した。

　個室で彼らは広東料理を食べた。仕事は大変ではないか、アパートというのは新しくできた経営

形態だが、最近は住宅難と下宿難がひどいから相当に重要性があるだとか、部屋数の多いヤマトアパートがどうして満室になるのかといった類の話から、建築難、住宅難について話が移り、その間に夕食を食べ終えた。鄭一洙氏の言葉には母が時々返事をするだけで、武卿は訊かれたことだけに小さく答え、沈黙を守るしかなかった。食べ終わると、鄭一洙氏は約束があると先に立ち去り、母と娘だけがしばし部屋に残された。武卿は食事にもあまり手をつけなかったが、二人きりになっても一人で物思いにふけっているのかあまり口を開かなかった。もちろん昨晩家の前でぶつかりそうになったあの紳士ではなかった。だが、鄭一洙氏が河谷という雅号を持つ、山水が描かれた扇子の持ち主であることはまぎれもない事実だった。落ち着いていて折り目正しく、気品のある紳士の顔を忌々しく思うのはこれが初めてだと、彼女は漠然と自分の心の内を探りながら座っている。母はひとり言のようにぽつりぽつりと語りはじめた。

「あなたにはあまりに突然のことになって、水臭いと思うかもしれないわ。でももうずっと前からあった話よ。私がセブランス［ソウル市内にある、韓国で最初にできた総合病院］にいる時だから、十年も前のことね。その時からこれまで人づてに話があって、それから直接会って話すのを十年間ずっと断ってきたの。人柄や家柄は申し分ない人だけど、あなたを置いていまさら結婚なんてできないでしょう……そうしたら、どういうわけだか私もわからない。あなたたちの仲を許してから心が突然緩んでしまったの……子どもも大きくなってしかるべきところに嫁にやり、息子は分家して独立させたっていうし……四十を過ぎたら、どうしたことか老いた体を誰かに委ねないと生きていけないみたい。気にしないで、母さんのやることは笑い飛ばしなさい。あなたたちが式を挙げたらゆっくり準備をしようと思ったけれど……」

母は罪人のように、娘の機嫌をうかがいながら簡潔にそう話した。武卿はこれまで自分が抱いていた思いが別の感情に変わるのを経験し、黙って座っている。目頭が熱くなり、ハンカチでそれを押さえた。四十二歳！　まだ母は若い。

どうしてもう少し早く母の幸せについて考えられなかったのだろうか。一人娘のせいで、若い母が幸せになろうとどれだけ多くの無理を背負ったのだろうか。そんなわたしまでも母のそばを離れて、どうしてわたしは母の幸せについて少しも考えが及ばなかったんだろう。二十歳で独り身になって、わたしだけのために青春を燃やし、華やかな夢を犠牲にした母ではないか。そんな人に当たったり、すねたりしたなんて、わたしはなんて恥知らずなんだろう。母も余生を幸せに送らなきゃいけない。

武卿は涙を隠さず、顔を上げて母を見た。涙に濡れた目に、母の美しい肌が若かりし頃の写真のように紗がかかって見えた。

「母さん！」

と声を上げて武卿は母のひざに顔を埋めた。

昨日歩きすぎたせいで足の裏がむずがゆく、脚が痛いといって、時亨は食堂で朝食を食べるとすぐにベッドに寝転んで雑誌と新刊書をめくっていた。明日から薬を飲み、食事をするために花洞《ファドン》の家に行くと言っている。

武卿は事務室で入金伝票を整理しながら、母と鄭一洙氏との結婚話をいつごろ時亨に伝えようかと時々物思いにふけったりした。ペンを伝票の上に立てたままじっと考えてみる。理性的に分析しても、これまでの母の生涯を考えても、武卿としては当然うれしく、賛成すべきことに違いなかったが、一日たって母がいないところでふと考えがそこに及ぶと、胸がぎゅっとなって、じわじわと心臓を圧迫する胸の動悸が心を限りなくざわつかせるのだ。そして抑えきれない強情さが両目を針のようにキリキリと突き刺すのだ。

「わたしはどうしてこうなんだろう。母さんとわたしの平和で幸せな生活を先に壊したのはわたしなのに。母さんの告白によると、わたしとの幸せを守るために十年間も鄭一洙氏に我を張ったそうだ。わたしは母さんのために何をしてあげたっていうの。基督教の信仰と風俗の中で安穏な生活を続けようという母さんの心を悲しく乱したのはわたしではないか。基督教の教えにすがって若い情熱を犠牲にし、俗世的な幸せから自らを隔離した後、その中で誠実な生活を設計しようとした母さんにとって、娘が、たった一人の娘がイエス様の教えに逆らったことがどれだけショックで悲しいことだったか。母さんの結婚をもし快く思えないとすれば、その原因を作ったのは他でもない、わたしではないだろうか？」

　こうやって絶え間なく自分自身を責めながらも、こんなことを考えているとそのまま時亨に聞かせたら、最初は驚き、いぶかしむかもしれないが、最後にはすべてを深く理解することになるはずだと思うのだ。それから彼女は、少しの間楽しい想像を頭に巡らせもした。

　わたしたちが結婚式を挙げた後にはもう一組の新郎新婦の婚礼があるんだけど、誰のことかわかる？　何を隠そう、うちの母さんよ、と言うと、おそらく呉時亨は驚き、動揺するだろう。考えてみるとおかしくなって一人でくすくすと笑い、再び帳簿をめくる。

「ほほう。考えれば考えるほどうれしいことだなあ」

と、何も知らないカンさんは時亨が出所したことにかこつけて武卿が笑っているのをからかった。その時、時計が十一時の鐘を打った。鐘が鳴り終わるまで待って武卿は振り向き、

「わたしがどうして笑ったかわかったんですか」

と言ったが、ちょうど事務室の外で一人の紳士が車を降りて入ってきたので、カンさんも武卿も話をやめてそちらに視線を向けた。

紳士はアパートの玄関からそのまま上の階に上がろうと階段をしばらく見ているようだったが、すぐに事務室の方に顔を向け、近づいてきて、

「このアパートに呉時亨という人はいますか？」

とそばに座るカンさんに尋ねた。

「はい、三階の三百二十三号室にいらっしゃいます。三階に上がって二十三号室をお探しください」

と武卿が椅子から立ち上がって事務的に答えた。紳士はちらりと武卿の顔を見たが、すぐに意識的に視線を避けるようにし、漠然と事務室の空間に向かって謝意を表すように帽子のつばに手を当て、白いステッキの端で廊下の床を突いて威厳を示した後、適度に肥大した体を階段の上に運んだ。武卿は五十を超えるかどうかのこの紳士の風采から、平壌で府会議員を務め、商工会議所で公職に就いているという呉時亨の父親であることを一目で看破した。それと同時に、紳士の態度には自身に対する一種の侮蔑が含まれているような感覚を拭い去れなかった。武卿は彼の来訪があまりに突然で、その態度からくる威厳と侮蔑感がたいそう板についているように感じ、椅子に座ることも忘れて呆然とその場に立っていた。

「呉先生の御父上でいらっしゃるのかな？」
と訊くカンさんに何と答えようかとためらったが、
「そのようですわ」
と青ざめたまま小さく答えることしかできなかった。こちらの事情を知ってはいるが、詳しいことまでは知らないカンさんだった。武卿と時亨との関係を平壌にいる彼の父は認めようとしないこと、父は父で道《ド》知事を務めたという名士の娘との婚約を進めようとしていること、といった微妙な事情は何も知らずにいるカンさんだ。だから時亨の父の訪問と彼の態度から受けたショックについて、彼は何も理解する方法を持たないのだ。

武卿は黙って席に座り、再びペンを持ったが、仕事に集中することができなかった。

二年間自分からは手紙もよこさなかったという父が、電報を受け取って息子に会いに来た。もちろん親子の情としては当然のことに違いないが、思想とさまざまな家庭の問題で意見が合わない父と子が今日二年ぶりに会い、再び美しくない衝突を繰り返さないだろうか。その間、父は父なりに、息子は息子なりに自分の考えと態度とこだわりについて、反省するところも譲歩するところも生まれるだろう。

父は果たして、息子の結婚問題を素直に許すだけの準備をして上京したのだろうか。不安と心配と焦りと恐怖心と疑惑が入り乱れ、武卿はうつむいたまま忙しく仕事をしていた。

三十分ほどして時亨の父は階段を下りてきた。しかし、ステッキも帽子も置いたまま、少しの間だけ外出するようだった。すぐに視線を窓の外に移したが、彼の態度と無表情な顔からは何の暗示も得ることができなかった。二人の間の話が順調に進んだようにも感じられた。しかし、彼は帽子もかぶらずにどこに行くのだろうか？　彼は出かけてから十分ほどで戻ってきて、やはり事務室の方を見て見ぬふりをし、無表情な顔に威厳だけを示して階段を上っていってしまった。武卿は地に足をつけて空想の翼を広げることができなかった。ところが、再び二十分ほどで自転車に乗った洋服店の店員がサンプルを風呂敷に包んでアパートに入り、ぴょこんとあいさつをして上の階に上ろうとした。

「どちらに行かれますか？」

とカンさんが叫ぶと、店員は立ち止まって階段に片足をかけたままこちらを見ながら、

「三階の二十三号室です」

と言った。こちらが何も言わずにいると、店員はそのまま上階に向かって行ってしまった。十二時のサイレンが鳴った。店員は注文を受けたのか、礼儀正しく笑って見せると事務室を通り過ぎて外に出た。だが、彼と入れ替わるように今度は靴屋がやってきた。自転車の後ろに大きなトランクを二つも積んできた靴屋の店員は、帽子を脱いで丁重に事務室の前で案内を求めた。カンさんは喜んで答えた。店員が上がっていくのをじっと見ていたが、武卿の方を向いて、

「父上がいらっしゃったから、洋服も仕立てて靴も買ってめかしこむんだな」

とうれしそうに笑った。武卿はペンを持ったまま、

「そうみたいですね」

とだけ答えた。彼女はいま、心の中で少なからず不安な事態を一つひとつ分析するように探りながら座っている。

さっき時亨の父が無帽で外出したのは、洋服店と靴屋を呼びに行ったのに違いない。ここから遠

く離れた二つの店を呼ぶために彼は電話をかけたのだ。電話をかけるために外に出たのだ。彼はどうしてあえて外に出て電話したのか？　事務室の電話を使わずにわざわざ外に出たのは何のためだろうか？

　ここまで考えて、武卿はしばしためらい、尻込みする。

　わたしを避けるために、わたしと顔を合わせるのが嫌で、わたしがいる事務室の電話を使わないために、彼は外に電話をかけに出たのに違いない！

　こう断定するには、さまざまな躊躇がつきまとった。武卿はどうしてもそう決めつけることができない。

　それは何を意味するのか。呉時亨の父が武卿を侮辱していることになる。武卿と時亨の関係を認めないという証拠になる。

　それで、武卿は考えを別の方に向けようと努力するのだった。しかし、時亨の父が外に出たことをどう説明できるのか、彼の武卿に対する態度をどう解釈できるのか。

　正式に顔合わせをする前に、嫁になる人とこんなところで会うのをためらったのかもしれない。働くのは悪いことではないけれど、やはり彼らの習慣からしてこんな場所で嫁になる女と顔を合わせるのは美しくないことなのかもしれない。それで彼はわざと事務室の方を見ないふりをして、武卿の存在を無視しようと努めているのかもしれない。

　しばらくして靴屋の店員も出ていき、その後に呉時亨の父も今回は帽子にステッキをついて時亨の部屋から下りてきて、外に出た。時亨は彼の父が出た後、十分もしてから下りてきて事務室に顔を出した。

「親父が来たよ！」

そう言うと、

「この靴も買ってもらった！　これが五十五ウォンだなんて！」

足をぱっと上げて見せた。

「昨日の電報を見ていらっしゃったのね」

と、武卿もさりげなく答えながら立ち上がった。

「朝の列車で来たんだって」

「じゃあどこか旅館にお泊りになるの？」

「あそこの、ほら、備前屋に！」

武卿は先に立って事務室を出て、食堂に行った。昼食を注文し、二人はじっと見つめ合った。聞きたいことはたくさんあったが、武卿はそれを吐き出すのがなんだか怖い気がした。

「親父がとうとう折れたよ。何も言わずに、体はどこか悪いところはないかって聞かれたけど……」

とにっこり笑うので、武卿もつられて笑った。しかし彼女は自分の質問を押し殺し、再び時亨の言葉を待つ姿勢を取る。

「父子の情ってのはおかしなものみたいだ」

と時亨はひとり言のようにつぶやいた。

「二年間も手紙一通よこさなかった人が、出てきたといったらその日のうちに追いかけてきたところを見ると」

武卿はそんな言葉にも特に答えなかった。注文した料理が出てきて、二人は黙々と食事を終えた。食べ終わって茶を飲みながら時亨はまた、

「親父が田舎に帰ろうっていうんだ」

と武卿の顔を見た。武卿はその時、胸がずしりと沈み込むような衝撃を受けたが、顔色を変えまいと努力しながら口に近づけた湯飲み茶碗だけをそのまま持っていた。

「体も弱いのにソウルにいて治るのか、家に帰って体が回復したら温泉にでも行って静養しろって、それに裁判所にしても、こんなところで一定の住所もなく、旧友との往来もあったりしたら、これから予審の終結や公判にも支障が出るんじゃないかって……」

父親の言葉をなぞるようにして、湯飲みで目を隠しながら茶をすすった。

武卿は気持ちが少し落ち着くのを感じたが、時亨の言葉に対して何かを答える気力はなかった。二人は食堂を出た。テーブルを立とうとした時、武卿は軽いめまいを覚えてしばらくテーブルの端をつかんだまま立っていたが、なんとか視神経に力を入れ、時亨の後について廊下に出た。

廊下に出るとすぐに階段に向かって歩いた。『第七天国』みたいだと言った階段を一段一段上りながら、武卿は黙って考える。アパートに戻ってベッドに腰掛ける時亨の顔を見ると、武卿は椅子に座りながら、

「都会は空気も悪いし、行くところがあるなら静かなところに行かなきゃ。それに裁判所にとっても、ソウルでぶらぶらしているよりは実家にいる方が心証がいいでしょうし」

とようやく明るい口調で言った。時亨はちらりと武卿の笑顔を見たが、彼女の心情を推し量れないほど鈍感ではないというようにベッドに横になると、

「昔とは全てが変わってしまったみたいだ。もう思想犯は少ないから、昔のように英雄心理を楽しみながら懲役を受ける気分でもなくなったって、刑務所の中で誰かが言ってたが……月が鉄格子に真っ青にぶら下がる夜、風の音や虫の鳴き声でも聞きながら、眠れない夜には孤独と寂寞が骨身にしみるように痛んで……」

そうやって、か細く独白のように話している。武卿は振り返って窓の外を眺めるふりをしながら、黙ってハンカチで目頭を押さえた。

*

それから三日目、一カ月続いた日照りからじめじめと蒸し暑くなり、ついに梅雨が始まった。雨が降ってはやみ、やんだと思えばまたしとしとと降っている午後に、呉《オ》時亨《シヒョン》は父親と一緒に平壌に発った。ついに彼らは武卿《ムギョン》と正式にあいさつしようとも紹介しようともしなかったが、武卿はそんなことも意に介さず、駅まで出て時亨を見送った。

駅を出て、もう二度と戻ってこない人を見送ったような悲しい心持ちで雨降る中を電車に乗った。じっとりと濡れて水滴がしたたるレインコートを着たまま、彼女は事務室にも寄らずにそのまま時亨がいた部屋に入る。

新しい背広に着替えた後、適当に脱ぎ捨てていった時亨の古い背広が、ベッドの上に放り投げられていた。靴箱を開けると、武卿が磨いた古い靴もみすぼらしく入っていた。テーブルの上にはあじさいの花瓶、何日も水を換えていないそれは、白くひからびていた。もう絵の具を入れても、赤くも青くもならなさそうに枯れてしまっていた。

時亭のために借りた部屋だった。時亭を迎えるために貯金通帳を空にして飾りたてた部屋だった。彼はもう行ってしまい、ここにはいない。

時亭のために飛び込んだ職場だった。時亭に差し入れするために選んだ仕事だった。時亭も出てきて、もう働く目的を失ってしまった。

武卿はじっと座って雨粒がガラス窓の上を滑り落ちるのを呆然と眺めている。灰色に曇った空がにじんで見える。

母には鄭一洙氏がいて、もうわたしは母にとっても必要のない娘になった。

泣きたい気持ちにもならなかった。ただ自分の体から皮だけを残して、五臓六腑がすべて流れ出してしまえばいいのに。漠然とそんなことを考えていた。

そこに、コンコンとノックの音がして給仕が扉を開けた。

「ご主人様がいらして、帳簿をご覧になりたいそうです」

給仕の言葉に、彼女は気を取り直して体を起こした。彼女は鍵をかけて階段を下りた。下りながら、だんだん自分の足に力が宿るのを感じた。

「部屋も、仕事も、これからは自分自身のために持たなくちゃ！」

事務室に入った時には、彼女の心にそんな考えが生まれていた。

土の奴隷

続「第1課第1章」

흙의 노예

李無影 イ・ムヨン 이무영

カン・バンファ 訳

1940

1

「生きる」とは単に漠然と生きる人の生を言い、「生活する」とは単に漠然と生きている人ならぬ、ありとあらゆる難関を突破してまで生きようと努力する人の生を言うのなら、今のステクの生は後者に当てはまるだろう。実際それまでの彼は、他人同様、漠然と生きていたのだ。他人《ひと》と同じように生きてきたのだから他人と同じように死んで然るべきとはいえ、彼がまだ生きているのは、彼がこれまでそれだけ必死に生きてきたという証ではなく、他人が死ぬようなひどい病にかからなかったというだけの話だ。——こう言ってはステク本人にいささか悪い気もするが、生活に対する彼のそれまでの態度は、それからいくらもずれないものだった。

　もちろん彼も、日に三度の飯を食べるために血のにじむような努力をしたと言うだろう。東京留学時代には実に七食を抜きながらも生き延びるために奔走し、金五十ウォンの給料袋のために夏の朝の熟寝《うまい》さえも投げ打ち、X線にさらせば月食中の月のように一部が白くなった肺で五年という長い歳月をひたむきに生きてきた。食べるためとはいえ、血気にはやる年頃には耐えがたいであろうあらゆる屈辱を前にしても忍従の徳を守り、今日のおかずの材料を買うために麻浦《マポ》から光化門《クァンファムン》まで遠路はるばる歩いたこともある。だがこれらは、今を生きている誰しもの生き方であり、また生き抜く術でもある。より豊かに生きる――よりも、より有意義に生きる。より清く生き、より堅実な生活者となる――そんなことは手の届かない理想とばかり思っていた。そしてそれは偉大な人間にのみ可能なことで、自分のような凡人にはまずもって思いも寄らない至難の業だと。

　こういうわけで、彼が職を辞して農村に入った動機は何だったか、その意気込みはどれほどであったかとかいうことはさておき、自身のだらけきった人生に新たな局面を開くため、大卒の履歴書が何十通も積まれた栄えある職場を惜しげもなく投げ打ったことにはまず敬意を表したい。だがかといって、農村に戻ってからの暮らしがそのまま、生活する者の「生」に即するかどうかは別の話だ。都会を離れてからの四カ月間の農村生活とは、ほかでもない都会の生活の延長だった。変わったのは形式ぐらいのものだ。洋服に帽子をかぶり、靴を履いていたステクが、頭には麦わら帽子をのせ、単衣《ひとえ》のチョゴリ［朝鮮の民族衣装の上衣］にゴムシン［ゴムでできた伝統靴］を履いたというだけ。彼の生活への意志はいまだに曖昧かつ漠然としたものだった。意志というより、それはむしろ気分と言えた。

　いや、それは都会に暮らしたときよりいっそう安っぽい虚栄だった。大学出の（田舎の人間にとっては中等以上はすべて大学とみなされる）堂々たる一流新聞記者が農村で土を耕し、背負子《しょいこ》を負い、たごを担いで肥やしを撒いている――そんな故郷の人々からの驚異の視線にひとり満足し、優越感に浸る虚栄――これが彼の「生活意志」だった。

「今でこそこうして一緒に暮らしているが、お前たちとは区別されるべきだ。私の労働は、こういう暮らししかできない星の下に生まれたお前たちのものとは違う。同じ労働でも、私のそれはなおさら価値あるものなのだ……」

　もちろん、そんなことは口にしたこともなければ、自分がそんな優越感——虚栄に浮かれているとも思っていない。思ってもいないのに、やはりステクは無意識のうちにそんな虚栄に支配されていた。慣れない背負子を負ったり牛を追ったりするとき、村の女や年寄りたちが自分をせせら笑うのではなく、感心し——立派に感じてくれるはずだという漠然とした意識に、いつの間にやら支配されていた。十七、八の子どもが軽々と持ち上げる稲俵を少しも動かせなかったことは明らかに恥ずべきことであったのに、それがまるで教育を受けた者の特徴ででもあるかのように、恥はおろかむしろ誇りのごとく感じていることもまた、自覚こそしていなかったものの、偽りなき事実だった。

　だがいくら大学出のやる仕事でも、一、二度見ればじゅうぶんだろう。いつまでも目新しいものではないし、感心や称賛の的でもない。日が沈めば月が昇り星が輝く。そんな光景も、初めて見る人にとっては、少なくともステクの下手な仕事ぶりより物珍しいものだろうが、それが一つの常識になってしまえば、人はむしろ月や星が出ないことに驚くものだ。まして、ステクの仕事ぶりに毎度驚くなどありえない。

　しかし、ステクにはそれが寂しく思われた。もちろん表には出さないし、そう感じている自分を認識したこともなかったが、村人がもう自分を驚異の目で見てくれないことを寂しく感じていることは否定できなかった。

　ステクはソウルの友人数人に近況を知らせていた。自分を気遣う友情への返報でもあったが、時には今の生活を必要以上に詳しく報告することもある。例えば、藪刈りをしていて手を切ったとか、担いでいた肥たごをひっくり返してしまったとか、むしろの上で夜通し水口《みなくち》を見守ったとか……などという話まで伝えていた。田舎の生活を語るうえでこういった内容は欠かせないにしても、こんな手紙を書くときの彼の心理を改めて深く探ってみるとき、

（かくして私は超越した。文化人であるお前たちを憐れに思う……）

こういった意識が片隅に潜んでいただろうことは察するに余りある。

かくして彼の純粋な農村生活が始まったのは、秋の収穫が終わった直後——言い換えれば、彼の慣れない荷運びや鎌仕事がすでに村人たちにとって不思議なものでなくなったとき、そして夏のあいだ、ろくに眠れないまま汗水流して働いた結果が稲四俵、この四俵で麦秋まで食いつながなくてはならないという厳しい現実に直面したその瞬間からだ。

（これで冬を越すだと！）

そう思いながら、ステクは庭に積まれた稲俵を幾度となく見やるのだった。来年麦が実るまでには、少なくとも半年ある。それまでの五、六カ月を稲四俵で暮らす……？　だがそれだけではない。稲四俵で飯を食い、戸税を払い、人間なるもの病気にならないわけにもいかないから霊神丸《ヨンシンファン》［韓方胃腸薬］も買わねばならず、石油やマッチ一箱でさえもあの稲を元手にするのだ。今年は市価もよく八銭だ。二百斤で十六ウォン、四俵すべて売ったとしても六十ウォン。何やかやの入り用に一俵は残しておくべきだろう。となると、およそ五十ウォンで半年を乗り切るというわけだ……。六七が四十二。ステクは一日中箕《み》を振るい、夕餉を食べ終えるなり眠りこけた妻を見下ろしながら九九を数えた。子どもが二人に、自分たち夫婦、下男のチャンムンまで入れれば立派な五人所帯。子ども二人を大人一人と見立てれば四人家族、一人当たり十ウォンだ。チャンムンのパジチョゴリ

［民族衣装の下衣］はどうやってあつらえ、子どもたちの尻は何で隠せばよいのか。そればかりじゃない。妻はソウルで着ていたぼろを継ぎはぎして着るとしても、私はパジチョゴリの二、三着もなしにどうやって冬を越すのか。ポソン［朝鮮の足袋］に継ぎを当てるわけにはいかないのだから、靴下でも買わないことには格好がつかない……。赤貧洗うが如し。元手もなしにどうやって農家を保ち、また煙草は誰が買ってくれるのか。家族はまだ全員生きているのだし、友人や妻の実家に手紙を書かないわけにもいかない。だが切手はどうやって買い、紙や封筒は誰にもらうというのか……。

そんなことにこまごまと頭を巡らせていると、農村生活についての設計がどれほど薄っぺらだったか、どれほどロマンチックなものだったかに改めて気づかされるのだった。

ステクは戸口にどっかと腰を下ろして頬杖をついた。すでにマコー［煙草の銘柄］二本を吸い終え、弾みで三本目に火を点けようとしたところでがばっと立ち上がる。机の引き出しから紙と鉛筆を取り出し、指算していた内容を一つひとつ書き並べ、もう一度計算してみる。だが石油、マッチ、煙草、切手――と項目ごとに書き出していくと、さっきは一人当たり八、九ウォンはあったものが、やっと五ウォンちょっとだ。

（大の男が五ウォンで半年暮らす？）

ステクはそれが誰かから下された命令ででもあるかのように、思わず憤慨した。まるで、固く信じていた人に裏切られたような気分だった。

再び煙草に火を点けて机に向かう。予算をもう少し減らそうというのだ。煙草代一ウォン五十銭を一ウォンに、石油四杯を三杯に、通信代三十銭を十五銭に。こうして減らせるところまで減らしてみた。だがそれでも、一人当たりのひと月の生活費は一ウォン五十銭にもならない。

妻はここ最近、よく寝込む。今回も過労による熱病めいた症状で五日も寝込んだ後、まだ起き出して五、六日にしかならない。五、六日に一度は必ず寝込む。となると、十五銭の薬を飲むのにもあの稲が要るのだ……。

ふと考えるのをやめ、ステクは計算していた紙をビリビリ破いて立ち上がった。もう十四年も前のことだったが、ある代数の問題に数時間取り組んでいた彼が、ノートをビリビリに破いて机を離れた記憶がにわかによみがえったのだ。そのときは翌日登校したら、先生がわざと間違った問題を出したのだとわかったのだが、今この解けない問題は誰が出したというのか。人間もフナのように水を飲んで生きないことには、永遠に解けない問題だった。

月は明るすぎた。まだ宵の口だというのに、千人近い人間が集まり住む村は棺の中のごとく静まり返っている。村外れにある水車の樋《とい》に落ちる水音がポタポタと聞こえてくるだけで、晩秋というのに砧《きぬた》の音一つ聞こえない。寂しかった。詩的だとばかり思っていた農村の月夜がこれほどに寂しいとは。桑の枝に絡げた枝折《しお》り戸を閉めて戻ろうとすると、収穫しかけてそのままになった庭畑の角からこちらを窺っていた誰かに声をかけられた。

「出かけるのか」

「誰だ？」

「俺だよ、ヨンフン」

「ああ、トンフン［トンは糞のこと］か」

「バカ野郎、もういい大人だぞ」

彼はステクと年も近く、子どものころも同じ私立学校に通っていた。金持ちの息子が大抵そうであるように、ヨンフンも二年か三年留年していた。トンフンというあだ名を付けられたのも、その昔、おへそまで髭のある漢文の先生の、李太祖《イテジョ》［朝鮮を建国した初代国王］とは誰かという質問に、

「トクジョン通り［餅屋が並ぶ通り］の油屋のじじいだよ！」

としたり顔で答えたのが始まりだ。もう亡くなって久しいが、油屋のじいさんの名を李泰柱《イテジュ》といった。ヨンフンは奇遇にも、その店から五、六軒先のはす向かいに住んでいた。

「この糞ったれめが！　今日からお前はヨンフンじゃなくトンフンじゃ！」

トンフンというあだ名はそこから付いた。

ステクは幼くして故郷を離れると、戻るのは数年に一度、それも一日か二日、長くても三日と、まるで旅人のような滞在だった。それで、共に学んだ幼少時代の仲間と冗談の一つも交わす機会のないまま三十代を迎えてしまった。だから今回は、自分から十人余りの旧友のもとを訪れて回り、冗談も言えば笑い話も交わした。トンフンも、むろんそのうちの一人だ。だがトンフンについて知ることと言えば、千石《ごく》以上あった財産が一昨年、父親が亡くなると同時に半分になり、この一年でまたもその半分に減ったこと、そのほとんどは町に出かける車代と料亭通いに費やされたこと、ソウルを往復する自動車の女車掌を妾にしていることぐらいだった。

「他に説明はいらないさ。昔のトンフンがそのまま三十歳になったと思えば間違いない」

やはり私立学校時代の仲間で、今は舗装道路沿いで散髪屋をしているジョンデがそう言っていたのを思い出し、ステクは「李泰柱」を連想してひとりひそかに笑った。

「何かやることがあんのか？」

ヨンフンがこちらに近付きながら訊く。用もないのに国防服姿だ。

「いや、どうした？」

「お前に会いに来たんだよ」

「俺に？　何かあったのか？」

「何かあるわけじゃないけど、久し振りに会ったんだ、ビールでも一杯どうかなって……」

「俺と一杯だって？」

　ステクはいささかつれない態度でうそぶく。半年近く都会を恋しがっていたところだ。ビールと聞いただけで嬉しくなったが、どちらかといえば月足らずの子のようにうぶなヨンフンにおごらせたという噂も芳しくないし、今の彼自身、話も通じないだろうヨンフンを相手に酒を飲みたい気分ではなかった。自分ひとりでは到底解けそうにない、稲四俵で五人家族が半年食べていかねばならないという難問を解かねばならないのだった。こういう問題には、父のほうが打ってつけだろう。甥は二十四歳と彼より年下だが、農村育ちの分、世情にうとい自分よりはこの問題とうまく向き合えるはず――そんなふうに思われ、ヨンフンとは後日を約束し、村の中ほどにある実家に向かった。

2

　枝折り戸は開け放たれていた。人影がちらつくだけで屋根が揺れるほど吠えていたシロという犬もそろそろ慣れてきたのか、「ウウ――」とひと鳴きしただけで、納屋の隣の、客間がある棟の台所に這い込んでいく。ステクはまず、母屋の様子をちらと窺った。薄明かりの下、雪かき用の鍬のような草履や便利靴［ゴムや布で作られた今の運動靴に近い靴］、ゴムシンやらが見える。もう一度客間のほうへ出てみたが、そこにも誰か来ている様子だ。

破れ穴からそっと覗くと、村の下手に住むチョン・テクスが父親と差し向かいに座っている。床には何やら紙切れが二、三枚広げられ、その上に昔ながらの算木《さんぎ》が置いてある。テクスは手の平ほどの商い用の算盤《そろばん》を手に、何か計算しているようだ。話が中断しているのか終わったところなのか、二人とも押し黙っている。テクスは高利貸しを始めて以来、ずっと暮らし向きが良くなったと聞いている。ステクは少し立ち聞きしていようかとも思ったが、後ろ髪を引かれつつ夫婦部屋に入った。

部屋には母親と兄嫁、おば、町へ嫁いだがつい数カ月前、ステクが帰郷してひと月余り経ったころこの村に引っ越してきた長姉以外にも、豆腐屋の未亡人、居間にいるテクスの総領嫁――が部屋に陣取っていた。みな気兼ねない様子だ。

「あら、ソウルの旦那のお出ましね」

いつでも物腰やわらかな豆腐屋が、大きな尻を片側に寄せて席をつくってくれる。テクスの妻は年も四十に近いが、薄暗い灯火のせいか、いまだつやのある華やいだ顔がいっそう映えるようだ。彼女が十七、ステクが十二のとき、二人のあいだに結婚話が持ち上がった。彼は帰郷してからそれを知ったのだが、彼が嫌だと突っぱねたこともあって気まずいかと思いきや、相手はそんなことはとうの昔に忘れたというように気軽に話しかけてきたり、遊びにもやって来た。すでに息子の嫁までもらったという意識が彼女を大胆にさせるようだった。

ほぼ全員が齢四十以上の女性なので、話題はご近所の悪口よりも暮らし向きの話に集中していた。そこにいる顔ぶれの中では、テクスの妻が一番ましなようだった。あのひどい干ばつの中でも、収穫したものだけで二十石、小作料は三、四十石ほどになるようだった。

「何の心配もないじゃないの、今年みたいな凶作でも六十石あるんだから――去年は百もあったでしょう？」

母はこう言いながら低いため息をついた。彼が故郷を出る前は、出来のいい年ならゆうに七、八十石は獲れた。種二十五斗まきの水田は、一度として干上がることがなかった。畑にしても、全体を耕すのに四日かかった。常に雑穀十数石の余分がある豪農だった。そんな家が稲十五俵――それさえも大半は言い値で売るしかないのだった。ため息が出ないはずがない。

このような事実をステクが知ったのも、実は最近のことだ。父は久し振りに帰郷した息子をがっかりさせないために――というより、息子をつなぎとめるために家族の口を封じていたのだ。彼に土地を与えるときも、

「たとえ親子でも勘定はちゃんとするのがけじめだ。それに、どこをほっつき歩いてるのかは知らんが、もとは長男であるお前の兄さんのものだからな。甥ももう大きいことだし、ちゃんと分け前をやらなきゃ理屈にも合うまいよ」

あたかも家の所有権でも渡すかのような情け深い口調だった。そのためステクはすっかり騙された。だが数日前、それも妻が、どこかで拾い聞きした話を耳打ちしてくれた。稲扱《こ》きをしていた、今から五日か六日前のことだ。だが彼には父の気持ちがよくわかっていたので、もちろん知らぬふりを続け、そのまま今に至ったのだ。

だがいつまでも、秘密を秘密のままにしておくわけにはいかない。自分もそうだが、父もまた何らかの打開策を講じなければならないはずだった。

再び客間を覗くと、テクスはもういなかった。客が帰ったためランプの火を灯火ほどに弱め、あぐらをかいた膝に両肘で頬杖をついた姿は彫刻のようだった。キセルをくわえてはいるが吸いもせず、キセルから煙が立つこともない。それは人というより、キセルをくわえて瞑想する老いた農夫の窮状そのものだった。

「コホン！」

ステクはわざと、戸から数歩離れたところで咳払いをしてから戸を開けた。

「僕です」

「ああ、来てたのか」

さっきまでの様子は跡形もない。

「子どもたちはもう寝たのか？」

「はい」

ステクはランプの芯をかき立ててから、今日当たり何か話が出るのではないかと、オンドルの焚き口から離れた場所へ座った。

「兄さんがいるってところへ手紙は送ってみたのか？」

「はい、返事が来ました」

「ハッ、どうしようもない息子だ」

彼の兄、グンテクは十年来風太郎を続けていた。いっとき東洋全域でもてはやされていた思想に感化されたと思ったら、十年前、にわかに家を飛び出したきり戻らないでいる。ろくな教育を受けずとも、自分に必要な知識だけはじゅうぶん蓄えていた。近頃は満州方面にいることだけは確かだったが、何をしているのかはいまだ判然としない。上海を拠点としている様子だが、一年に数通届く手紙の住所がころころ変わっていることから、いまだに腰を据えられていないことは想像できた。

　ステクは今日という今日は、どうにかして父から隠し立てのない話を聞きたかった。土地に関していえば、果たして種五、六斗まきの水田に数枚の畑しか残っていないことはすでに聞き及んでいるが、それ以外にも債務関係はどうなっているのか、今年の冬越しの準備と、しばらく食べていける成算はあるのかも知りたかったし、ゆくゆくどうやって生活していくかを聞いたところで妙案は出ないにしても、とりあえずは知っておくべきだと思ったのだ。いや、それよりもステクは、あの篤実で真面目な、村や軍の農業技手までが農作物についてその意見を参考にするというこの立派な農夫が、なぜ種三十斗まき以上もの財産を失うに至ったのか、その経緯が知りたかった。彼がいかに真面目な農夫であるかは、郡から二度、道《ド》［日本の県にあたる］から一度表彰されたことからも想像して余りある。もちろん、彼は一度たりとも賞状を受け取りに村に出向こうとはしなかったのだが――。これほど真面目で、これほどの老農、おまけに酒一滴口にしなければ、女など生涯で自分の妻しか知らないまま六十を迎えた自作農が、わずか十年のあいだにほとんどすってんてんになってしまったという事実は、稲四俵で五人家族が半年暮らさねばならないという数学の難題にも似ていた。それはささいなことのようで、同時に一大事でもあった。

「父さん、この度の出来はどうですか？」

　と、こらえきれずに、ステクは先に口を開いた。

「今あるものだけで冬越しはできそうですか？」

「ああ、もちろんよ！」

と当然答えるべきの父は、どういうわけかまんじりともせずに息子の顔を見つめている。まことに想像を絶することだった。そしてまた、その沈黙は予想よりも長いのだった。沈黙が続くあいだ、コオロギのにぎやかな鳴き声ばかりが鮮やかに聞こえてくる。

とうとう沈黙が破られた。それもステクがまったく予想しなかった方法で。彼は耳を疑った。そして厚かましいほどに老いた父の、やつれたしわだらけの顔をじっと見つめていた。まぶたは深く落ちくぼみ、見苦しいほど長い眉が小刻みに震えている。ステクが十二歳にして家を出るときも、まだ怖くてまっすぐ見られなかったその瞳だが、今となっては老いさらばえたウサギの目のように血走って見える。数年前、彼は新聞社の仕事で近くまで来たついでに、実家に一泊した。父はそのときも老いてはいたが、六十年間、身一つで「生活」と戦ってきた意地と忍耐が、その目や鼻や口の辺りに粛々と刻まれていた。六十年のあいだには死にそうな猛暑もあったろうし、身をえぐるような寒さもあったろうが、そんな暑さや寒さにも屈することなく、一日置きの台風のようにぶり返す嘔吐にも負けることなく生きながらえてきたというだけでもあっぱれなのに、彼はその時代との戦いに勝ったうえ、自らの生活をも見出した——そんなキム翁が今、息子の前でため息をつき、拳で涙を拭いているのだ。

「ステク」

老いた父はしゃがれ声で息子を呼んでおいて、再び沈黙した。ステクが父から年寄りという印象を受けたのはこれが初めてだった。それは父自身も同じだろう。

「お前、誰かからうちの話を聞いたことは?」

「聞きました」

「聞いたのか？」

一瞬、父は驚いたようだったが、

「よかった。父親の口からこんな話をしたくはなかったからな。どうせいつかは知ることになるんだし……。それで、お前はどうするつもりだ？」

「何をですか？」

ステクには意味がわからなかった。

「今後のことよ。それでもここで暮らしていくつもりか？」

「父さんが生きている限りはここで暮らしてみるつもりです」

「わしが生きてる限り？　そんなもの、もう長くはないぞ」

あと十年は心配ないと、ステクはほぼ確信していた。

「ステク、わしがこんなふうに息子の前で泣き言を言うのは生まれて初めてだ。いや、一人のときでさえも。だが、これ以上はどうにもならん。わしの運も尽きたようだ」

かくして父の長い長い話が始まった。それは彼がついぞ聞いたことのない、ある貧しい農夫の一代記だった。

父は七歳で孤児となった。孤児というものは、たとえ親の遺産を受け継いだとしてもつらい人生を歩む運命にある。だが彼が孤児となったとき、その手には一張羅のチョゴリと麻の脚絆だけがあった。彼もまた孤児が歩むお決まりの道をたどるように、東から西へ、南から北へ、時には飴売りの板敷きを担ぎ、時には商人の風呂敷を担いで渡り歩いた。今日李《イ》さんの家で飯を食えば、明日は朴《パク》さんの家で。そんなふうに成長し、大人になった。

だが彼の苦労が決定付けられたのには、もう一つ理由があった。一つ目の不幸は孤児になったこと、二つ目の不幸は彼の正直さだった。この不遇の少年には、覚悟さえ決めれば楽に暮らせる機会が何度かあったのだ。だが彼は不幸にも、人を騙すことを知らなかった。それは、他人のために命まで捧げた父親の血を受け継いだためだろう。この剛直な孤児は、あぜ道に飴売りの板敷きを敷いて寝たこともあれば、かじかんだ手に息を吹きかけながら橋の下で長い冬の夜を明かしたこともあった。冷たい石を母の腕であるかのように枕代わりにして、どこまでも広がる空想の国をさ迷ったこともあれば、流れ落ちたそばから凍ってゆく涙を手の甲で拭いながら、村から村へ、あるいは川を渡り、あるいは山裾を曲がって、暮らす場所を探し歩いた。

（十五歳になれば）

彼の希望はそれに尽きた。十五歳になりさえすれば運が開け、絹の服にごちそうをたらふく食べられる運命にあるわけではなく、人の家の作男になれるからだった。

十五になった。彼は望みどおり、作男として雇われた。温かいご飯、ぽかぽかの部屋、彼にはそれでじゅうぶんだった。十年間の長い作男暮らしを終えたとき、彼の手中には三百両が握られていた。牛も一頭手に入れた。彼はようやく妻を迎えた。子どももできた。だが彼は依然として、東から西へ、西から東へと渡り歩くしがない身の上だった。各地を回る物売りをしていたのだ。

世の中が一転した。政府は、国有地を一般の百姓に年賦で下げ渡す新法をつくった。彼が種一斗まき分の土地を手にしたのもそのときだ。

「それからわしがどれほど必死で働いたかは、お前も見てきてわかるはずだ。わしは一年間で酒一杯、餅一切れ買い食いしたことはない。いつだったか、わしの一年間の小遣いが一両（十銭）にもならないと言ったとき、お前は本気にしていないようだったが、わしが自分で金を使うのは、うら盆の日に子どもたちの餅を一文分買ってやるくらいのもんだ。わしは今日まで、ずっとそうやって暮らしてきた」

父はこうして長い話を終えた。それは何かの昔話みたいだった。昔話と異なっているのは、こちらのほうがよほど実感が伴っているという点だけだ。

この長話を聞くあいだも、何度となく頭をもたげていた疑問がある。それほど正直でそれほど真面目で、それほどにつましい父はなぜもう少し裕福になれず、持っていた土地まで失うことになったのか……？

ステクはおそるおそる尋ねた。それを知らなければ、今後の農村生活を設計する資格もないように思われた。

「どうしてこうなったか？　わしにもわからんよ。わしだけじゃない。誰にわかる？　神様のみが知ることだ」

そうそらとぼけてから、

「世の中が変わったからよ。昔は食べるものと着るもの、礼儀作法さえあれば暮らしていけた。それがこのごろじゃ、草履の代わりにゴムシンが生まれ、カムバル［足を包む布］の代わりに地下足袋が生まれた。物価は高騰する、子どもは学校で学ばせる、学校に通わせたら畑仕事を嫌がる、どこぞで見聞きした洋服を欲しがる。列車や車ができたもんだから乗らないわけにもいかない。考えてもみろ。町まで五里、せっせと歩けば途中昼飯を食うだけで行って帰れる距離なのに、今じゃ少なくとも一ウォン五十銭は必要だ。往復の交通費だけで一ウォン三十銭、それと昼飯だけで済むわけがない。そんなだから体は少しずつ弱っていく……暑さにも寒さにも弱くなる。若い奴らだって毛織の下着がなきゃ耐えられない。楽ばかりしてりゃ消化にもいいと思うか？　胃もたれするさ。塩ひとつまみで済むところを胃腸薬を飲む。昔の人間なら、そんなことに一々薬代を払ってられるものか」

「その代わり、昔に比べて収穫も上がったんじゃありませんか？」

知らなくて訊いているわけではない。所得と支出のバランスをもう少し正確に知りたかった。

「海老で鯛を釣るならまだしも、今じゃ鯛で海老を釣ってる始末だ」

そんなことを言ったかと思うと、

「結局は機械が人を殺してるも同じよ。人が機械を操るんじゃなく、人が機械に操られてる世の中だ。そりゃあ、『産米増産』を謳って収穫は増えたさ。だが代わりに、大豆粕だアンモニアだの肥料代がかかって仕方ない。昔は冷や飯ひと口食って自力でやってたことを、今じゃ機械がなけりゃできないときてる。わしら農夫は一年中汗水たらして、都会の人間のために働いてるのさ。結局いい目を見るのは都会の人間よ。農夫に地下足袋？　何を言ってる？　体が丈夫なら鉄でも食える、病院などに用はない。何をするにも金、金、金だ……」

ステクが父の長話を聞くのは初めてだった。彼はこれまで、とかく父親を軽蔑してきた。だが話を聞いてみると、父は時代に対するすばらしい反逆者だった。あまたの新進思想家の機械破壊論を、はるかにわかりやすく説明しているではないか。表現は違っていても、父はすばらしい思想家だった。人間は今、機械の奴隷になっている。だが結局、人間は機械に滅ぼされ、再び土へ還るというのだ。現代人は土のありがたみを知らない。だがひとたび人間が土へ還るとなれば、土は変わらぬ寛大さと愛をもって人間を迎えてくれるというのだ。この土との関係を人間は知らない。知らないばかりか、軽蔑さえしている。

父は再び口を開き、

「チョン・テクスを知ってるだろう？」

と言い、彼は土を裏切った見本だと言う。

「お前が来るちょっと前までここにいたんだが、あいつは田畑を売って商売を始めた。そっくり売っ払って、その金で金貸しを始めたんじゃ。金は儲けただろうよ。でも人間が、金だけで生きていけると思うか？ 義理も必要なら、ときには人情も必要、ときには人の良さも問われる。人間、金に囚われてちゃダメになる。そう、あいつは金が入るなり欲が出て、何を思ったのかまた土地につぎ込んだ。今で言えば全部で稲百石分よ。そうかと思ったら、去年からまた金儲けに走って、最近じゃ金鉱を掘ってる。他人様の山川を掘り返して回ってるのさ。法は法、それだけじゃ人の世は成り立たない。そうとも、昼寝してるところを起こすのも十悪の一つだってのに、金儲けのために土の中で休んでいる先祖をたたき起こすなんて、わしら農夫にはもってのほかだ！」

だが、この長話にもましてステクの心を揺さぶったのは、彼が耕すことになっている種八斗まきの土地の小作権が来年から消滅するということだった。父の小作する種十一斗まきの土地も同じ運命にあった。

父はこの事実を伝えるべきかどうか、はなはだためらっていたようだ。十一時になり、あいさつをして立ち上がったときもまだ決心がつかずにいるようだったが、彼が戸に手をかけるとやっと、

「まあ、もう少しいるがいい」

と言いながら立ち上がった折に奥へ入り、何か温かい食べ物をと伝えてから元の場所に座ったが、それからもなおためらっていた。そしてようやく、その悲しい事実を語り始めたのだった。

「じゃあ、それは誰の土地なんですか？」

彼もがっくりして訊いた。

「誰の土地って、もとはわしらの土地さ。それがちょっとずつ借金をするようになって、一昨年には種五斗まきの土地を残して、すべてテクスの手に渡った。一昨年は出来も良かったし、穀価も悪くなかったから、できることなら利子だけでも帳消しにするつもりが……。お前だから話すが、お前の甥のサンテのことだ。悪い連中と付き合って、町で湯水のように金を使ってな」

「サンテが？」

「ああ」

ステクはその瞬間、これまでの話はどこへやら、わが家が滅びたのはサンテの放蕩ゆえだとでもいうように、かっと胸が熱くなった。

だがもちろん、そんなそぶりは見せなかった。彼自身、そう考えていたわけでもなかった。蕎麦のムク［蕎麦を粉にしてゼリー状に煮固めた食べ物］に粉唐辛子をふんだんにかけて食べたが、一粒の汗もにじまない。田畑を頼りに帰郷したわけではなかったが、頼みの綱がぷつりと切れたように力が抜けた。誰が買ったのかは知らないが、テクスのもとを訪れて小作権を譲ってもらおうか、ふとそんなことを考えてもみる。そうできるものなら父がとっくにそうしているはずだ、そう思いながらも、訊いてみずにはいられなかった。

返事はやはり彼の予想どおりだった。買ったのは町に住む**キタハラ**という金物屋で、仲介人は小作権を得る代わりに、斡旋料を放棄したというのだった。

ステクは十二時を回ってから家へ戻った。彼の暗く沈んだ心をあざ笑うかのように、月は冷たいほどに明るい。水車の回る音がひときわ忙しく聞こえる。

霜が降りようとしているのか、冷たい夜だった。

3

今、ステクが思うことは一つしかなかった。大新聞の社会部記者にして八十ウォンをもらう文化生活者である彼をこのひなびた農村に引き込んだのは、真の文学生活でもなければ、田畑を耕し野菜を植えて妻子と共に安楽な家庭生活を営もうという思いでもない。やってみてダメならまた戻ろう――ソウルを発つころにあったそんな消極的な態度でもなかった。どんな結果になろうと、故郷の土地ととことん向き合おうというのだ。そのためなら、どんな屈辱も甘んじて受けようと思った。

彼がそう決心するまでには、かなりの葛藤があった。一つ目は、たとえ小作といえども苗一本植える土地もないというのが何より彼を悩ませたということ。二つ目は、仮に他人の土地を耕すにしても、それははなから間違って出された代数の問題にも等しく、永遠に解けないであろうことを農事の経験から知ったためであり、三つ目の原因はやはり彼らの健康だった。どちらかというと、ステク自身は田舎に戻ってからずっと健康になった。ぎゅっと握れば、わずか匙二、三杯にしかならないご飯を消化できずに苦しんでいた彼はもういない。肌の青白さは消え、机一つ持ち上げるにも辟易していたステクももういなかった。

一方、妻と子どもたちは苦労していた。手の平に収まるほどの空しか見たことのなかった子どもたちは、食べ物には不自由しても、広々と開けた野原で思い切り遊べたため、文句はなかった。だが妻は違った。一見元気そうに見えても、彼の妻はか弱かった。文句一つ言わずに従ってくれるが、毎夜ひどく疲れた様子だった。

だが彼は、故郷に永住することを決めた。まだ慣れないことばかりだが、父が生きているあいだは小作農をするにしても種五、六斗まきの土地はもらえるだろうし、それで生活していけないのは目に見えているが、今構想中の農村小説を書くならそれくらいの経験はぜひともしておきたい。それでも足りない分は、駄作を書いたり、新聞に発表したままの長編小説の出版を急いでおまんまの足しにすればいい。

ステクはそう決心して、ともすればどこかへ逃げようとするサンテをなだめた。だがサンテからすれば、農村生活は到底割りに合わず、ただでさえ村を出ようとしていたところへたまたまステクが戻ってきたというだけで、自分の決心を捨てる気にはなれない。やっと言い聞かせてもその場限りで、右から左へ筒抜けなのだった。

いつか、一度は都会に出て暮らさなければ気が済まない子なのだろうと、ステクはそばで冷や冷やしどおしだった。

それにもかかわらずステクに勇気を出させたのは、男としての気概だった。農村に詳しかろうとそうでなかろうと、妻子を引き連れてやって来た以上、のこのことソウルへ舞い戻るようなことはできない。たくさんの友人たちが会費まで集めて送別会を開いてくれたのだ。半年も経たないうちに、どの面下げて彼らの前に立つことができるだろう？

（自分たち家族の骨は故郷に埋めよう！）

彼はこんなふうにセンチな――だが並々ならぬ覚悟までした。

ひとまずそう決心してしまうと、怖いものなしだった。

ステクは腹を決めてしまうと、その足でヨンフンを訪ねることにして、家を出た。まだ月は出ていなかったが、東の空が赤く上気していた。間もなく月が昇りそうだった。

村の中ほどにある酒会社の前を折れ、あえて脇道へ入った。ヨンフンの家は子どものころにもよく訪れていたが、今は正面の門も取っ払い、母屋の前の棟は商店として使われていた。

ヨンフンは夕餉を済ませて出かけていた。だが、ヨンフンを見つけるのはさほど難しいことではない。散髪屋にいなければ、ムク屋をやっている「ボクスン屋」か村役場の宿直室、そこでもなければ村の中ほどにある女郎屋「ひよこ」だ。

予想どおり、彼はボクスンの店の奥の間で、ボクスンおかみと「腕しっぺ」を賭けて花札に興じていた。

「珍しいな。お前が俺を訪ねてくるなんて」

ヨンフンは柿色の毛織のトゥルマギ［韓服の外套］の裾をまくりながら、

「入れよ。変な遊びよりましだから、おかみと一発、『腕しっぺ』をかけて勝負してみろ」

「そうだな……」

迷ったが、角張った人間はよくないと、彼が帰郷した翌日から父親にたしなめられていたのを思い出し、ステクは五、六度花札を引いた。一度勝ったきり、後は負けっぱなしだった。

「ステク、麻雀でもしに行かないか？」
とヨンフンが花札に飽きてきた隙を突いて、ステクは彼を自宅へ連れ帰った。決して利口ではないヨンフンのような相手にそんな話をすることに後ろめたい気持ちもあったが、散髪屋のジョンデによれば、うぶなのは女の前だけで、友人間では蛇のごとく悪どいというのだから遠慮は要るまい。いや、それよりも今のステクにとって、こんな相談ができそうなのはヨンフンぐらいしかいなかった。

「ヨンフン、ビールは俺がおごるから、田んぼを少し分けてはもらえないか」

真っ先にそう打ち明けておいて、ステクは自分の計画を説明した。もちろん小難しい話は伏せておいたのだが、故郷に戻って旧友たちとご近所同士仲良く暮らしたいという彼の話は、ヨンフンを少しばかり感動させたようだった。と同時に、大学まで出てあの大きな新聞社に勤めていた彼がこんな寒村で田畑を耕しながら暮らそうというその心境は、やはり理解しがたい様子だった。ヨンフンには、片や奇特なことのようでもあり、片や愚かなことのようにも思われた。

（何かしでかして追い出されたんだろう。たちまちどうにもならないからそんなことを考えるのだ……）

とも思った。

「どうだろう、ただでやるってわけにもいかないよな。種五、六斗まきの田んぼくらいなら貸してやるのは難しくないけど、今のご時世、農民が勝手にやることも許されないだろ？　農地令のせいで小作権も契約が必要だし……」

言われてみればそのとおりだった。

「もちろん、今小作してる土地をくれって言ってるんじゃない。俺のわがままで他人を困らせるつもりはないさ。俺が言いたいのは、お前んとこは種三十斗まき以上と手広くやってるから、種五、六斗まきくらいの田んぼなら耕しても耕さなくても大差なさそうだし、だから、お前の耕してるところを少し貸してくれって話だ。無理かな？」

「困ったなあ……」

　ヨンフンはどうにも気が進まない表情だ。

「それでお前に迷惑がかかるようなら、俺もあえて頼みたくは……」

「いや、迷惑なんてかからないが……ううん、そうだな。今日明日中に決めなきゃならんことでもないだろうし……」

　そこまでにして、ステクはヨンフンを連れ、さっきまでいた「ボクスン屋」に行って豚肉を焼き、酒を数杯飲み交わした。別れるころになって、

「お前にだけおごらせるわけにゃいかない。俺にも一杯おごらせてくれ」

　と誘われ、ステクは帰郷して初めて飲み屋に連れて行かれた。

　彼らが向かったのは、やはり「ひよこ」だった。顔がひよこに似ているからではなく、村の下手でやはり水商売をやっている腹違いの妹の顔がたまごのようだということから、それより先に生まれた兄はひよこというわけだ。ひよこはヨンフンとも馴染みの仲らしく、金千代［清酒］の一升瓶を挟んで俗謡を歌いつつも、しきりに顔色を窺いながら冷やかしのことばを挟むのだった。

「ソンさん、最近はずいぶん羽振りがよろしいようですな」

「何のことだ」

「一杯やるにしても地元の酒じゃなく、町のほうへばかりおいでになるようで……」

一見酒の話をしているのだが、それにしては深刻な表情だ。ひよこは明らかに、たんなる酒絡みの嫌味を言っているわけではないようだった。それでもヨンフンが相手にしないので、ひよこは押し殺したような声で「石炭白炭が燃え……」〔口承民謡「石炭白炭」〕と腹立ちまぎれに歌っていた。

ひよこ屋を出るときもすでに飲みすぎていたが、彼らはもう一軒立ち寄った。もちろん、ひよこの妹がやる「たまご屋」だ。たまご屋は混雑していた。ひよこよりずっと若いうえ、顔も田舎のおかみにしては上等だった。小学校を出ているのか、「**ドウゾ**」「**ゴエンリョナク**」などのことばもよどみなく使い、どこで聞き覚えたのか「プリーズ」やら、帰る客には「グッナイ」などとさらりと声をかける。酒はビールを頼んだが、ビールは二本しかなく、ここでも豚肉を焼き、牛肉も何片か焼いておいて、酒ばかりを三、四合流し込んだ。席を立つころには二人ともべろべろに酔っ払っていた。

どこかしらでヨンフンと別れたのは、午前零時も近いころだ。村役場の前の広い道を渡って飲み屋の裏を通り過ぎようとしたとき、酔っ払いのけんかが聞こえてきた。ふと、そのいがみ合う声の中に甥のサンテの声が混じっていることに気づき、もとより酔っ払ってはいたものの、

（こいつめ、まだ目が覚めずに飲み屋をほっつき歩いてるのか？）

と、けしからん奴だという思いが不意に込み上げ、そちらへ駆けつけた。サンテと役場の書記キム・ヨンスンがけんかしていた。事の発端はわからない。また、問いただす必要もなかった。彼はけんかの是非を正すために飛び込んだわけではなかったので、群集をかき分けて前に出るなり、サンテの頬を一発、思い切りひっぱたいた。

「こっちへ来い！」
サンテはおとなしく引きずり出された。
サンテからも強い酒の匂いがした。その匂いに、彼は思わずかっとなった。どういう感情からかはいざ知らず、サンテの口から酒の匂いが漂ってきた瞬間、彼は、家を潰したのはサンテだと錯覚したのだった。それは恐ろしい錯覚だった。種二十斗まきの田畑を手放すことになったのは父のせいではないのと同様、サンテのせいでもなかった。だがそれは恐ろしい錯覚である一方で、恐ろしい憎悪でもあった。猫の額ほどの土地でも惜しいのに、料亭で全財産を使い果たすとは……。——彼はほとんど発作的にサンテを殴り続けた。

　サンテはじっと殴られていた。土手に立つポプラにもたれて、ひと言の文句もなしに、殴られながら泣いていた。ステクもしばらく甥を殴るうちに、いつしか泣き出していた。何か喩えようもない切なさが、臓腑の奥からとめどなく湧き上がってくる。後から思うと可笑しい限りだったが、ステクはやがて、サンテがもたれているポプラの木に顔を埋めてむせび泣いていた。

　サンテが先に泣きやんだ。だが、ステクはなかなか泣きやまなかった。サンテは殴られて泣いたのだが、ステクは殴って泣いた——それも、いっときの錯覚によって激情に駆られた軽率さを悔やんで泣いたのだった。兄も自分もいないあいだ、幼いながらにあの大所帯を任されたサンテに何の罪があるだろう……？

「おじさん、もう帰りましょう。僕が料亭に通うために土地を売ったってのはおじさんの誤解です。何度か行くには行きましたが、小作管理人の職にでも就ければ生活の足しになるかと思ってのことで……」

と、最後まで言い切らずにまた泣き出す。

「わかってる、わかってる。もういい」

そう言いながら、ステクは甥の手を握った。

女は悲しいときでなくとも、いつ泣いてもいい。だが男は、痛切なときにしか泣けない――二人の男が手を握り合って泣く光景――それはまことに、はたから見ても心痛いものだった。

4

農閑期の三冬は、しかし、ステクにとって少しものどかな期間ではなかった。退職金がほんの少し残ってはいたものの、実情は彼の予想と違っていた。十五になるチャンムンひとりでは台所の薪を集めるのも間に合わない。そのうえ保林令で落ち葉を拾うことさえ制限されており、（それならいっそ――）とチャンムンにも暇を出してしまった。

不本意ながらも彼はいくつかの雑文を書いた。ついでに小説も数編書く予定だった。まだ半年にも満たない経験をもとに取り掛かるべきではないと思いつつも、『老農』という長編小説の第一部だけでも仕上げなければ、多少なりのまとまった金も入ってこない。幸い新聞社のほうからも、完成さえすれば、検閲で引っかからない以上、稿料を先払いにしてくれるとの返事をもらっており、気ばかりが逸っていた。

ステクは毎日のように、農夫たちが集まる飲み屋の大部屋に出入りした。小説のためでもあったが、今後の生活のためにも彼らと共に生き、彼らと共に呼吸しなければならなかった。藁で編んだ座布団を敷き、栗の木で作ったユッ「双六のような遊戯に使う棒」で遊び、かつて中学でアルファベットを学んだときの情熱とそれに負けない努力で、闘銭《トゥジョン》「文字や模様が描かれた札を使った賭博」の文字を学びもした。望まれれば夜通しソウルについての話をし、ときにはマッコリを賭けて花札を打たねばならなかった。南大門《ナムデムン》に掲げられた「大」の字が下がり気味か上がり気味か――そんな話題でいがみ合う作男たちに呼び出され、南大門とは書かれていないことを証言したこともあった。

「そら見ろ。南大門なんて書かれてないと、あれほど言っても聞かないんだからな！」

ごろつきのドクムンが気炎を吐く。

「何だよ、じゃあ自分は、見れば何て書いてあるかわかるってのか？」

と、ドゥンマンも負けていない。大の字が下がり気味だと言い張っていた男だ。

「お前なんかに、南大門て書いてあるか北大門て書いてあるかなんてわかるもんか！　四七八のかぶ「原文「가보（カボ）」は日本の花札用語「かぶ」から来ていると言われる」って書いてなかったか、え？」

「あいつったらでかい面したくて、自分の父親は捕盗庁《ポドチョン》「今の警察庁」に勤めてるって言ったんだぞ！」

部屋中にどっと笑い声がはじけた。

部屋には毎日、十人以上の農夫が集まった。ときには二十人近い男で溢れ、まるで箱いっぱいの折り菓子のように折り重なるようにして座ることも多かった。こっちでごうごういびきをかいていると思ったら、そっちでは『趙雄伝《チョウンジョン》』「作者・年代未詳。宋の趙雄の活躍を描いた小説」やら『秋月色《チュウォルセク》』「一九一二年に出版された崔瓚植（チェチャンシク）による新小説」といった本を読んでいたり、あちちの隅では女の話、またその脇では食べ物の話をしている。だが毎度のように話題になるのは、やはり食べ物の話だ。その多くが元気旺盛な若者であり、腰紐をゆるめるほど満腹になることなど年に一、二度しかない者同士。遊びごとの話、木を切って森番にひどい目に遭った話、町内の話、そんなふうに散漫だった話題も、ふとした拍子に誰かの口から食べ物の話が出たとたん、座中の耳は一斉にそちらへ傾く。

「俺は何てったって赤大豆を散りばめた蒸し餅が一番だな」

チルソンが結論づけるかのようにこう言うと、さっきから彼と言い争っていたトルがこれに反論する。

「あのバカ、味もわからねえくせに。お前なあ、餅に豆を入れたら水っぽくなって仕方ねえだろ！　何にも入れないのが一番だ」

「うるせえなあ、さっきから人の言うことに横槍ばかり入れやがって！　歯応えのない餅が好きなんて、じいさんじゃあるまいし」

「おいおい、そのくらいにしとかないか」

と床の温かいほうに座っていた者が注意したが、チルソンとトルはついにけんかを始めてしまった。

「糞水に溺れてくたばっちまえ。お前みたいな奴を生んどいて、お前の母ちゃんはよくも恥ずかしくねえな！」

チルソンが怒りをあらわにすると、

「もうよしとけ。うちの母ちゃんだって、俺なんかを生んでも堂々としたもんだったって言うぜ！」

とたくましいことを言って笑う者、顔を曇らせる者など、ありとあらゆる表情が浮かんだ。

ステクがみんなに挨拶をし、戸を閉めて出ようとすると、ヒマンじいさんがこちらに向かって叫んだ。

「明日は見回りの日だ、人を集めてくれよ」

「はーい、わかりました」

彼も大声で答え、土手に沿って歩いた。

夜のあいだに大霜が降り、辺りは真っ白だった。庭に汲んでおいた器の水に薄氷が張っている。昨夜は冒頭のシーンが決まらずほとんど徹夜したのだが、朝は相変わらず早くに目覚めた。頭もさほど重くない。敷地内の井戸で顔を洗い、古びたかごを手に、チョゴリ姿で川辺へ向かった。シャリシャリと霜柱を踏む感触が何ともいい。彼は父がするように、あちこちで牛の糞や犬の糞をかごに拾って戻った。

「父さん、今日も糞を拾ったの」

娘のピルニョンもずいぶん話せるようになった。

「そうだ、お前も明日から早起きして、父さんと一緒に拾いに行くかい？」

「うん、母さん、私も明日から父さんと一緒に行く！」

「そうお？」

子どもをおんぶした妻が台所から出てきて答える。

「少しは書けましたか」

「こればかりはね」

朝餉を済ませると、再び机に向かった。長いあいだ使わなかったせいで頭がコチコチに固まってしまっているのか、ちっとも筆が進まない。ステクはもう一度川辺を一周してきて、机の前に直った。やはり出だしが決まらない。

「ステク、いるか？」

ヨンフンはまた町へ出かけるのか、国防服を脱ぎ、絹のトゥルマギに中折れ帽をやや目深にかぶった姿で入ってきた。

「また出かけるのか？」

「ああ、ちょっと町へな」

「上がれよ」

「いや、始発で行かなきゃならないんだ。ほら、前に言ってたあれ、そうすることにしたよ。お前はまだ慣れないから、水はけのいいところを種六斗まき分貸すってことで」

「ありがとう」

事が一つだけでも片付いたと思うと、にわかに力が湧いてきた。ステクはその足で父のもとへ行き、ヨンフンの言う田はどうかと尋ねた。

「塚の前の種六斗まき分？　いい田んぼだ。そいつは気を利かせてくれたな。で、小作料はいくらだって？」

「それはまだ訊いてません」

「困った奴だ。農夫ならそれを先に訊くべきだろう。いくら田んぼがよくたって、小作料が法外じゃ、天水田《てんすいでん》にも及ばないぞ」

「まさか無茶なことを言ってはこないでしょう」

父は藁縄をよっていた手を止め、煙草入れから粉になった囍煙《ヒヨン》「煙草の銘柄」を手の平に取り、

「煙草一つにしてもこの有様よ。こいつは一日持って歩くだけで、乾いて粉々になっちまう――」

と言いながら唾を吐き、短キセルに詰めてくわえる。煙草を吸いながら縄をより、さらに話までしようとするので、唾がだらだら垂れている。

「それは何に使うんですか？」

「家の修理さ。今年は飼い葉を蓄えときゃならないから、屋根の葺き替えにも許可がいるって言うもんで、村長に申請はしといたんだが、どうなることやら。この家は今年一年くらいどってことないだろうが、お前んとこは雨漏りするはずだ。準備はしとかないとな」

ステクも藁をひとつかみ縛って足に挟み、藁縄をより始めた。他の仕事は見よう見まねでできるが、藁縄を編むのはこれが初めてだ。まるで痛めつけられた蛇のように無様な出来で、手の平はひりひりする。それでも二十本ほどより上げてから立ち上がった。

「帰るのか？」

「はい、戻って少し書き物を」

ステクは立ち上がり、家の中をぐるりと見回した。母も兄嫁もいない。どこの家の子か、小僧が三、四人、留守番をしている。

家に戻ると、母が来ていた。兄嫁はすでに煙草作りに通って三日目だと言う。この地は全国一の煙草の産地である。百戸あまりからなる村に、煙草を蒸す倉が五カ所もある。黄色くなった煙草を紐に通し、暖房装置のある蔵に吊るして火を焚く。そうして黄色く乾いた煙草の葉を上級、中級、下級――の三種類に分けて葉を開く。それで葉くずを包んで、はたきのような棒状にする。これが

一連の作業だ。

　ステクも子どものころは、毎年夏になると煙草を吊るした。五本ほどの紐に、葉を表裏交互に吊るしていく。紐十本で三銭か三銭五厘だったが、煙草を吊るす時期はちょうど夏休みに当たっていたため、大抵の家の子どもは先を争ってやりたがった。

「日に四十銭なんだけど、子どもは私が見てるから、やってみる気はないかい？」

　母は妻と彼の顔を交互に見ながら、

「大した稼ぎにはならないけど、色々と物入りだろう？」

「あなた、いいかしら？」

　妻が彼の顔色を窺う。「そんなもの」とはねつけると思っていたため、彼は少なからず意外だった。

「本当にやりたいのか」

「やってみますわあ」

　妻はこの地方特有の、語尾を伸ばす口調で言う。

「それなら行ってごらん。友だちもできるだろうし」

「よかった。そうやって何とか食べていかないとね。お父さんはこのところ、あんたたちのことで夜も眠れずにいるんだよ」

「どうして？」

「そりゃそうさ。息子が自分を頼って戻ってきたのに、わずかな土地も人手に渡っちまうし、家の一つも建ててやれないんですもの、お父さんだって心苦しいに決まってるだろう？　このところはずっと落ち込んでてね。以前は空が落ちてもびくともしなかった人が、肩を落としてため息ばかりついてるよ」

「それほどご心配をかけるとわかってたら、来るのをよせばよかったのですが……。お母さん、でもこの人が、家族みんなで来ればご両親が喜ぶに違いないって！」

「そりゃ嬉しいに決まってるわ。ただ、何も助けてやれないのが心苦しいだけよ」

「とんでもない。食べさせてもらおうなんて思ってませんよ。そのうちなんとかなりますとも」

「わたしゃどうも、お父さんがもう数年もたない気がしてね。耄碌《もうろく》してきたようだし」

「いくら何でもまだ早いでしょう」

　とステクが笑うと、

「そんなことも言ってられないよ。ほら、最近じゃ遅くまで、虫食いの文書が入った包みをじっと抱きしめてるんだから」

「何の文書ですか？」

「土地の権利証だよ。死んだ子の年を数えるようなものさ。何だってあんなもの見つめてるんだろうねえ。やれやれ、移転も済んじまった書類をいつまでも大事に抱えてるんだから」

　母の話が、ステクに奇妙な衝動を与えた。それはこれまで、ステクが父親の中に見たことのない一面だったからだ。

　ステクには、満州をふらついている兄の上にもう一人兄がいた。もともとステクが生まれる前の話で、顔を見たこともなかったが、いかにも凛々しい顔立ちだったらしい。言うなればその兄が、頼りどころのない父の最初の息子だった。だが不幸にも、彼は四歳で死んでしまった。そのときも父は、

「人の命は天が定めるもの、死んだ者を思い出して何になる」

とひと言言ったきり、生涯二度とその息子のことは口にしなかった。父は何につけてもそうだった。一度断念すれば、断念した瞬間、それは完全に過去になるのだった。

その父が、すでに他人の所有となった紙切れを夜ごと見つめている……。

「これだ！」

とステクはすぐさま机に向かった。

自作農をしていた老いた農夫は昼夜を問わず働いたが、土地は少しずつ人の手に渡り、手元に残ったのはすでに紙切れとなった書類のみ。老いた農夫は今、薄明かりにその「紙切れ」をかざして見ている。大きな判がいくつも押されたその紙には、はっきりと自分の名前がある。彼はひさごの内側のような自分の手の甲を見下ろす。その手には無数の傷があり、血の気のない太い筋だけが弱々しく浮き出ている。荒れ放題の手が紙を触るたび、カサカサと音がする。彼はいつまでも三文字の自分の名前を見つめている。そうするあいだにも重いため息が漏れ、老いてやつれたその顔を涙がゆっくりとつたう。

「わしの六十年の生涯は、この一枚の紙のためにあった。この紙のためなら昼寝も惜しみ、倹約し、血のにじむような汗を流した。人が米の飯を食っていれば粟飯を食い、人が粟飯を食っていれば薄い重湯を煮て食った。そんなふうに六十年間この身を捧げてきた紙が、ただの紙切れになっちまったと……？　そんなことがありえるだろうか……？」

こうして嘆いていると、涙の粒が権利証の上にぽたぽた落ちる。

――こういった滑り出しで長編『老農』を書こうと思ったのだ。

そのためには父から、本人の幼少期や若かりしころの社会構造、風習、人情のあり方、物価などについてじゅうぶんな知識を得ることが必要だ。そこで彼は、長さ二尺、幅一尺、高さ半尺ほどの桐の櫃《ひつ》をひっくり返さねばならなかった。

その長方形の櫃からは、ステクが見たこともない物がいくつも出てきた。父が商いをやめた年、最後につけた帳面も出てきた。商売をやめるにあたってツケを回収したものだ。彼が驚いたのは、レ点のついたものがほとんどなかったことだ。

「これらはその後どうなったんですか」

ステクは帳面をめくりながら訊いた。

「もらい損ねたさ。今も昔も、商いをやめるとなりゃそれまでだ。訴えればもらうこともできたろうが、そんときはまだ、死ぬまで飯には困らないと思ってたからな」

「今より余裕があったってことですか？」

「そういうわけじゃない。だが当時はまだ、種二十斗まきの田んぼがあれば生きていけた。金品を欲しがる必要がなかったのさ。わしは今でも思う。金ってのはたくさんあっても災いになるばかりだって。おまんまさえ食べていければ幸せじゃないか。サンテにもよくよく言って聞かせてきたが、お前も三度の飯以上のものを望むんじゃないぞ！　人間は食べる物、着る物以外に余裕ができると、物欲が生まれる。食べる物や着る物には限りがあるが、余裕には限りがない。金が余って使えないなんてことはないが、食べる物着る物には、多少の差はあっても限りがある。食べる物も着る物もない人がいるってのに、浪費するために欲を出すなどもってのほかだ。人の世の道理とはそうあるべきだと思わんか？」

父の話で、ステクは十五年前の自分の中学時代を思い出した。

彼の故郷は地理的にも産物からしても、都市とは縁遠い農村だった。町までは家の前から車が出てはいたが五里もあり、ソウルに行くのも車を使うしかない。三十里ほどの道のりで料金は十ウォン以上もするため、ソウルに行こうなどとははなから考えない人も多かった。機械文明がますます盛んになった現代に暮らしながらも、百戸ある家々の中で汽車や電車を見た人の数は知れている。京城［ソウルの旧称］へ留学した者といえば、彼と、ここから約一里離れた化石里《ファソンリ》という地域から一人、村全体でも三、四人しかいない。汽車に乗るなら一旦鳥致院《チョチウォン》まで出なければならないが、そこまでは二十三、四里もあるので、どうしても京城へ用のある人は、直路である車を利用するのだった。したがって、ソウルに行ったことはあっても、汽車に乗らないまま亡くなる人も多い。そんなわけで、町やソウルから戻る人々が珍しい物を一つでも持ち帰ると、それはたちまちニュースとなって村中に広がった。今の人なら想像もできないだろうが、こんなこともあった。いきさつはわからないが、大阪に渡ってメリヤス工場に勤めていた油屋の孫が、ある年の夏、実家に戻っていた。彼は腕時計をはめ、めがねをかけ、靴を履いていた。その姿は村の青年たちの羨望を集め、娘たちの憧れの的となった。だが何よりも彼を有名にしたのは、彼が持っていた「不思議な光」、懐中電灯だ。風が吹いても消えず、水の中でも点いたまま。この懐中電灯の犠牲になった娘が二人、さらにその美貌で知られていたダルリョンの妻が、この不思議な光を持つ青年と姿をくらませた。

――こんな具合に文化とは縁遠い山里だったため、当時朝鮮中でもてはやされていた思想は懐中電灯よりも早くこの村に広まっていた。東京に留学していた村長の婿が村にやってきたのだ。「新和青年会」ができたのもそのころで、労働夜学、婦人夜学ができたのも同じころだった。

ステクは当時、中学二年生だった。夏休みで帰郷していた彼は、同年輩の少年たちの口から「平等」やら「階級」やら「プロレタリア」ということばを聞き、幼心にも出遅れたことを悟った。彼がパク先生に寵愛される少年になったのは、翌年の夏休みからだ。パク先生は一帯の青年たちの羨望の的だった。だが、ハングルしか知らず、生まれてこのかた五十年、もぐらのように土ばかり掘ってきた彼の父は、このパク先生を外道のように扱った。口のうまい人間ほど実践が伴わないというのが父の持論であり、彼の欠点は新しく出会った人と長く付き合えないところであり、本当に持たざる人に味方しようとするなら、まずは自分自身が同じ立場になってみるべきだと言うのだった。

「心と体が一つにならなきゃあな。心がどうであれ、体がついてこないことにはどうにもならねえ。見てるがいい。あんな奴は弁護士くらいならできるかもしれないが、こんなことはいつまでも続かないぞ……」

この無知な農夫の予言が、五年も経たないうちに的中したのだ。パク先生はかつて自らが正しいと言い、美しいと謳い、「義」と説いていたころとは真反対の道を歩み始めていた。

こういった人の末路が概ねそうであるように、彼は自分がかつて良しとしなかった仕事に就き、一度道を外れたが早いか、その頭脳を生かして目覚ましい発展を遂げた。父の言うとおり、彼は新しく出会った人と長く付き合えないのと同様、考え方もころころ変わった。ことば数が多く口はうまいが、真実を口にすることは生涯で幾度もないという弁護士に喩えた父の予言。そして二十年後の今、彼は、それと似たような職業であるブローカーになって現れたのだった。

昼餉の時間になり、ステクは虫に食われたその桐の櫃を持って立ち上がった。父はそれがとてつもない宝であるかのように、大事にするよう何度も言い聞かせるのだった。

「そこに入ってるものは一枚たりともなくすでないぞ。土地は人の手に渡ったが、それさえもなくなったら……」

と、ことばはそこで途切れた。

戸を開きかけていた彼が振り返ると、父はその櫃があたかも自分の愛する土地であり、今その土地が永遠に自分の手を離れていってしまうといわんばかりの苦い顔をしている。

ステクもまた浮かない気分で家へ戻った。

しょんぼりしたまま近道となる畦を抜け、枝折り戸の前へ着くと、弟と泥遊びをしていたピルニョンが数日振りに会うかのように駆け寄ってきて彼に抱きつく。それを軽くあしらい、中庭に入ろうとすると、

「お母さん、お父さんが帰ったよ——鶏鍋食べよう！」

と言いながらピルニョンが後から入ってくる。

「はいはい、サンヒョンと一緒に手を洗ってね」

「鶏だと？」

彼の声がとげとげしかったのは、父の沈んだ様子を見たからだけではない。種付けのために一羽だけ残しておいた鶏を絞めたのかと思ったのだ。

「それ何です？　すごいお宝でも入ってるのかしら」

と言いかけて、妻は夫の機嫌が悪いことに気づき、そそくさと質問に答える。

「お隣にいただいたのよ。ゆうべ鶏が騒いでたと思ったら、雌鶏が二羽ヤマネコに襲われたんですって」

それでも夫の顔は晴れない。妻はまるで罪人のようにまごついていたが、またおそるおそる声をかける。

「もう何日も前から鶏小屋の周りをうろついてたそうよ。それで扉を新しくしたんだって大騒ぎしてたのに、屋根のほうから入ったんですって」

「お前と子どもたちで食べなさい」

ステクは自分の部屋に入るなり、ごろりと大の字になった。妻が心配そうに追いかけてきて枕元に座っているのを知りつつも、彼はいつまでも目を閉じたまま動かなかった。

5

旧暦の晦日ごろまでには、ステクの長編も半分ほど進んでいた。昼間は森番の目をくぐって近場の山で落ち葉を拾ってくることもあれば、飲み屋の大部屋で農夫たちと雑談しながら過ごす日も多かった。初めのうちは、まるで自分たちを監視しに来た人を見るような目で壁をつくっていた彼らも、今は気心の知れた仲間のように、会えば、

「よう、飯は食ったか？」

と挨拶を交わすようになり、原稿を書こうと一日中引きこもっていれば、通りがかりに覗くこともある。先生という呼び名も、今では娘の名前を取って「ピルニョンのお父さん」に取って代わった。

「みんなでポリョン山に薪を取りに行くんだが、一緒にどうだい？」

　わざわざ訪ねてきて誘ってくれもする。

「ポリョン山？　あの、遠くに黒く見える山か？」

「ああ」

　ステクは到底登る気になれなかった。だが同行することにし、その晩はいつもより早めに寝た。六時に起きたとき、妻はいつの間に起き出したのかすでに飯を蒸らしていた。キムチ汁に粉唐辛子をほどよく効かせてかきこんでいるそばで、妻は、

「あまり張り切らずに、少しだけ担いでみたら？　みんなの話じゃ、よほど険しい山のようですよ」

　と引き止めたそうにしている。

「なんだ、子ども扱いするんじゃない」

　そう言いながらも、ステクはやはり、自分でも自信がなかった。

　腹を満たすと、靴下を上まで引き上げてカムバルの代わりにし、新しいポソンに地下足袋を重ね履きしてから、キセルに煙草を詰めて吹かした。妻が煙草を作りに通っていたとき（妻は半月ばかりで勤めをやめたが）、葉煙草のくずをいくらかもらってきていたのだ。だが、それだけではステクにはきつすぎ、長寿煙《チャンスヨン》［煙草の銘柄］を買って混ぜて吸っている。キセルで煙草を吸う姿も板についてきたのか、妻はもう見ても笑わない。結局このポリョン山行きでステクは二日も寝込んだのだが、学ぶことも多かった。彼が薪のために勇気を出して遠出したのは、俗に言うハイキングをした経験があったからだったが、そんなものはこの遠出に少しも役立たないことを悟った。そして、かつて

学校で学んだあらゆる学問が実生活にはさほど応用できないことを初めて知ったときのように、憂鬱な心持ちになったのだった。

ステクに二度目の見回り番が回ってきたのは、冬も迫り、その年初めての寒さが訪れて三日目か四日目のことだ。その日はちょうど息子サンヒョンの誕生日で、母がきなこ餅を作ってきた。ステクは新聞紙に十切れほどを包んで、星々が凍えそうになりながらも健気に震えている空を眺めながら、巡察部屋として使われている区長宅の主人部屋へ向かった。

「夕飯はお済みですか？」

折しも、区長の家で雇われているチョンボが、平安北道《ピョンアンプクド》のとある鉱山にいる自分の兄に手紙を送ろうと待っていた。ステクはそれまでにも二、三十通の手紙を書いてやっていた。出生届も書けば、死亡届を書くこともあった。

「お元気ですか、それから、このあいだのやつはどうなったかと訊いてください。あと、僕は元気ですが、今年は凶作で困ってますと」

チョンボが言うとおりに書いた。「このあいだのやつ」とは、チョンボがそちらへ行きたいという件のことだ。

手紙を書いてやり、しばし雑談を交わすと、その日の当番である四人は二手に分かれて、一組は村の上手へ、もう一組は村の下手へと、それぞれこん棒を手に出発した。ステクが組んだのはドゥンマンという、彼の家の四軒隣の、二年連続、青年相撲で綿織物を勝ち取ったというたくましい若者だった。まずは上手を回り、のちに下手の組と交代することになっていた。巡察牌［夜間巡察担当者が携帯する札］をくれと言うにはまだ早い時間だったが、ドゥンマンは家々の前でいたずら半分に、

「牌をおくれえ」

と叫ぶ。区長は毎日、巡察牌をどこかの家に隠す。そうして牌を隠された家は、鶏が二度鳴くまで牌を渡さないことになっているのだ。

「昨晩は夢見がよかったから、ひょっとしたら今日は一人くらいとっ捕まってくれるかもしれないな」

ドゥンマンが棒をずるずる引きずりながらひとり言のように言う。

「とっ捕まるって？」

「泥棒ですよ。一人捕まれば万々歳。褒賞金だってもらえるんです。夜食とマッコリを、腹がぱんぱんになるまで飲み食いできますよ？」

と、持っていた棒で枝折り戸の柱を叩きながらまた叫ぶ。

「見回りに来ましたよう。牌をおくれえ——」

ステクはふと、ある年の冬、実家で泥棒を捕まえたときのことを思い出した。勇敢に、かつ機転を利かせて泥棒を捕まえたという彼の武勇伝は、虚しくも父の激憤を買っただけだった。よくやったという褒めことばの代わりに、背負子のつっかえ棒でふくらはぎを叩かれた後、ステクは長いあいだその受け止め方に悩んだ。だが時が経てば経つほど、考えれば考えるほど、父親の偉大な一面が窺い知れるような気がした。

その夜、ステクは意外なものを発見した。次は下手を見回る番だったので、少しばかり暖を取ってから、ドゥンマンと一緒に外へ出た。

星の光も降りしきる雪に吸い取られ、数歩先もわからないほど暗い夜だった。そのときステクは、

（もしも泥棒を捕まえたらどう処分するのか）

こんなことを考えながら歩いていた。ドゥンマンは褒賞金とマッコリのために、泥棒を駐在所に引き渡すだろう。もちろん、代わりに自分が酒を一杯おごって、それを引き止める自信はある。だが父が自分を叩いたように、ドゥンマンをそれほど憎むことができるだろうか？

そんな自信はやはりなかった。彼はそれが、心から悲しかった。

そんなことを考えながらドゥンマンの後に続いていると、ドゥンマンが言った。

「ピルニョンのお父さん、夜学堂を見てから行きませんか」

「夜学堂？」

「ええ」

「今も夜学があるのか？」

何とも意外だった。この村に初めて夜学を開いたのは他でもないパク先生で、夜学が盛んだったのも彼がこの村にいたときの話だ。その後青年会は町の所有となり、何かの集会や共同販売に際して使われるようになったため、夜学もなくなったものとばかり思っていた。彼もまた、夏休みには夜学の先生をしていた一人だ。

「以前は青年会議所を借りてやってましたが、今は使わせてもらえないので、冬のあいだだけ民家の座敷を借りてやってるんです」

「そうか、先生は誰が？」

「キム・ソンダルさんとこの次男です」

「あの子が！」

彼は驚いた。キム・ソンダルの次男といえば、いっときは農業学校に通っていたのだが、去年、学費の都合で二年生で退学して戻ってきたという、貧血症のひ弱な少年だった。

教室はふた間を開け放した縦長の部屋だった。オンドルの焚口に近いほうに塗装の剝げた黒板が掲げられ、教室という面目を保つべく暖炉まで置かれている。真ん中の一列を空けて、四十名もの小僧たちがあるいは書き、あるいは本を読んでいる。黒板を中央で分けていることから、二班に分かれているようだ。片方には1・2・3・4、もう片方には足し算と引き算の問題が四つ書かれてある。

ステクはおよそ二十分ものあいだ、キム少年の授業を見学していた。だが彼は、彼の授業を聴いていたわけでも、読み書きしている学生を見ていたわけでもない。石油の箱にかんなをかけて墨を塗った黒板と、その前に立つ貧血症の少年、そしてひと文字でも多く目に焼き付けようと居並んでいる幼子たち――それらをひと目見ただけで胸がいっぱいだった。ステクはこのみすぼらしい教室で、二十年近い昔を思い出していたのだった。

すべてが二十年前のままだった。黒板も、人も、子どもたちも。変わったのは自分だけ。あのころの情熱を失い、その分弱くなり、打算的になった自分がいるばかりだった。教える側の思いと学ぶ側の思いも、二十年前のあのころとみじんも変わらないはず。また、変わるはずもないのだった。ひと文字でも多く、うまく教えよう。ひと文字でも多く、早く学ぼう――この真理に時代など何の関係があろうか、時代の移り変わりなど何の関係があろうか！　そこにはただ一つ、学ぼうという情熱と教えようという情熱があるばかりだった。

ステクは、自分たちがかつて退屈しのぎに行った「教育事業」が、その後彼らの実生活をどれほど豊かなものにしたかを、二十年後の今になって目の当たりにしたのだった。ステクは今でも時折、当時の夜学生たちからこんなことを言われる。

「まったく、もしあのとき学んでいなかったら、今ごろは本も読めなかったでしょう。途中でやめた子たちは今も後悔してますよ」

今考えてもいいことをしたと思う。だがこの時代に、誰がそんなことをしたがるだろうと思っていた。何より彼自身、そんな勇気がないことに気づかされたのだった。

その後は、キム少年としばしば会うようになった。石油だけは子どもたちから月に三銭ずつ集めて買っているが、チョークその他はキム少年が自己負担していることを知り、それだけは自分に払わせてくれと申し出た。教えたい情熱からではなく、そんな勇気を失ってしまった自分自身へのやるせない同情からだった。

「それ以外にも何か足りないものがあったら言いなさい。大金がかかるものは私にも手に負えないが……」

「いえいえ、油とチョークさえあれば冬は越せます。薪は毎日、一人一本ずつ持ち寄ってるんです。それより、子どもたちの空腹のほうが——日におかゆ一杯も食べられない子がうじゃうじゃいるんですよ。先生のお隣りのチョンさん宅の子どもたちも、最近はずっと空きっ腹のようです」

キム少年はそう言いながら、少年らしくもない憂鬱そうな顔をした。

チョンさん宅とは、先の晩秋、二羽の鶏をヤマネコに襲われ、鶏鍋を分けてくれたその家だった。牛のように大事にしていた鶏を殺したヤマネコを仕留められず、冬中ほぞを噛んでいるのを知らないわけではなかったが、キム少年からそう聞くと、いっそう胸にこたえた。それほどお腹を空かせながらも、本の入ったふろしきを手にやってきては、遅くまであの冷たい床に座り、ひと文字でも多く学ぶのだと赤い目をこすって取り組む姿は、憐れみを通り越して憎しみさえ覚えさせた。

(学べば何の役に立つと思ってそこまでするのか……?)

そんな考えが頭をよぎりもした。

(あの大事な鶏を食べておいて、そしらぬ振りをしていたとは)

ふとそんなことを思い、ステクは家に帰る途中、チョンさんを呼び出して米を一斗渡してやった。

「こんなにたくさん……? 明日から救済工事［日本植民地下で行われた生活困窮者を救うための土木工事］も始まるし、金が入れば自分で買えるのに……」

チョンさんが頑なに遠慮するのを、

「遠慮も二度まででですよ。いいから受け取ってください。あとは、ヤマネコの奴をどうやって捕まえるかですね」

笑い話でチョンさんの口を塞ごうとしたのだが、それが相手の傷をぶりかえさせたようだ。彼はヤマネコと聞くが早いか、歯ぎしりをしながら言った。

「ご心配には及びません。あいつを生かしてなどおくもんですか……。一羽ならこっちも我慢もできたろうがね。私だって秋口から食いたいのをぐっと辛抱してたんだ。なのに……ただじゃおかねえ。絶対に生かしちゃおきませんよ!」

――ステクは数人の友人たちから、彼の小説はいつも骨がむき出しになっているのが大きな欠点だという評を聞かされてきたため、今度の長編こそは、村で起きたこんなエピソードもできるだけたくさん盛り込んで肉付けするのを忘れまいと思った。

6

春雨にしてはやや時期尚早な気がした。寒さがぶり返せば麦までも台無しになってしまうのではと夜通し心配していたのだが、幸い雨が上がると同時にすっかり暖かくなった。雲一つない澄んだ空は、どこからかヒバリの声が聞こえてきそうなほどうららかな表情だ。

「この様子なら麦は食べられそうだ」

村人はこんな挨拶を交わした。彼らにとっては、世界がひっくり返ろうが時代が変わろうが、稲が実り麦が凍ることさえなければそれでいい。人が足で移動しようが空を飛んで移動しようが、彼らには無縁の話だ。ただただ腹いっぱい食べ、寒いときは暖かく、暑いときは涼しく着られればそれでいいのだ。

日当たりのいい堤にナズナが青々と芽吹き、綿《わた》入れを着た背中にじわじわと汗がにじみ始めたら、田打ちの準備をするときだ。冬のあいだ中、牛小屋で立つか座るかしながら、反芻するのを生業としていた牛が庭に連れ出される。農夫たちはちびたほうきで、冬毛の色を見間違うほど積もった背中の埃を掃いてやる。すると牛はこれで元気が出たというように、尻尾で自分の尻をパシパシ叩き、鼻の穴をペロペロなめる。土を蹴り上げる鶏の足もにわかに忙しくなり、シロが伏せてひなたぼっこをしている垣の下の風景もいっそうのどかに映る。

こうなると決まって前の家や後ろの家から、

「コケッコッコッコッコッ……」

と産卵を告げる雌鶏の鳴き声が聞こえ、春のけだるさを打ち破ってくれる。

「春だ！」

と、もう少しで小説が書き上がりそうなステクの心も逸る。あと三、四十枚で仕上がりそうなだけに、この「もう少し」がこの上なくもどかしい。

「俺も早く田んぼを耕して、キムジャン畑［キムチ用の白菜や大根などを植える畑］も耕して、畝作りもしなきゃなあ！」

彼は一人前の農夫のように、頼もしい声でこうつぶやいてみるのだった。

実際、ステクにとって、この春はこの上なく喜ばしいものだった。生まれて初めてその手で土を掘り種をまく喜びから、春という季節を、あたかも絶対の幸福でもあるかのように待ち焦がれていたのだ。体が重たくなるほど重ね着していた肌着やら綿入りの下衣をポンポン脱ぎ捨て、愛しいおなごの手の平のように暖かい陽光の愛撫を浴びながら、無限の生命力と神秘が秘められた土をてきぱきと耕していく喜び、三十年間皮に包まれて土に触れることのなかった裸足で、ひょいひょい畝を飛び越えながら種をまく幸せ――そういったものを想像するだけで胸が躍るのだった。

いや、人生の半分を石の上で暮らしてきたこの都会の青年は、春耕というふた文字にさえ言い表せない魅力と歓喜を感じていた。

だがそれは、少しもそんな必要のない階層の人間が、気が進もうが進むまいが労働をしなければならない運命に置かれた人々によく使う「労働の神聖さ」から来る喜びでもなく、かつて彼が感じていた都市生活の圧迫から解放された喜びでもなかった。それは人々が、自分の農地でもなければ自分の手で育てたものでなくとも、黄金色に熟れた穀物を見たときのほのぼのとした温もりにも似た、そんな無条件の喜びであり歓喜だった。

そんな彼の喜びは、六ミリの正方形がぎっしり並んだ原稿用紙から解放された日、頂点に達した。

夕刻、隣のチョンさんと打ち合わせをして戻ってからも、彼は遅くまで寝付けなかった。子どものころの大晦日の夜のように興奮していた。限りない幸福が降り注ぐ朝を待つ焦れったさだ。

「なあ、お前も明日一緒に出ないか。俺が耕したらお前がならして、俺が種をまいたらお前が土をかぶせて……」

彼はまるで愛の詩でも詠むかのようにそう言い、

「ピルニョン、お前も明日、父さんと母さんと一緒に種まきに行くかい？」

ピルニョンは縫い物のまねをしていた手を休めて、じっと父親の顔を見つめて言った。

「チョコレート買ってくれたら」

「チョコレート？」

「うん」

「こりゃまた、農家の娘にチョコレートだと？　飴を買ってやろう、飴を。胡麻をまぶした飴はどうだ、うん？」

「ぼく、飴」

眠っていると思っていたサンヒョンががばっと起きて言った。

妻は子どもたちが寝入ってからも遅くまで家計のやりくりをしていた。約束どおり新聞社が原稿料を先払いしてくれれば、三百ウォンのまとまった金が入る。そこに、長編を書く片手間に書いた短編が二つと、手紙になぞらえた雑文が一つで、合わせれば五百ウォンぐらいにはなるはずだ。その五百ウォンで、いい場所があれば種三、四斗まきの田んぼを買うか、畑をひと区画買うことに決めていた。

「そうそう、言おう言おうと思ってたのだけど……」

妻が突然思い出したかのように、

「ねえ、うちの洋服だんすと布団だんす、売ってしまいましょうか？」

「そりゃまた急だな？　誰かの小説みたいに、それを売った金でソウルに逃げるつもりかい？」

「そんな勇気があればどんなにいいか」

と妻は笑う。ステクは昔から妻が笑ったときの口元が美しいと思っていたが、薄明かりの下で白い歯をのぞかせながらやさしく笑う姿はいっそう美しかった。

「お前は笑うとなおきれいだね」

と妻を笑わせてから、

「誰か買いたいと言ってるのかい？」

「シム・グヨンさんとこのお妾さんがそれはもう欲しがってるんですよ。先日は洋服だんすを買いにわざわざ町まで出かけたとか。でも、どれもこれも見劣りして手ぶらで帰ったんですって。二つで百五十ウォンくださるそうよ」

「しかしそれを売ってしまったら……」

百五十ウォンということばに一瞬つられそうになりながらも、彼はそう言った。四年前、二つで八十ウォンしたものだった。

「あんなもの、あろうとなかろうと……。こうしてはどうかと思うんです。どうせ田舎で野良仕事をするなら、農夫らしくあんな家具は売り払って、この家も少しでも足しになるなら人に譲って、お父様の家で同居しましょう。小さいほうの部屋を私たちが使いますから、あなたは主人部屋のひと間をお使いになればいいわ。家財道具と言ったって、部屋にも入らないのよ。土間に置きっぱなしなんだから、猫に小判よ」

　言われてみればそうだった。農繁期に入ったことだし、いつ机の前に座る暇があるだろうとも思われ、家から何から売り払ってしまえば八、九百ウォンくらいにはなるだろうから、それで田畑を買うのが一番と思われた。

「それなら、テーブルやらイスやらもまとめて処分しちまおうか。農夫に回転イスなど用はないからな」

「彼女、茶碗なんかも探してるそうだからちょうどいいわ！　シムさん、お妾さんにぞっこんみたいだから、今のうちに所帯道具をそろえておこうって魂胆なんでしょうね」

　シム・グヨンとは、この村で反物や雑貨を扱って小銭を儲けた齢五十ばかりの男だ。

　余分の家財道具を処分するのに、ステクに異論などあるわけがない。口ではそう言っていても、ステクは女心を考えて、湯のみや品のいい器などは手元に残し、手に余るものだけを売り渡すことにした。そうして床に就いたのは、午前零時をずいぶん回ってからだ。だがまどろみ始めて間もなく、彼は再び目を開けた。

「ピルニョンのお父さん、お休みですか」

　と、チョンさんが垣の向こうから呼んでいる。ステクはそそくさと腰紐をひっつかんで走り出た。

何日目の月だろうか、東の空が白々と明るい。

「チョンさんですか？」

「おや、お休みとわかってたらよしてましたのに」

「いいえ、まだ――」

と言いながら枝折り戸を開けて出ようとすると、

「見てくださいよ！　こやつを」

と何か黒々としたものを目の前に突き出す。ステクは大いにたじろいで後ずさりした。

「何です、それ？」

「見ればわかりますよ！　ハハハハ」

とチョンさんは喜んでいる。

「ネコ？」

「ふふ……ネコだなんてとんでもない。正真正銘のヤマネコですよ！」

と言いながら、もう一度ヤマネコを掲げて舐め回すように見つめながら、

「こやつめ！　うちの鶏を殺したお返しだ！　フッフッフ……」

大げさにしばらく笑うと、

「寝しなに物音がしましてね！　寝ぼけまなこで飛び出てみたら、何とこいつが、罠に首を挟んでギャアギャア言ってたんです！　とうとう来たかと、背負子のつっかえ棒でおつむを一発殴ってやったら、キャンっとひと声鳴いたきりもがいてましたよ、ええ……」

チョンさんはやっと話し終えると、

「お休みのところをどうも……」

と言って、ヤマネコをぶらぶらさせながら帰っていった。

かくして眠りに就いたのは一番鶏が鳴いてずいぶん後のことだったが、目覚めたとき、さほどだ

るさは感じなかった。女の命も同然の調度品を進んで処分したことも、チョンさんが悔しさのあまり冬中歯嚙みしていたヤマネコに復讐したことも、彼にとっては愉快この上なかった。

そしてもう一つ愉快なことは、生まれて初めて種まきに行くその日の朝が、今年に入って最もうららかなことであった。

チョンさんは朝早くから飛んできた。彼はまだ話し足りないのか、朝餉の席でも昨晩の話を続けた。

「鶏の一匹や二匹、惜しくはありません。あやつめのやることが憎らしいんですよ！」

「まあ、ともかくこれで胸がすっとしたんじゃありませんか。ヤマネコごときに復讐できないままだと、悔しくてやり切れないでしょうからね」

ステクもそう調子を合わせた。

それから実家へ赴き、サンテも連れ出した。

サンテはこのところ、急に故郷を離れる準備を始めていた。都会生活への幻滅をいくら説いても、彼は信念を曲げなかった。なだめてもみたし、脅してもみた。だが農村で食べていけないことは、彼よりもサンテ自身のほうが身に染みてわかっているはずだ。サンテは故郷に戻ったステクをひそかにあざ笑っている様子だった。彼はその足で区長宅に向かい、牛を引き連れて本宅に寄ると、そこで鋤を牛に背負わせた。父は床に臥せていた。調子を崩してすでに数日。そんじょそこらの病ではじっと寝ていられない性分であるうえ、今日はステクが初めて種まきをする日だ。いつもの父なら起き出してくるところだが、

「チョンさんに、うまくやるよう伝えてくれ」

と、かけ布団を払うこともせずにひと言だけ声をかける。

「はい」

病に伏せた父を初めて見たステクは憂鬱だった。だが彼は、今日ばかりはそれを忘れようとパク薬局で韓方薬を煎じてもらうようサンテに言づけてから、大急ぎで村外れの小川の飛び石を渡った。

サンテが診察のためにパク医師を連れて来ると、父親はどうしたことか、

「何の用だ。薬だと？　わしがいつ体が悪いと言った？」

と言い捨てて布団をかぶり、指一本触れさせようとしなかった。医者だけではない。孫も嫁も妻も一切寄りつかないよう内側から部屋の鍵をかけ、呼んでも返事さえない。家中が不安を感じて騒ぎ立てると、

「何をそんなに騒いどるんだ。少し寝たいからほっといてくれ」

と怒鳴る。

戸の前をうろついていた家族は全員で中へ飛び込んだ。

だが父親は寝ているわけでも、かといって動けないほどの病にかかっているわけでもなかった。

三、四日ほとんど何も口にしていないせいで少し弱っているだけだった。

彼の病気の原因を知る者はいない。寒さが和らいでくると、彼は日に何度もぶらぶらと家を出た。

村の入り口を抜けて鍛冶屋の前を左に折れると、川べりに出る。小川を渡ると、そこに小さなアカシアの林がある。彼は日に何度も、誰にも言わずにこの林にやってきた。林には十本あまりの若松があり、人一人隠してくれそうな横伸びの松も一本ある。――この松の下こそ、彼が毎日時を過ごす場所だった。

彼は林に入ると、真っ先にこの松の下へ入る。大抵はそこに、両手で膝を抱えて座っている。そうしてぼうっと――何をするでもなく、かといって居眠りをするでもなく、いつまでも一点を見下ろしているのだった。ともすればその顔は、至って幸せだったかつての夢をたどっているようでもあり、はたまた彼の最期を飾る自分だけの思い出に浸っているようにも見えた。笑っているのでも泣いているのでもない。激することもなければ心の平穏を得た人の表情でもない――そんなことが多かった。

彼はただそこに座り、前を見据えるばかりだ。

村人の目につくこともなかった。彼は何より、それを避けたかった。

あるときそこを通りがかった人が、

「寒い中、そこで何してらっしゃるんです？」

と尋ねると、彼はこう答えた。

「この林が家を建てるにいいって言うんで、ちょっと見てるんですよ」

だがそれは嘘だった。嘘をつくのが嫌で、彼は自分がそこにいることを誰にも見つからないよう努めた。

このアカシアの林からふた区画向こうに、今や完全に一枚の紙くずと化した愛しい土地があるのだ。彼の半生――いや、六十年の生涯をすべて捧げた田畑――だがそれは、すでに人の手に渡って久しい。所有権ばかりでなく、小作権までもがすでに人手に渡ってしまったのだ。

「あの棚田と桑に囲まれた畑は確かにわしの土地だった。それは村中の人が知っている。だが今や、わしはそこに手を触れても種をまいてもならない……。ましてあそこに植えた穀物など……」

こんなふうにあきらめるしかないのだった。そのうえ、この度の雨で田んぼには水がたっぷり溜まっていた。去年のような日照りの中も、平年並みの収穫があった田んぼだった。黒々とした地面、豊かな田水、鋤で突くだけで見るからに肥沃な土壌であることがわかる。足を入れるたびに土と水がふくらはぎに撥ねるあの感触、牛がゆっくりと歩を運ぶたび、ポチャポチャと立つ水音……。土に生まれ土に触れながら老いてきたこの農夫にとっては、田畑を耕す人こそ神仙にも等しいのだった。

　こんな農夫にとって土——田畑はまさに希望であり喜びだった。それは宗教にも等しいものだ。この老いた農夫の手から田畑は遠く離れてゆき、今や、かつて自分のものであったこの肥沃な土壌に触れる自由までも剝奪されたのだった——。

　今の彼に与えられた特権は、自分の田んぼに自分以外の人間が種をまき、草取りをし、水を入れ、頭を垂れた稲穂を刈ってゆくのを、ひたすら遠くから見つめることに限られていた。

　彼はたまたま、新しい小作人であるチュンソン宅が、今日という日に田を耕すことを聞き知ったのだった……。

（わしの田んぼに他人が入るところなど見るものか！）

　彼がこう決心するのは少しも不自然なことではなかった。

　——だが彼は、やはり土の息子だった。いや、彼は卑しいほどに忠実な「土の奴隷」だった。自分の田に他人の鋤が入るのを傍らで見ているしかないという農夫にとっては耐えがたい屈辱も、何日も食事を摂らず歯を食いしばって下した決心も、彼方から風に運ばれてくる香ばしい土の匂いには敵わなかった。土から受けた屈辱よりも、土から漂ってくるその薫香のほうが、彼にとっては何百倍嬉しいものか知れなかった。

――完全なる土の捕虜であるこの老いた農夫は、あらゆる屈辱感を振り払い、ひとえに土の匂いをたどるようにして頼りない足を引きずり、再びアカシアの林の中に現れたのだった。

うららかな春の一日。身も心も疲れ果てた彼にも、陽射しは温かく感じられた。

彼はいつもの場所に、松にもたれるようにして野原に向かって座った。

一里四方といわれる山里の野は農夫で溢れ返っていた。牛を引く音、鈴の音、撥ねる水の音が遠くから、あるいはすぐそばから聞こえてくる。かろうじて見分けられるところにステクの姿もあった。

ステクは頭に手ぬぐいを巻いて鋤を振るい、チョンさんはへりの堤で煙草を吹かしている。畝の端では妻が子どもらと遊んでおり、ソウルから来た嫁は顔も見えないほど手ぬぐいを深くかぶって、柄振りで土をならしている。

ステクの妻はまだ見られた。だがステクの手つきには牛も閉口したのか、時折じっと立ち止まって鋤の行方を見守っている。それはまるで、幼子がいやいや描いた自由画さながらだ。鋤があらぬ方向へ刺さると、チョンさんがキセルをくわえたまままあれこれ指導している様子だ。

彼のすぐ目の前では、かつて自分のものであった田んぼに、チュンソン親子が楽しそうに肥やしをやっている。父子はそこにいる彼に見せつけようと、いっそうにぎやかにはしゃいでいるかのごとく映るのだった。

彼は、このチュンソン親子がこの上なく憎らしかった。許されるものならすぐにも駆け寄って、この親子を頭から畦に突き落とし、踏んづけてやりたかった。

「フン、出来損ないめ！　完全に自分の土地だと思ってやがる！　まったく目障りな奴らだ！」

どこが出来損ないでどこか目障りなのかはわからない。だが彼の目にはそのようにしか映らないのだった。

そのときだった。ステクが何やら悲鳴を上げた。彼はびっくりしてそっちを振り向いた。牛もステクの手際を見下しているのか、いくら命じても足も上げない。チョンさんと嫁はそばで笑っている。チョンさんが鋤を渡せと言っているようだが、ステクは意地になって牛を追い立てるばかりだ。やっと牛が動いた。だが再び立ち止まる。鋤は鋤、牛は牛、人は人とてんでばらばらなのだった。それはまるで、人が鋤に引っ張られているような格好だった。

その様子をしばらく見つめていた彼は、不思議な衝動に突き動かされたように、がばっと立ち上がった。彼は、自分がもう何日もろくに食べずに寝込んでいた——それも還暦を過ぎた年寄りであることを、すっかり忘れていた。今の彼は病人でもなければ、飢えた人でもなく、年寄りでもなかった。

彼は農夫と呼ぶに尽きた。卑しいほどに忠実な「土の奴隷」だった——。

彼は一心不乱に駆けていって、息子の手から鋤を奪うと、浮かれたように土への忠誠を果たすのだった。

「よく見てろ。鋤の刃をこうやって当てたら、人はここに立つんだ。そうすりゃ牛も力を入れられる。人がどっちかに傾いたら、牛もそっちに引っ張られて疲れちまう。チョンさん、ちょっと支えてくれ。それから嫁さん、柄振りはもうないのか!?」

今の彼には屈辱などというものも、土への恨みもなかった。もっぱら喜びと楽しみに溢れていた。

彼は六十年の生涯を通じてひたむきに忠誠を尽くしてきたが、同時にその六十年は冷遇と酷使の歴史でもあったため、彼のもとには老いさらばえ病に蝕まれた血の気一つない肉体だけが残された。だがその土に、彼は抑え切れない感激を覚えているのだった。

六十年の生涯の中で、彼は地を叩きながら泣いたこともある。恨んだことも呪ったこともある。彼の篤い忠誠にくらべてあまりに過酷な、あまりに無慈悲な土の心に、とりとめもない怒りをも感じてきた。

だが今、彼の胸を満たしている感情は、ひとえに土への感謝だった。

彼はそれほど土を愛していた。

いや、彼はそれほど、あまりに忠実な土の奴隷だった。

7

寒食［冬至から百五日目のお墓参りをする日］を過ぎてからの農夫にとって、晩秋の大霜までの八、九カ月間は、決壊した砂堤を塞ぐかのような繁忙期となる。

春まき用の麦畑の草取りが終わるが早いか、田打ちをして肥料をやり、続いて種籾をまく傍らで畑を耕さねばならず、そこへ穀物の種をまき終わらないうちに田植えが始まる。

「パクさん、明日はどこかの手伝いを?」

日暮れになると、彼らは働き手集めに忙しい。働き手を探さねばならず、集め終わったらあちこちの家から米や麦を借りてくる。年に一、二度しかない嬉しい日だから、干しダラの頭一つでも膳に載せるのが彼らの礼儀でもあり慣習でもある。

農事とは、生木を曲げるようなものだ。無理やり引っこ抜いてねじったり曲げたりしてみても、埒が明かない。怒涛のごとく田植えを終えても、また別の何かが待っている。野菜畑の手入れに、黍《きび》や唐黍《もろこし》の植え付け、田んぼに水も引かねばならない。時期を見計らってまくわ瓜の株や、畝間にはいんげん豆も植えねばならない。畦の二期作豆は誰が植え、かき集めた働き手は誰がまとめるのか。ねぎ一本、にんにくひとかけらまでも自分の手で植え、雑草を取り、世話をしなければならない。さらにはとうもろこし、ごま、唐ごまといった当たり前の食べ物も、植える時期を逃せば貴重な稲と交換しなければならない。

この恐ろしいほど大量の仕事が、一家に一人か二人しかいない農夫の手にゆだねられているため、こちらが片付かないうちにあちらも始めなければならないという具合で、片時も休まる暇がない。

(春になれば種をまき、秋にはそれを収穫し、寒い冬は暖かいオンドル部屋で横になろう)

そんなふうに単純に考えていたステクは、世の中はどう回っているのか、今日が何日なのかもわからないまま春を送った。

もちろん、農村生活だからといってそれほど単純でないことぐらいはわかっていたつもりだ。だが、単純に考えていたのも事実だった。

種をまき、一、二度草取りをし、そして収穫すれば……それでおしまいだと思っていたのだ。

一方、ステクの妻はここにきて理解した。金があればそれで米や油を買い、肉、ねぎ、にんにく、何でも四、五分あればかごに入れて持ち帰っていた都市生活のありがたみを、彼らは改めて実感した。だが、自給自足が必須の農村では、それらあまたの生活品を口で注文するのではなく、自ら植え、育て、収穫しなければならなかった。それも、収穫してそのまま食べるわけではない。乾かし、砕き、ふるいにかけねばならなかった。

しかし、何より彼らにとって不利な条件は、あらゆることに不慣れという点だった。それだけ気を揉み、努力を強いられ、時間もかかった。

こんな具合に仕事に追われる彼らに、追い討ちをかける出来事があった――春のあいだ意気込み溢れていた父親が、田植えを終えたとたん、ばったり伏せてしまったのだ。ステク夫妻は朝晩といわず、田んぼや畑に出てからも何度となく様子を見に行かねばならなかった。

そのころにはステクも、計画どおり自分たちの住まいを処分し、同じ屋根の下に暮らしていた。新聞社と交渉中にあった小説も一カ月以上連載が続いていたし、稿料も半分は入っていた。家は意外にも百九十ウォンの値が付き、彼の手元には何やかやで八百ウォンの金があった。それでできる限りの薬を処方してみたが、父の病は薬で治るようなものではなかった。父は生理的というより、精神的にひどく患っていた。あの愛してやまない土地への抑えがたい未練が彼の心を弱らせ、痛ませ、ついに生理的な異常まで起こしてしまったのだった。

ステクは父が倒れたとき、すでにそれに気づいていた。彼は息子が与える薬を頑として拒んだ。「わしの病気は薬じゃ治らん」――口癖のようにそう言った。それでも初めは、息子に金を使わせる心苦しさからそう言っているものと思っていた。父の性格を思えばそう理解できた。だが数日経つと、彼はほとんど正気を失いながらも、田んぼを見に行くのだと言って聞かなかった。

「ステク、おい、ちょっと起こしてくれ。わしの病には薬よりそれが効くんじゃ。香ばしい土の匂い、青い野原、熟れゆく麦……」

そう言ったかと思うと今度は、

「お前たち、苗から芽は出たか？　ちゃんと世話するんだぞ。穀物ってのは赤ん坊みたいなもんだ。赤ん坊は泣いてくれるがな。もうすぐウンカが出てくるぞ。あいつらに食われちゃいかん。次の草取りのときにアンモニアをうんとまいておけ、いいな？」

とまくしたてる。

どこが痛いのかもどうにもはっきりしない。あるときは腰がちぎれそうだと叫ぶ。またあるときは手足がうずいて、そばで見ていられないほどつらそうにする。そうかと思えば突然熱を出したり、全身が氷のように冷たくなったりする。

「ここじゃ、ここ！　ううう……」

そう訴えながら指して見せるのは明らかに腰だ。だが患者自身、どこが痛いのかはっきりしないらしい。それもそのはず、痛くないところなど一つもないようだった。

六十年に及ぶ長い労働によって、本人も気づかないうちに、その肉体は隅から隅まで蝕まれていた。それでも、これまでは気合で踏ん張ってきた。生きたいという欲と、生きられそうだという希望と、今働かなければ朝夕の飯にありつけないという恐ろしいほどの緊張によって踏ん張ってきたのだ。

それは、実に長きにわたる緊張だった。だが今、その緊張が一気に解けてしまった。土地もすでに他人の手に渡り、小作権までも失った今、緊張は彼自身の心身を破壊する以外になんらの機能も果たさないものであった。

本音を言えば、ステクは自分の父親を愛していなかった。いや、愛してはいた。だがそれは、ある義務的な愛だった。息子たるもの、すべからく父を尊ぶべき——そんな道徳に根ざしたしごく限られた愛情で父親を愛してきたのだった。

以前——彼が仕事を投げ打って故郷に帰ることになったときでさえ、彼は自分の父親を愛することはおろか、むしろ軽蔑していた。いや、それは軽蔑と呼ぶにも値しないものだったかもしれない。軽蔑とは尊敬の反動なのだから。彼はかつて、父親を尊敬しようと思ったことさえなかったのだ。

農夫の息子——背広を着、東京に留学し、新聞に名前が載る先生（実際、彼は先生と呼ばれていた）——そんな自分が、もぐらのように生涯土いじりにかまけている一介の無知な農夫の息子であることに、一種の侮辱さえ感じてきた。背広を着た人の前で反射的に「へえ、へえ」とぺこぺこするのは（父が言うには、まともに相手をするのも嫌だということだった。だがステクは最近まで、単に父が無知だからだとばかり思っていたのだ）自分の威信に欠ける行為だと思っていた。

よその父親のように本を読んだり、長柄のキセルをくわえて鷹揚に人を使ったり、他人に会えば偉そうな口を利いて、白髪の老人の前でも臆しない父親を尊敬したかった。生涯土ばかりいじっている父親を尊敬するいかなる義務も自分にはないのだと思ってきた。若僧にも丁寧な物言いをし、相手からぞんざいな口を利かれてもなんとも思わない父親を、彼はある意味不毛な人間と考えていたのだ。

だが今は違った。もちろん、よその父子のように細やかな愛情が行き交うことはない。だが今の彼は、自分の父親が、少なくとも自分の威信をそぐような存在でないことだけはわかっていた。たとえ土地は失くしても、父はすばらしい哲学者だった。自分のように父を軽んじてきたあらゆる人間よりも、明らかに偉大だった。どこまでも勤勉で、どこまでも謙虚で、どこまでも清廉な生涯。

一年で十銭足らずの小遣いしか使わない一方で、「乞食問屋」というあだ名で呼ばれるほど生涯乞食の世話をしてきたことや、自宅に入った泥棒をぶったという理由で自分の息子を折檻したこと、日に三度の飯以上の財物を望むことは浅ましい欲だと全債権を放棄したこと――これらすべてが今、有識な息子をして、無知な父親を見直させる好材料となっていたのだった。

ステクの胸は今、父への新たな感激に満ちていた。彼はこれまで尊敬してきたいかなる偉大な人物よりも、一介の無知な農夫である自分の父に感激しているのだった。何としてでも父を元気にしよう。彼は今、一時的な感激のためではなく、この父を救うためなら、三十年余りの人生で初めて手にする――ともするとこれが最後かもしれない大事な大事な八百ウォンという「大金」を捧げることはもちろん、これまで手にしてきたあらゆる知識や地位名声をいっぺんに失うことになっても少しもかまわないと思った。父の「無知」は自分の「学問」より何十倍、何百倍も価値あるものであることに、この息子は遅ればせながら気づき始めていたのだ。

「ほら父さん」

と、何日かぶりに、彼は父親の手を取ってかきくどいた。

「父さん、考え直して薬を飲んでください！　僕が何としてでもあの土地を取り返しますから」

「土地を？」

父ははっと耳をそばだてた。

「そうですとも！　今僕の手元には千ウォンあります。それに、新聞社からもお金が入ります。種一斗まきの土地なら今の時価で百三、四十ウォンですから、まずは今月中に種十斗まき分だけ取り返しましょう」

「あの家は大金持ちらしいが、土地を売ってくれるだろうか」

父の声はみるみる活気を帯びた。

「売ってくれるそうですよ！」

ステクは嘘をついた。

「売り戻してくれると？」

「坪当たり五銭上乗せすればすぐに売ってくれるそうです！」

「五銭なら、二五の十——種一斗まき当たり十ウォンだな！　おい、買おう、そうしよう！　まずはアカシアの林の前の、種八斗まきの土地だけでも取り返そう！」

「それに、残りは妻が実家に相談してみると言っています」

これも嘘だった。彼の妻がそんなことを口にしたこともなければ、実家にそんな余裕があるわけでもない。だが、父の心を慰めるためには、それくらいの嘘をためらっている暇はなかった。しかし父は、

「嫁が？」

と確かめると、

「この出来損ないめが！　嫁の実家に助けを請うなど言語道断だ！」

と言うなり、寝返ってそっぽを向いてしまった。

ステクは挨拶の途中で頬をひっぱたかれた格好だった。そこで、慌てて言いつくろった。妻はそう言っているが自分はきっぱり断った、そうごまかすしかなかった。

「よくやった」

間もなく父の機嫌も直った。もしもあの晩、話をそこで切り上げてステクがそのまま床に入っていたらどうなっていただろう。だが新たな感激に浸った息子は、なぜかそのまま席を立つことができなかった。だから、そのためには父が薬を飲んで、一日も早く元気にならねばならないのだとくり返した。そうすれば薬代もそれ以上かからなくなる。薬代をけちれば、小石で塞げたものを岩で塞ぐことになる――そう言って、薬を飲むことを無理強いしたのだ。

――だが悲しくも、父は息子のかようにこまやかな愛情を、一刀両断するように拒絶したのだった。

山里の稲がたわわに実り、麦が香ばしい匂いを放ちながら熟しつつあったある日の晩、父は苦労まみれの一生涯を清算するために毒をあおったのだった。

薬を飲んでもなかなか治らない病に大切な金をつぎこむよりは、いっそすっぱりあきらめて、ステクが土地を取り戻す金の足しにしてほしい――そう考えて、父は自ら命を投げ出したのだった。

彼が苦労まみれの人生を清算するのに用いたのは、洗濯用の苛性ソーダだった。それは春の初め、彼が床に臥せたまさにその日に、シム・グヨンの店で買っておいたものだった。

ステクがその器を見つけたのは、夜も未明であった。彼は父親のうなり声に目を覚まし、父の部屋へ急いだ。果たして量が多かった。数時間後には舌が固まり、魚のはらわたが腐ったときのような赤黒い血が溢れ出た。彼は何度も息子と孫を手で呼び寄せたが、まともにしゃべれないまま息を引き取った。

「取り戻せ……田んぼ……」

意識ははっきりしているようだった。舌がもつれてしゃべれないのだが、しきりに枕元の櫃を手で示した。「紙切れ」が入った桐の櫃だった。

電話を受けて公医が駆けつけたのは、翌日の午後。だがそのとき、父はすでに何の必要もない人になっていた。公医は手のほどこしようがないと言った。

父親が息を引き取ったのはその日の夜。ちょうど一年が経っていた。

8

すべてが夢だった。夢かと思われた。どうやって葬儀をしたのか、どうやって山から戻ったのか、ステクはまったく覚えていなかった。

葬儀を終えても、十日ばかりは家の中に泣き声が絶えなかった。思えば夢のようだった。だが夢かと思えば、そうではない。ステクは泣くなと家の者を戒めたが、自分も泣いていた。それは父を想う息子の悲しみでもあったが、「学問」を弔う「無知」の悲しみでもあった。「無知」を軽蔑してきた「学問」の懺悔だった。

部屋から一歩も出ない日が続いた。甥のサンテだけがむっつりした顔で仕事に出た。サンテはいまだ、農村を出る夢を捨てきれない様子だった。いや、むしろ日増しに決心を固くしているようだった。

「何を考えてる？　おじいさんが生きてたらまだしも、うちはこの状態だ。お前に抜けられたらこっちはどうなる？」

そう説き伏せようとするステクのことばに、

「それなら家に閉じこもってる場合ですか！　おじさんはちっともわかってない。自分の土地があっても無理なものを、他人の土を耕して十人以上もの家族が食べていけると思ってるんですか？無謀ですよ！」

そう言われると、ステクにも返すことばがなかった。行くと言うのなら送り出してやろうと思った。自分は都会からやってきたのだから、お前は都会へ出てみるがいい、そう思った。そうして、お前が農村へ舞い戻ってくるか、自分が都会へ舞い戻っていくか、やってみればわかるだろうと。

「だが私は、この村から一歩も動かないぞ！」

父の手を離れた土地を取り戻すのが、自分の生涯の使命だ。坪当たり一ウォンどころか五ウォンと言われても、必ず取り戻して見せる。父はそれを自分に託して亡くなった。信じて亡くなった。いや、そのために自らの命さえ捧げた。

そんな父のどこが無知だと言うのか！

（決して、小説なんかを書き殴っている息子に蔑まれる存在であろうはずがない！）

ステクは壁にかかった不鮮明な父の写真を見つめながら、胸の中でこう叫ぶのだった。

何日も家に閉じこもっているあいだに、ステクは今後の方針を打ち立てた。それは何より、父のものだった土地を取り戻そうというものだった。時価にして約三千ウォン分。今彼の手元には、約八百ウォンの現金があった。新聞社の稿料の残りが入っていたし、葬儀には二百ウォンもかからなかった。だがそのうちの半分ほどは、香典として入ったものだった。この八百ウォンを有効に使うのだ。

彼はまず、住まいを小さくすることにした。市場の真ん中に持て余すほどの家を持っている必要はない。敷地には祭壇もあるから、時価は六、七百ウォンになる。その金で村の外れに家を買えば、四、五百ウォンは残るだろう。千三百ウォンあれば、ひとまずアカシアの林の前の種八斗まきの土地なら買える。

そう心積もりして、家族会議を開いた。話が彼の計画どおりにまとまると、彼はシム・グヨンのもとを訪れた。N村までの舗装道路はステクの家の前を起点として敷かれ、市場から村役場までの道も目の前に作られる計画だった。グヨンからすれば、今店がある場所よりよほど好条件の立地だった。

終始黙って彼の計画を聞いていたグヨンは、

「これはこれは、ご立派だ。すばらしい考えですな！」

と賛成してくれた。

「こちらの都合でお願いするのですから、真っ当な値をつけてくれとは言いません。ただ、亡くなった父のために、少しばかりお心遣いいただけると嬉しいのですが」

ステクの言い値は七百ウォンだった。

「**キンさん**もよくご存知でしょうが、あの立地ならそれくらいの価値はありますよ。第一に土地は三百坪もあるし、家もまずまず、場所もいい。言い値で承りましょう……」

話は嘘のようにすいすい進んだ。それも当然だ。グヨンは利に敏《さと》い人間だった。

「なるほどねえ。それで、**キタハラさん**はあの田んぼ売ってくれると？」

「それはまだわかりません。ですが、私の気持ちをうまく伝えて、一度お願いしてみようと思います」

「さあて、あの人が手放すかな？　何たって土壌がいいからねえ！」

そんな話の最後に、村の新しい地主と村長が昵懇《じっこん》の間柄だと聞き、彼はまず村長のもとを訪れた。村長は前の鉄道局にも長年勤めたことのある、どちらかといえば知識階級の人間だった。名字は初めて聞く慶《キョン》と言った。

村長とは以前顔を合わせたこともあり、父とも懇意にしていた。この村で父を尊敬していたのも彼一人だった。それだけ話も早かった。彼もまた、ステクの計画に感動した面持ちで、

「**キンさん**のような青年がこの村からたくさん出てくれると嬉しいですな。わけもなく農村を離れたがるのも困ったものです。これは単にこの村に限ったことじゃない、この国全体で取り組むべき由々しき問題です」

そう言い、ステクの心意気を地元の青年にも見習うよう説いてほしいと重ねて頼みながら、新しい地主に送る長文の手紙を書いてくれた。

「**キタハラさん**も快く応じてくれるでしょう。値段も下げてくれるようしたためておきました。もし駄目なら、私が伺いましょう。私から言えばむげにはできないでしょうからね。彼とは以前鉄道局にいたころからの友人同士です……。何はともあれ、**キンさん**のような方こそ、われらが農村振興運動のいいお手本になってくれなければ……」

こうして数日後、ステクはグヨンから現金七百ウォンを受け取った。だが彼が現金を受け取るより先に、彼の家はグヨンの手を経て、すでに第三者のものになっていた。ステクの家の一帯がいずれ交通の中心地となり、その場所に自動車部［車で人や貨物を運ぶ営業所］が設けられることも、彼には知りようが

なかった。七百ウォンはこの数日で、五百ウォンの儲けを生んでいた。

　だがそんなことも知らないステクは、グョンの厚意を涙ながらに称えた。

　三日後、ステクは、丁寧に畳んで柳行李の奥に大切にしまっていた夏の背広を出して着た。一年振りの背広だった。町へ行って新しい地主に会うつもりなのだ。

　彼は、妻が靴の手入れをしているあいだ、やはり背広に身を包んで中庭にぼうっと立っているサンテを部屋に呼び入れた。

「いつ帰るかわからないだろうから、おじいさんに挨拶をしていくといい。一緒に行こう」

　そう言って、自分も立ち上がると、祭庁《チェチョン》［葬儀の際に墓の近くに設けて祭祀を行う場所、またはそのための板の間］へ向かった。お辞儀をすると、ふいに涙がこぼれた。父がもうひと月だけ生きていたら。

　夏の日差しは朝からぎらついている。彼は帽子を手に、自転車を押して舗装道路を抜けた。自動車停留所の前には、彼の家族がすでに垣を作っている。

　サンテがとうとうソウルへ発つのだった。彼の手中には百ウォンが握られていた。この金がなくなるまでに仕事に就けなかったら、つべこべ言わず戻ってくるという条件付きの門出だった。ステクは数人の友人に手紙を書いて送ってやってもいた。

「元気でやるんだぞ。私は今日中に戻らなきゃならないから、見送ってやれないが」

「はい」

　そう言うサンテの目にも涙がいっぱい浮かんでいる。

「体に気をつけるんだぞ！」

　もう一度そう念押しして、自転車にまたがった。坂になっている村役場前の道は平らで、タイヤの回転もこの上なく滑らかだ。
ステクは足にぐっと力を入れて、ペダルを踏んだ。

秋

가을

池河蓮 チ・ハリョン 지하련

カン・バンファ 訳

1941

西向きの窓には分厚いカーテンを引いてあるにもかかわらず、どこかの隙間からまぶしい秋の陽射しがテーブルに線を引き、ちらちらと揺らめいている。

たしかに秋らしい。両手をこすり合わせてみても顔をさすってみても、どこかすべすべと滑らかなのがことのほか私を爽やかな気分にさせる。また南側の窓辺に立って外を眺めてみても、前後左右に高くそびえるビルの上、青くのぞく空はどこまでも高く澄み渡っている。

得てしてこんな空の下、人々はどういうつもりで雑草の茂みやそのはかなく空しい風景をのぞき見るのだろう。ということは、初めはくだらないと思われても、のちにはっとさせられる何かがあるのかもしれない。

午後六時。

社内でもやり手で知られているカンが、しびれを切らしたように折りかばんを手に取る。

「まだいらっしゃいますか」

「お先に失礼しましょうよ」

キムも後について席を立つ。最後に女性社員のウニが出ていくと、室内はいっそう物寂しくなる。今しがたも「お先に失礼します」と言うべきところを「まだいらっしゃいますか」と尋ねるカンの口調が内心では可笑しかったが、このいかにも正当な「先に失礼する」ということばをどうしてもストレートに言えないカンの性格を、今の彼は以前のように素直に笑えなかった。

煙草に火を点け、それをくわえたままテーブルの上に広げられた原稿を整理していると、午前中にジョンエから届いた手紙の内容がまたも思い浮かぶ。

やはり愉快とは言えない。

だが単に不快というわけではなく、不快な感情の後にやって来る、陽気ながらもどこか妖しげな——不可思議な感情をどう処理していいものか、やはり迷わないわけにはいかない。

実のところ、彼は今日一日中、葛藤していたのかもしれなかった。

ジョンエと言えばもちろん、妻とは一番の親友だ。そればかりか妻の生前、おかしな態度で妻を困らせた人物であり、またソクジェ自身にしても、彼女のために困難極まりない立場に置かれたことはあっても、ただの一度も彼女の行動を好ましく思ったことはない。さらに残念なのは、彼女のその後だ。

聞いたところによれば、彼女はその後結婚したがすぐに離婚し、離婚後はいわゆる「恋愛関係」がすこぶる複雑で、彼の知人も何人かはそこに巻き込まれたという。こうなると彼としては到底理解できるものではないうえ、不快というレベルをはるかに超えている。また人の記憶とはずいぶん薄情なもので、愛する妻との思い出も二年を過ぎた今となっては、時に雲をつかむかのように判然とせず、ましてやジョンエという女との過去がいまだに彼の頭の中に残っているはずもない。

そんな中、手紙を送ってきて会おうとは——会っても仕方ないことはこちらよりも相手のほうがよくわかっているはずだが、それでも会おうとは——今や彼にとって「女」という対象がまたもわからなくなるのも、また、彼女の思うところやそのやり方がいっそう五里霧中になるのも、事実無理ではないかもしれない。

煙草を持つ手が熱くなるまで、彼は依然迷っていた。

向かいの壁時計が、いつの間にか七時を指している。今すぐ出たとしても三十分はかかるはず……。彼はある種じれったいような心細いような可笑しな気分にとらわれたのだったが、やはりおいそれと席を立とうとはしない。

徐々に暗くなり始めた室内に、うっすらと煙が沈んでいくようだ。

彼はとうとう立ち上がった。だがかといって、いまさらジョンエに会いに行こうというのではない。

通りもやはり黄昏時にして秋だ。まだ葉は落ちていないが、街路樹は落ち葉のようにささめき合い、道行く人々の影もどこかおぼつかない。

ふと、死んだ妻を思い出す。一瞬、彼は実にやるせない孤独と悲しみを、自身でも妻からでもなく、はるか彼方から感じながら、総督府の前の大通りをひた歩いた。

まっすぐ帰宅するなら光化門《クァンファムン》通りから孝子《ヒョジャ》町へ向かう電車に乗るべきだったが、彼はどことなく歩きたい気分だった。

風はあっても五月の風のように気まぐれでもなく、また木枯らしのように厳しくもない。というより、顔にあたっても少しも冷たくないのだが、思い出のように冷ややかな秋風は、これまた思い出のようにやさしく感じられ親しみがわくのだった。

　やがて、彼は景福宮《キョンボックン》に沿って道なりに歩いた。もちろん、この道を突き進めば今日ジョンエが手紙で言って寄こした約束場所に至ることを知らないわけではない。また、ほとんど一時間半以上も経った今も彼女が待っているなどとは――ましてや自分はそれを期待してこの道を選んだのでは決してない。その足取りはただただ所在無げであてもなく、騒がしい道よりは静かな道を選んだにすぎない。

　彼はなるべく塀寄りに孝子町へ続く石段を踏みながら、もう一度自分の気持ちを疑ってみる。思えば、今や心がこれほどまでにあてどないのは、実はジョンエにその理由があるのかもしれないからだ。

　もっとも、ジョンエが妻と一番親しい仲だったという点でたまたまジョンエをきっかけに妻を思い出すこともあるだろうし、また以前から彼はこんなふうに妻を思い出すたび、しばしば寄る辺ない気持ちになるのだったが、そうかといって今、ジョンエによって妻を思い出したのだとしたら、彼は何だか罪深い気がした。もしもこのとき、どんなに胸を張れる答えがあったとしても、彼はなぜかそれで救われる気がしないのだった。

　そんなことばかり考えているうちに、彼は内心漠然とした呵責まで感じるのだったが、わからないのは、それと同時にほとんど無責任といっていいほど陰っていく自分の心だった。

　とうとう彼は、走るようにして石段を踏み始めた。

　だが、道がしだいに整った広いものに変わると、やはり彼の目は知らぬ間に景武台《キョンムデ》側の松林の道に向けられた。

もちろん、ジョンエがいるはずもない。

彼は初めから、また松林のほうへ目を向ける瞬間も、そこにジョンエがいるなどとは思っていなかった。だがその瞬間、奇妙なことに、熱を持たないある種の情が今しがた石段を駆け抜けたことによる疲れをどっともたらしたかのように、彼は結局、雑草の茂る松林の中に腰を下ろした。

異様な疲れとともに、一種自嘲的な虚しい思いに浸りながら、彼は煙草に火を点けた。


もう三年前のことだ。

ある日彼は、母乳の出が悪いときには豚足がいいのだと友人に聞き、会社からの帰り道に太平《テピョン》通りに寄ったのだが、ちょうど切れていた。それで、豚足だって豚肉なのだ、他の部位でもかまわないだろうと豚肉を二斤買って家路を急いだ。ところが主人部屋にはどうやら客があるようで、肉は女中の娘に渡し、そのまま自室に入ってしまった。

すぐに妻が入ってきて、今いる客がジョンエという女だと知った。

彼はもともと彼女と顔見知りだったわけではない。ただ、普段から妻が口癖のように何かにつけ褒めそやし、また、よくある夫婦のいさかいや、何かしら意見が合わず苛立っているときなどにはしばしば、

「私もジョンエみたいに勉強してたら……」

などと要領を得ないことを言って彼を怒らせたのも一度や二度ではなかったため、彼はジョンエがどんな家の娘か、どこの学校に通っているのか、また、肌が白いのか黒いのか、背が低いのか高いのかまで、少なくとも妻の口から出たことなら大抵のことは知っていた。

彼が自室でひとりで夕食を済ませ、新聞を広げていると、どういうわけかずいぶんにぎやかな笑い声を上げながら妻が戸を開けた。

何の騒ぎかと彼が尋ねる暇もなく、

「お客さまよ」

と妻が入ってくる。後に付いてジョンエも入ってきた。妻がさんざん褒めそやすのを聞いた末のことで、彼は多少戸惑いもしたが、一方では耳にたこができるほど褒めことばを聞いていたため、なおのこと落ち着いて立ち上がり彼女を迎えた。

果たして会うのは初めてだったが、おおむね妻の言ったとおりだった。肌はさほど白くはないがきめ細かく、目は異様な光を湛えているかのようにたいそう聡明な感じを与えた。ただ、彼の想像とやや違っていた点があるとすれば――彼は漠然と、ジョンエという女も自分の妻のようにか弱く無邪気で、ただただ可愛らしい女であろうと思っていたのが、ジョンエは妻よりずっと陰のある、何かとてつもなく激しい一面がありそうだというのが一つ目、加えて、少しも無邪気ではなさそうだった。

これが最初の印象で、またその印象ゆえに、彼も存外襟を正し真顔で対応したためかはわからないが、ともかく二人が打ち解けて何かを話すことはなかった。ただ、体を壊して帰郷したのだという妻のことばに、

「それはお気の毒ですね。早く治療したほうがいいでしょう」

と答えた程度だった。

この日ジョンエが帰った後、妻は彼の味気ない受け答えをとがめた。

「どうしてそう面白みがないのかしら。あの子をどこぞの他人に挨拶させたみたいじゃないの。やっと紹介できたと思ったら、じっと黙り込んだ挙句に『お気の毒ですね』だなんて。もう二度とうちに来てくれないかもしれないわ」

と、腹立たしげに言った。

初めて会う人と何をそんなに話すのかといくら言っても、妻は耳を貸さなかった。そうして最後には、大した友人でもないくせに何だ、とことさら声を荒げることになり、こうなると妻はいっそう悔しげにますます彼女を褒め称えるのだった。

もとより女というものは勢いがつくと止まらないものなのか、初めは妻のことばも、おとなしい子だとか、才能があるとか、とても情深い子だなどとそれこそ純粋な称賛だったものが、しだいに、そこらの男は相手にもしないとか、仮に誰かを好きになるとしても無難な男より難しい男を選ぶ性格だとかいう、ともかく本人のために黙っていたほうが良さそうなことまでまくしたてた。そのため、鼻であしらうように聞いていた彼もついに、

「それは大した女だね」

と、くすりと笑ってしまった。

こんな具合に、せっかく妻の話から新しい情報を得たものの、残念ながら彼にとってはその甲斐虚しく、つまりはさほど愉快な趣味を持たない危ない女という印象しか残らなかった。

その後も妻がちょこちょこ彼を責めるので、彼もまた、

（本当に来ないようだ）

と、妙に残念な気持ちになり、また一方では申し訳なくも思ったが、妻の予想に反して数日後、

ジョンエはまた来ていたようだった。

　やがて新緑も深まり花が咲くころには、彼も二人に挟まれるようにして並んで町を歩くことも一度や二度なかったわけではないが、彼はやはり無心でいようと努めた。

　ジョンエは最初の印象と変わらず、どちらかといえば寡黙なタイプだった。朗らかな面は少しもないばかりか、体が悪いせいか時折妙に虚ろな顔をするので、それが彼に一種退廃的な愛着をわかせもしたが、しかし一皮むけば、そこには鮮やかな原色にも似たぞくぞくする何かがあるはずだと思わせた。彼のほうがわざと相手の存在を無視するときこそ、ジョンエの中にそういったものを見つけるのだったが、ともかく彼は、この明らかに罠と思しきものの近くへのこのこ近づくことを避けていたと今も自覚している。

　ある日妻は夕食を終えると、

「この日曜は映画を観に行きましょう」

と彼に言った。

　またもジョンエと一緒に出かけるつもりの妻に、

「何だっていつも一緒じゃなきゃならないんだ」

と彼が突き放すような態度を見せると、妻はこの日も不平たらたらの口調で、

「一緒にいたら何か体裁にでもかかわるんですか？　いいわ、二人で行くから」

とへそを曲げてしまった。そういうわけで妻はジョンエに葉書を出したようだったが、その日曜日、ジョンエはなぜか姿を見せなかった。

「どうしたのかしら？」

と待っている妻を、

「よかったよかった」

とからかいながら、彼もこの日は一日家で過ごした。

翌日彼が出社すると、見慣れない筆致の手紙が一通、他の手紙に混ざっていた。改めて見ても、やはり思い当たる節のない手紙だった。

彼はその手紙をあえて一番最後に開けたのだが、手紙は彼の漠然とした最初の予感どおり、ジョンエからのものに違いなかった。だが内容は大したものではなく、ちょっとした相談があるから会いたいという旨と、体調のせいで訪ねては行けないと前置きしたうえで、約束の時間と場所を知らせたしごくシンプルな手紙だった。

彼は初め、愉快な気持ちにはなれなかった。だが不快に思うにはあまりにすらすらと忌憚ない手紙だったため、かえって小難しく考える自分のほうが恥ずかしくなり、努めて落ち着こうとした。

この日家に帰ってからも彼は平然と、

「君の友人から手紙が来てたよ」

と手紙を置きながら、あたかも妻への手紙を渡すかのようにそっけない態度を取った。

妻は自分宛てのものでないと知ると、ちょっと不思議そうな顔で、

「何でしょう、病気の話かしら?」

と訝しげにしているのを、彼があえて、

「病気のことなら医者に訊くだろう」

と答えると、

「とにかく、何かあっての手紙でしょうから、いらしてみては」

と、妻はまたしても友人の肩を持った。

彼は内心、妻はまだ一人の女性としては幼すぎると感じ、またこんな幼い妻のまっすぐで純粋な気立てを自分もまたのうのうとこのまま受け入れてよいものかという問題はさておいて、ともかくその日、彼はジョンエに会いに行ったのだった。

彼が電車を降り、ジョンエの待つ本町《ポンジョン》通りの茶店に入ったのは、もう八時近い時刻だった。ジョンエは入り口近くの左側の席に座っていたためすぐに見つけられたが——こんなことは初めてだったからかもしれないがどことなく——手紙とは少し違っていた。ジョンエはやや戸惑ったように挨拶をして寄越した。

彼も黙ってそれに応えたが、いざ来てしまったからには相手がどんな態度に出ようと自分だけはなるべく忌憚なく接するべきだと思いながら、彼はまず体調を尋ねた後、妻もとても心配していることや、だが今日は一緒に来られなかったという話をつらつらと並べ立てた。

だがジョンエはといえば、どういうわけかそういった話には興味がなさそうに、ええ、ええ、と口先で答えるばかりで、これといった話を切り出すわけでもない。こうなると、どちらが会おうと言い出したのかわからなくなる。

しだいに彼の口数が減り、ほとんど冷え切ったティーカップに手を伸ばすころになって、

「出ましょうか」

と、いきなり彼女が言った。

彼はとっさに、

「はい」

と答えたが、本町通りの入り口を出ながらまたも首をひねった。だが、かといってどうしたものかもわからず、ただただぼんやりと彼女の後に付いて歩いた。

二人が南大門《ナムデムン》通りから府庁前の大通りへ入り、今度は光化門通りを見晴らしながら歩き始めたとき、彼はとうとう自分から、

「何かお話があったんですか？」

と尋ねるしかなかった。

ジョンエはしばらくためらっていたが、やがて、

「いえ、何も」

と比較的きっぱりと答えた。

二人はまた黙って歩き始めた。

彼は内心、やはりおかしな女だと思った。だがこういう場合に感じるおかしな女とは、明らかに尊敬に値しないにもかかわらず、この「おかしな女」は結局、彼に妙な好奇心を起こさせた。またこの好奇心により、これまで彼が胸に抱き続けてきたある邪魔くさい何かが取り払われたかのように、彼は続けて言った。

「話があると手紙を寄こしたんじゃ……」

と改めて促すと、

「嘘です」

と女は平然と答えた。こうなると次に尋ねるべきは「どうして嘘を？」という問いだが、彼には

なぜかそう訊くことがためらわれた。

光化門通りを過ぎてほとんど総督府の前まで来たころ、電車に乗るかという彼の問いに、ジョンエは歩いて帰ると答えた。孝子町に家を構える彼は、嘉会《カフェ》町へ帰るジョンエを前にしばしためらわずにいられなかった。ジョンエもそれに気づいたのか、

「私は山を通って帰りますが、差し支えなければご一緒しませんか」

と言う。やはり前日の手紙のように平凡な口調だ。

先ほどまでもそうだったが、彼は彼女のいかなる態度にもなるべく取り乱すまいと努めながら、

「それもいいですね」

と軽く答えた。

景福宮の長い塀を抜けて三清洞《サムチョンドン》に入り、嘉会町へ続く広い通りを歩く間も、二人は何を話すでもなかった。彼は時折、可笑しいほどに込み上げてくる感情を感じはしたものの、彼女のするがままにさせておくつもりだった。

道が変わり、嘉会町のあるほうへ曲がるころになって、

「もう一人で大丈夫です」

とジョンエが振り向いた。

彼もまたそれに応じるように足を止めたが、一瞬、妙にぎこちない空気を感じてそこへ佇んでいると、

「おかしなわがままを言ってすみません」

と、ジョンエはやや虚ろな口調で言った。

彼は黙っていようかと思ったが、こんな状況に「わがまま」とは、と考えれば考えるほど見上げた面白いことばだと思えて、

「どうしてそんなわがままを？」

とあえて尋ねた。すると、

「変ですか？」

とジョンエは訊き返す。

彼はあたかも、自分もジョンエにつられて率直になったかのように、

「はい」

と答えてみる。だが意外にもジョンエはこれに、

「ひどいわ」

と、ほとんどにらみ付けるように彼を見た。彼はこの曖昧模糊としたことばから、どうしたわけか今自分がジョンエからひどい人だと批難されているのだとすぐさま悟りながらも、思わずとっさに、

「そうでしょうか」

と受け流さずにはいられなかった。

今思い出しても、このときジョンエになじられたことは、やはり納得できない。

彼はこの晩、帰宅して寝床に入ってからも、ジョンエとのやりとりがなかなか頭を離れなかった。ともかくおかしな女だ。彼女のことばからすると、詰まるところ彼のせいでジョンエ自身が何らかの危害を受けてひどい目に遭うだろうということなのだ——ならばあらかじめ全てを知ったうえで、

何が嬉しくて墓穴を掘る必要があるだろう。どう考えても普通の考え方ではなさそうだし、たとえ冗談にしてもほどがある。

(次はどう出てくるか――)

彼はそう思ってから、こういうやり口の女なら遠からずまた何か言って寄こすはずだと予想した。だがその後、なぜかジョンエからは一切連絡がなかった。一週間が過ぎ、ひと月が経っても何の知らせもない。

彼は何となく気にならないわけでもなかったが、やはり事を見守るしかなかった。

一年が過ぎた。

その間夫婦は、ジョンエが結婚し、またも離婚したことを耳にしたが、その後は彼も妻もジョンエの話を持ち出さなかった。

そんな中たった一度、妻が亡くなる前のある雨の夜、妻はだしぬけに、

「ジョンエに会いませんでした?」

と訊いた。彼はこのとき、どういうわけかひどく心が重くなった。

これまで一度も訊いたことがなかったため、妻にとっては一番訊きたかったことなのかも知れず、またそんなふうにためらわれる質問を今になってすることがどこか不吉な兆しのようにも思われて、彼はあえて妻のほうへ近寄り、

「会うって、どこで?」

と訊き返し、

「会ってたら話してたさ」

と笑って見せた。

「いえね、通りすがりにでも会ってやしないかと……」

と妻も笑ったが、このとき彼は、何か妻にひどく申し訳ないような気持ちが先立ち、

「何を……どうしてそんな……」

とわけのわからないことを口ごもった。そう言ってから窓辺に寄り、煙草を出した。夜は漆を塗ったように黒く、雨はとめどなく降り続けている。時折響く、東病棟へ急ぐ看護婦たちの足音が、自分でも呆れるほど煩わしい夜だった。

彼が何と言おうと、妻はジョンエとの懐かしい記憶の数々をひとり言のようにぼそぼそと話しながら、

「でも、あの子にもいいところがあるのよ……また会うことがあったら、やさしくしてあげてくださいな」

と言うので、彼はとうとう怒ってしまった。


夕闇が迫るころ、彼は草むらから腰を上げた。

内地の老人が一人、孫ぐらいの子どもを先に立たせて、ひとりはしゃぎ回るぶちのむく犬をからかいながら遠ざかっていくのが見える。

彼は子どもの後ろ姿に、今ごろラジオ店の前かポストの前で祖母に遊んでもらっているだろう息子のヨンイを思い出しながら、歩を運び始めた。

だがこの日に限って、ヨンイはラジオ店の前にも、ポストの前にもいなかった。

彼が改めて父親らしい不安を抱きながら急ぎ足で家に入ると、意外にも母が、

「お客さんだよ」

と彼を迎えた。

その後ろから、ジョンエがヨンイを抱いて、

「こんばんは」

と挨拶する。

彼はしばらく呆気に取られたようにその光景を見ていたが、そばに立つ母もまた驚いているのだと気がつくと、

「こちらへおいででしたか。いついらしたんです？」

と挨拶を返した。

二人は母とヨンイを挟むようにして夕食を囲んだ。やがて夜も更けたが、ジョンエと母が妻の話をしただけで、彼は特段ことばを交わすこともなかった。

いよいよ母がヨンイを寝かせるために寝室に入ると、部屋の中はいっそう気まずい雰囲気になり、彼は何か話したいとも思ったが、どうにもことばが出なかった。

ジョンエもまた同じだったのか、ついに彼のほうが先に口火を切ることになった。

「昼間手紙を受け取ったのですが、急用ができてしまい申し訳なく思っています。引越し先はご存知なかったはずですが、どうやって？」

と尋ねると、ジョンエは、今になって妻の死を聞き及んで以前の家を訪れたと言い、

「こんなことって……どうしてこんなことに……」

と言うと、ソクジェの第一声を待っていたかのように話し始めた。痛々しげなジョンエの話はとめどなく続き、彼はこのとき、ジョンエが妻の死をたいそう悲しんでいるのだと思いながら、自分もことばを失い、

「まったくです」

とだけ言うと、

「今日もよしておこうかと思ったんですが……」

と言いながら、女は涙を浮かべた。

彼は何だか自分までも気がふさぎそうで、じっと押し黙っていた。

やがてジョンエは、亡き人が自分のことを言っていなかったかと尋ねた。言っていたと答えると、何かが無性に悔やまれるかのように、ジョンエはとうとう泣き出してしまった。声を上げるわけでもしゃくりあげるわけでもなく、膝を立てて座り、静かに泣いた。ジョンエの額を支える両手が目元を隠していたため、幸い彼は彼女の顔を思う存分眺めることができたのだが、彼はこれまで、これほどまでに溢れ出る涙を見たことがなかった。だが、顎や頬をぽろぽろ伝い落ちる涙にくらべ、指先一つ動かさない冷ややかな態度が、なぜか彼には知る由もない女の運命のように思えて、思わず顔を背けた。

果たして女の涙は、ひとえに友を失った悲しみだけではないようだった。

彼は、自分の心もしだいに陰っていくのを黙って感じているしかなかった。だが一方では、こうして座っている間も、彼がかつて抱いたことのなかった、彼女に対する言い表せない不満と批難の

感情をどうたとえてよいやらわからなかった。

次の瞬間、彼は何がどうなろうと、いずれにせよ妻のことで泣き始めた彼女にこのまま泣かれ続けるのはごめんだと思った。そうして考えた末に、

「あまり悲しまないでください……今となってはいたし方ないことです。それよりも、長らくお会いできませんでしたが、何をしていらしたのですか」

と言ってみた。すると果たして、この多少白けたことばの効果はてきめんで、

「田舎に行っておりました」

と答えるジョンエは、それまでのようにひどく泣いてはいなかった。

「それで田舎で何を……ソウルにはいついらしたので？」

と今度も彼が尋ねると、女は口元をゆがめて笑うばかりで押し黙っている。この瞬間彼は、自分の問いかけによくも笑って応えられるものとその心境がいやでたまらなかった。彼は今や奇妙な敵意を感じながら、

「この間のお話でも伺いたいものですが」

と持ちかけてみた。すると女は、

「ご存知のくせに……」

と相変わらずの態度だ。そのため彼は、彼女は落ちるところまで落ちた女なのだと思い、またその思いがむしろこの女に対して彼を寛容でいさせようともした。だがどういうわけか、何にもまして不快な感情が先に立ち、思わず、

「私とはかけ離れた世界の話ですから……」

と言って、くすりと笑ってしまった。

それもそのはず、ジョンエはずいぶん様変わりしていた。何より肌は青白いと言えるほど白くなり、性格もずいぶん変わったようで、以前のように寡黙な印象を与えなかった。その代わり、以前にくらべてすっかり品がなく、重みもないように見えた。

しばらくことばを失ったまま座っていたが、次の瞬間、偶然ジョンエと目を合わせた彼は驚かずにいられなかった。

女は両手を膝にのせたまま、落ち窪んだ精気のない目で向かいの壁を見つめていたのだが、女の癖とも言えるこの虚ろな表情が、仮に以前はある種生意気で高飛車なものだったとすれば、今のそれはまったく違う、どこか凄惨なものだった。

間もなくジョンエは、

「そろそろおいとまします」

と立ち上がったが、彼はやはりことばを失ったまま座っていた。だがほどなく、寝室に赴いて母に挨拶し、眠っているヨンイの顔をのぞくときのジョンエの顔は、彼が首をひねるほどにさきほどのものとは一転して、朗らかにさえ見えた。

彼はまたも不快になった。少しも心のこもらない、単に軽薄で気ままな性格の現れくらいに思えて、ある種の憎悪に近い感情がわかなくもなかったが、それにしても一向に消え去らないのは、さきほどの解せない顔だった。——何かを後悔している顔ならもう少し卑しくあってしかるべきだし、そうでないのであればはるかに向こう見ずであってしかるべきだ。

（後悔のない顔——冷ややかな澄んだ目で事を為し、その目をもって明日から逃げない顔……）

だがそれなら、もう少し純粋に絶望すべきだと思われた。

彼は依然考えをまとめられないまま、停留所までジョンエの後を付いてきた。

だが以前のように故意に彼女に導かれたわけでもなく、むしろジョンエは何度か遠慮して見せたが、それにすげなくあたる気にもならず、ひとえにはるばる訪ねてきた客をもてなすように——もしも女が前回のように山を通って帰ると言うのなら半ば送ってやるつもりで、そのまま景武台の前の道を歩き出した。

徐々に道が寂しくなるにつれ、ジョンエの口数は部屋にいたときよりも増えていった。時には忌憚ない態度で過去について話し、時にはずいぶん気軽に自分の考えを打ち明けた。それはまるで亡き妻が生前、自分に対して取っていたまっすぐで単純な態度のようでもあり、彼はむしろ嫌な気分になった。

だがやがて、ジョンエは口にするのが憚られるようなことまで遠慮なく話し始めた。

「恋多き女は本当のところ、一度も恋をしたことのない女なのかも知れませんわ」

と言うかと思えば、

「自分にとって唯一の人を失うのは大きな弱みです」

と突拍子もないことをつぶやいたりと、まるで別人のようだった。

彼が聞くに堪えかねて、

「そうかといってたくさんの恋をする必要がありますか？」

と訊くと、女はいっそう打ちひしがれたような態度で、

「寂しいからですわ……愛があれば百年でも千年でも待てるというけれど、それには誇りが必要で

す。でも誇りはおろか、むしろ蔑みを感じるようなとき……」

と言ったきりしばらく黙っていたが、にわかに、

「我慢は誇れるものがある人のすること。誇れるものがない人は孤独で寂しい、そしてその寂しさを耐え抜く力もない……つまりさっき言った弱みというのは、女にとっては運命のように恐ろしいものなのです」

と独り言のようにささやきもした。

彼は「寂しいからですわ……」と言う女の声に、不思議にもある種の憐れみの情を感じながら、それでも黙っていると、

「心底人を好きになると、その気持ちはコントロールが利かなくて、とにかく会いたいという一心ですもの……これに逆らおうとすれば、自分を傷つけるしか方法はないんです……」

と、ジョンエは同じ調子で続けた。

彼はこれほどまでに大胆な女の話に衝撃を受けたとか、反対に何か感じ入ったりというよりも、西洋の女性にありがちだとされる舞踏病のように、この女にも何か告白病とでもいうものがあるのではないかとむしろ不審に思うほどだったが、やはり一方ではいつか「仮に誰かを好きになる場合でも無難な男より難しい男を選ぶ性格なのよ」と言っていた妻のことばを思い出し、一少女の恐れ知らずの欲望がそれよりもずっと獰猛な現実に破れた、その廃墟を見ているようで嫌な気がした。

どれほど歩いたのか、道が三筋に分かれたところまで来ると、

「こっちの道から電車に乗ります」

というジョンエのことばに、彼はやっと顔を上げた。だが、意外にもおびただしい涙に濡れた女

の顔に、彼はまたも驚かずにいられなかった。

到底予想できなかった。彼には、女が最初から泣きながら話していたなどとはどうしても信じがたかった。彼は女というものが改めてわからなくなった一方で、なぜか心がずしりと重たくなるのを感じた。

二人ともがことばを失ったまま、景福宮の長い塀伝いに半分ほど下ってきたときだ。

ジョンエが再び口を開いた。

「人生というものはどんな不届き者にとっても、やはり大切で尊いもののようです。どんなに過酷な運命でも、すっかり取り上げてしまうことはできないみたい。死ぬ前に、一度だけ会いたいと思っていました。お会いして、誰よりも不埒で不届き者の私の話を、ただ一人の方の前でしたかったんです」

と、やはり先ほどと変わらない口調でつぶやいた。

彼はうなだれたまま、心の内で、今もジョンエは泣きながら話しているものと思った。これ以上は自分を抑えられそうになかった。すぐにでも手を取って思う存分語り尽くしたいという不思議な衝動に一瞬駆られはしたものの、やはりことばには表さなかった。

彼はついに、

「もうよしましょう……不届き者は私です。あなたの言うとおり、私は唯一の人でしょう。それから、あなたは不埒でも何でもありませんよ」

と、自分でも何かわからないことをつぶやいた。そしてやっと、初めて女の顔を正面から見つめた。

だが女は、彼のことばを少しも信じていなかった。信じていないことを、彼は彼女の絶望する顔に見た。

道が終わりに近付いたころ、二人は同じように、

「ではまた」

「それではまた」

と別れの挨拶を交わしたのだが、電車が発つころになって、彼はなぜか二度とジョンエに会えない気がした。

彼は思わず小走りになって数歩前へ駆け出しながら、大きな声で彼女を呼んだ。だがすでに、ジョンエには知る由もなかった。

ついに彼は来た道を取って返し始めたが、果たしてまったく退屈な道だった。この日すでに三度目となるその道は、そのふてぶてしさといったらいやらしいこと極まりなかった。

彼がいまだ耐えがたい腹立ちを抱いたまま石段を半分ほど上ってきたときだ。ついに彼は心の中で、

(ジョンエは本人の言うとおり性悪なのかもしれない。だが下劣ではない。あまたの女たちがめいっぱいの卑屈さでやっと性悪を免れるのなら、女とは永遠に美しくなりえないということだろうか?)

とつぶやいた。

だが次の瞬間、目の前にはどんな下劣な女よりも卑屈な何かが、冷ややかな秋風とともに、彼の顔に潮水のように吹き付けた。

解説

植民地朝鮮と〈一九四〇年〉

その精神史的プリズム

渡辺直紀

本書は一九四〇年前後に植民地朝鮮で朝鮮語で執筆・発表された中篇・短篇小説を中心に翻訳し収録している。通常、文学作品の主題や作風と時代性との関係は、作家の人生遍歴、彼／彼女の思想の一貫性や断絶などを参照しながら論じられる。しかし本書のように、作風も思想も異なる作家が、同じ時期に発表した作品を並べてみるのもおもしろい。結果、図らずも、その当時の時代精神とでもいうものが浮き彫りにされるからである。これらの作品が発表された一九四〇年前後の植民地朝鮮では、すでに日中戦争のさなか、朝鮮からも「北支」に作家慰問団などが派遣された。また真珠湾攻撃はその直後のことで、このあたりから「創氏改名」（日本式の氏を名乗る）や「国語常用」（公共場所での日本語使用）なども深刻化してくる。しかし、文学作品は、そのような時代背景を濃厚に反映しはするものの、歴史や時代そのものではない。そのような困難な状況のもとでも、さまざまな人間の自我表出が、思想生活の営みがあったことを知らせてくれることは、本書に収録された作品を見ても明らかである。――以下、作品の内容や背景について収録順に説明したい。

李箱の短篇**「失花」**（『文章』一九三九・三）はモダニズム作家・李箱の遺稿として死後に発表されたものである。作家は一九三七年四月に東京帝大病院で世を去った。肺結核であったといわれる。自身、すでに作家として世に知られていたが、渡日して東京で何らかの勉強を始めようとしていた。しかしそれも思うようにいかず、そのうち東京・神田で挙動不審で警察につかまるが病気が発症し、保釈されて入院先で息をひきとった。この作品には、いわば作者のそのころの心情、東京に渡る経緯、あるいは渡った後の彷徨などが垣間見られる。しかし作品は相変わらず難解だ。登場人物のセリフも、また彼らが選択する行動もすべては任意に、あるいは気まぐれで選ばれたもののように読め、脈絡や理由などというものが見当たらない。会話と心内語の関係も不明である。唯一、把握できるのは、朝鮮にいた時期の、箱、妍、Sの三角関係であろうか。妍はSの女だったが、その後、箱と付き合っている。箱は毎日のように妍に暴力を働くが、妍の平然とした応答は被害者のそれに見えない。そして箱は彼らを朝鮮に残して東京にやってくる。その理由もよくわからない。鬱々とした日常や人間関係から脱却したかったのかもしれないが、東京に来ても箱は相変わらず鬱々としている。

　ここで思い出されるのは同じ李箱の短篇「つばさ」（一九三六・九）である。人物の設定やセリフの意味不明さ、ストーリーの前後の脈絡のなさなどはみな「失花」と共通している。「つばさ」では登場人物の男は女と同居しているが、隣室で客を取っていると思われる女の行動には一切介入せず、ただ彼女がいないときに鏡台の化粧品の匂いを嗅いだり、また彼女がときおり彼の陰鬱とした部屋に入ってきて、彼の枕元に落としていく銅貨の落ちる音の清涼感に酔いしれるだけである。しかし男はある日思い立って部屋を出て街を彷徨し、最後、京城三越の屋上から飛翔をこころみる。脇がもぞもぞするので見てみたらつばさが生えてくる。「飛ぼう、飛ぼう、飛んでみよう、もう一度、飛んでみようじゃないか」という最後の言葉は、希望なのか、絶望なのか。この男の欲望は、寝取られ男の倒錯したそれとも指摘される。そう解釈してはじめて、生きる意志が確認されるということだろう。「つばさ」における京城三越での飛翔の試みが、そのような生の行きつく果てだったとしたら、「失花」でそれにあたるのは、主人公・箱の東京行きであろうか。しかし、解釈のてがかりとして私たちに残されているのは、その後、作者が帝都・東京で結核死したという伝記的事実しかない。その死にいたる過程を、私たちは、李箱が作品の随所に残している、互いに関連のない事物の衝突の痕跡を読み取ることしか許されていないのである。

李孝石の短篇**「ハルビン」**（『文章』一九四〇・一〇）は、作家が妻の死後、失意の中で渡った満洲・中国への旅行後に発表した作品である。李孝石といえば、短篇「そばの花咲く頃」（一九三六・一〇）で、牧歌的な自然と、そのなかで生きる人々の哀歓を描いた作家として記憶されるが、この「ハルビン」に見られるように、彼はこのような、絢爛たる都市生活や街並みを描くことも得意だった。この作品の中で主人公の朝鮮人男性は、キタイスカヤ通りのキャバレー「ファンタジア」で働くショーガールのユーラと知り合い、二人でハルビン市内を散策する。そこで男は、変わりゆくものへの哀惜を吐露しながら、自らが次第に虚無的になっていくのを感じる。しかし、そのような内面とは対照的に華やかなのは、ユーラがホールで踊るときに身に着ける真っ赤なドレスであり、二人が入った、松花江（ロシア名「スンガリ」）のほとりのヨット倶楽部のパーラーで開かれる、楽団のコンサートの様子である。対岸の太陽島を見やって音楽に興じながら言葉をかわす二人が、いったい何語でやりとりしているのか、という読者の詮索をよそに、男は、このパーラーでボーイとして働きながら、ソ連に帰るための資金を貯めているというステファンが、実はユーラの父親ではないかと勘繰りはじめる。しかし、ユーラはただ「この川を見ていると、死にたくなるの」と男につぶやく。川はユーラの故国に通じているにもかかわらず、である。そのユーラの虚ろな言葉と表情に、男は何かを応答することもないまま、作品は幕をおろす。

この「ハルビン」に出てくるユーラやステファンを見て思い出すのは、「そばの花咲く頃」のトンイや許生員である。彼らもともにその地で生きることの哀歓を主人公に語る。そして作家は、主人公と、その地に生きるこれらの人々との間に、そのような言葉をやりとりすること以上の関係の深化を設定しない。つまり、主人公はつねに人々に対して観照的なのである。朝鮮の片田舎、江原道《カンウォンド》・平昌《ピョンチャン》の、月明かりを受けて「塩をまいたように」輝く、そばの花がひろがる光景と、「満洲国」ハルビンの華やかなキタイスカヤ通りの喧騒は、ともに、主人公のそのような観照を支える風景だったのかもしれない。

蔡萬植の中篇**「冷凍魚」**（『人文評論』一九四〇・四～五）は、雑誌社に勤めながら、生活のために小説を書く自らの日常に日々忸怩《じくじ》たる思いでいる朝鮮人男性・文大永と、みずからの人生を変えるために日本から朝鮮の京城にやってきた日本人女性・原澄子の、愛の逃避行が未遂に終わるまでの経緯を扱った作品である。蔡萬植といえば、短篇「レディメイド人生」（一九三四・五～七）や中篇「太平天下」（一九三八・一～九）、長篇『濁流』（一九三七・一〇～一九三八・五）、また自伝的短篇「民族の罪人」（一九四八・一〇、一九四九・一）で社会風刺の精神と自省的な主人公を扱った作品で有名である。だが「冷凍魚」でアイロニー的な状況は主人公の文大永に訪れる。事情があって日本での生活を清算して京城で暮らすことになった澄子と、ある人の紹介で知り合うことになった大永は、京城の街を案内しながら、なぜ澄子が京城までやってきたのか、おおよそのことをはかり知ることになる。大永には生まれたばかりで名前もついていない娘がいたが、彼は出産に立ち会わないどころか、その前後にも仕事と称して澄子との密会にうつつを抜かす。みずからの作家として、編集者としての生活に対する不満や、家庭生活の退屈さ、澄子に対して募る好奇心が相俟って、二人はついに愛の逃避行で東京に向かうことを決意する。しかし、大永は澄子との待ち合わせの時間に京城駅にわざと行かない。逃避行を決めた瞬間、無責任なことにも意欲を喪失してしまったからである。彼女もさぞ残念がっているだろうと思いながら、妙な優越感にも似た気分に浸っている大永のもとに澄子のメモが届く。それによると、彼女もはやる気持ちを抑えながら、それでも時間より前に京城駅に着いたが、その途端、今後、大永との間に繰り広げられる破滅的な生活が浮かんできて、たまらず、日本へと向かう汽車ではなく、その前に駅に来た、大陸へと向かう汽車に飛び乗ってしまったのだった。

　過去からの経緯で現在を生きる男と、絶えず未来を見ながら現在を生きる女との見事なすれ違いだが、大永は植民地の男、澄子は宗主国日本の女である。作中で、大永は澄子に対して無関心を装いながら、かなり執拗に澄子の挙動にまなざしを向ける。その大永に澄子が惹かれていく展開に必然性はないが、それもこれも最後の瞬間に澄子が大永のもとを去る、という破局の前提だったとすれば、それなりに首肯できるかもしれない。最後に大永が生まれたばかりの娘の名前に、澄子の澄の字を一字借りて付ける。その真意をさぐること自体にあまり意味はないが、この期に及んで破局を糊塗しようとする、破滅指向の男性のなせる業とでも言えようか。作家はそのような男の行く末を凝視しようとしたのだろうか。

　金南天の短篇**「経営」**（『文章』一九四〇・一〇）は、同じ作家の短篇「麦」（『春秋』一九四一・二）および長篇『浪費』（『人文評論』一九四〇・二〜一九四一・二、未完）と並んで、作家の転向連作三部作の最初の作品である。タイトルが異なるので「三部作」と通称するが、実際には登場人物や話の筋などは同一の続き物なので、合わせて一作品と考えても支障はない。「転向」を扱うだけに、金南天にももちろんプロレタリア文学の作家・評論家として活動した時期があった。三〇年代前半の各種創作論争に加わっていた時期に、ストライキ指導に加担したかどで投獄された経験もある彼は、同じ時期に戯曲「ストライキ調停案」や小説「工場新聞」「工友会」などを書いている。またプロ文学解体期の三〇年代末に、短篇「兄妹」「少年行」「姉の事件」などで子供の視点から近親者の人生の悲哀を描写したり、長篇『大河』（一九三九）で朝鮮の開化期の家族史年代記小説を執筆するなど、多様な創作意欲を見せたのも印象的である。彼の転向三部作は、このような数々の創作をこなしていた時期に、「転向」の問題を知識人の自己批判の問題としてよりも、思想の問題として取り組んだ野心作として注目された。

本書で訳出された短篇「経営」は、「思想犯」呉時亨と彼の出所を待つ婚約者の崔武卿のやりとりが中心となる。本の差入れで経済方面のものはすべて不許可であるとか、獄中での愛読書が岩波文庫の『ソクラテスの弁明／クリトン』（プラトン）であったとか、出所する呉を刑務所の前で待つ武卿に、本当に身元引受人の資格があるか、刑事が職務質問してくるところなどは、作者・金南天の実際の経験が反映されたものだろう。出所してきた呉は武卿の差入れのおかげで学び発展させた自らの思想を、武卿に説明する。いわく、東洋と西洋を分けた二分法的な思考を脱却して、それを止揚した一元的な歴史観を確立すべきであり、そのために東洋学はあらためて再編されるべきであると。武卿は母親と二人暮らしで、アパートの事務員をしながら生計を立て、獄中の呉に対する差入れを欠かすこともなく甲斐甲斐しく彼を支えてきた。武卿は基本的に呉が主張することにこれまで何か言い返したことはなかったが、地方の有力者である呉の父親が、呉が出てくるや否や上京してきて、彼に帰郷を勧めるあたりで、自分たち二人の前途に暗雲が垂れ込めるのを感じる。また武卿が呉を支えてきた間、娘だけを見て暮らしてきた自分の母親にも、実は第二の人生を考える人がいて、武卿は自分が負担になって次の段階に踏み切れない母親に対しても申し訳なさを感じる。そんななか呉時亨は父親の勧めの通りに、故郷である平壌に戻っていくのだった。

続編の短篇「麦」で、呉時亨は案の定、公判の過程で「転向」し、また自らの出所を待っていてくれた婚約者の崔武卿を裏切り、父親が選んだ有力者の娘と婚約してしまう。そんななか武卿が事務員をつとめるアパートに、京城帝大の講師採用に失敗した李観亨が移り住んでくる。そして、ちょうどこの作品の発表月に連載を中断した長篇『浪費』で、その李観亨の失敗の経緯が、単なる資質の問題ではなく、思想の問題として語られ、それに対して武卿が応答したりする場面が展開される。李観亨も呉時亨と同じく、東洋と西洋という対立の止揚を語る。そして個人的なものの解消と社会的なものへの回収を語るのである。李はこのような持論が社会主義のようなものとみなされ、講師採用に落ちたのだと思い込んでいる。しかし、武卿は、呉のときとはちがって李に対しては積極的に回答を控える形で逆にそれに応答しようとする。李観亨の思想の内容は作品の全編を通じて提示されるが、その続きは、作品の連載が中断され未完となったため、完結したものが読者に提示されることはなかった。しかし三つの作品は総体として、いわゆる当時、日本の知識人の間でも議論された「近代の超克」の問題に、植民地知識人の立場から応答したものとして読み込むことができるのである。

李無影の短篇**「土の奴隷」**（『人文評論』一九四〇・四）は、副題にもあるように、同じ作家の前作「第1課第1章」（『人文評論』一九三九・一〇）の続編である。ステクは農民の息子だが、農村の生活が嫌で勉学に励み、大学を出て小説家・記者として働く。だが、その都市生活に対しても懐疑が生じ、帰農して田舎で暮らしながら、農村の問題を主題にした小説を書こうとしている。家族をはじめ村人らと困難な農作業をともに行いながら、小説の取材も続けているうちに、昔は軽蔑していた父親に対する感情が敬意のようなものに変わっていく、というのが、二作品に共通した筋である。

最初の「第1課第1章」の方では、家に米泥棒が入り、ステクがその泥棒を捕まえるが、父親は泥棒の事情を推し量り、いくばくかの米を与えてその泥棒を放免してやる。最初は驚くステクだが、農村には共同体として守るべきルールが別にあることを悟り、自らの軽率を恥じて反省する。後作の「土の奴隷」の方では、すでに他人の土地になり、ただの紙切れになってしまった証書を夜ごと見つめてため息をつく父親の姿を見ながら、ステクが自らの小説の稿料などを合わせてその土地を買い戻し、父親のために取り戻そうとする。病に伏すことがあっても、鋤の入れ方ひとつにもこだわりがあり、その他の土地の手入れの方法に対しても、土地への愛着から自然と細かな指示ができる父は、ステクから見れば「土の奴隷」である。しかし、息子ステクの土地奪還計画を知った父は、あろうことか、みずからに対する不甲斐なさと、息子に迷惑をかけたくないという気持ちから、ある日、農薬を飲んで自殺してしまう。しかし、にもかかわらずステクは、みずからの手で土地を取り戻そうと決意する。

日本留学時は小説家・加藤武雄の家に起居しながら、農村小説の創作を学んだという李無影だが、一九三九年に勤めていた東亜日報社を辞めるとソウルを離れて農村に蟄居した。そのときの経験が、これらの小説にも反映されていると思われるが、四二年九月に朝鮮文人協会の常任理事への就任をきっかけに、戦意高揚や銃後の農村文学を意識しだす。その結果『青瓦の家』（一九四三）や『情熱の書』（一九四四）のような日本語で執筆した農村小説集も刊行した。「青瓦の家」の方は第四回朝鮮芸術賞を受賞する。当時、日本語創作に対して与えられた賞で、第一回受賞作が李光洙の中篇「無明」であったといういわくつきのものだが、李無影は受賞をめぐる渦中にあっても、農村小説の妙味は、その地方の方言を使った農民たちの情のこもった会話だが、自分が母語でない日本語でそれをやるのはとても難しい、といささかナイーブな発言をしている。いわゆるプロレタリア農民文学とは生涯距離をおいて農村の問題に取り組んだ作家・李無影だが、そのような彼に課された時代の使命は、きわめて過酷なものであったといえよう。

池河蓮の短篇**「秋」**（『朝光』一九四一・一一）は、亡き妻の親友ジョンエと、彼女との距離の置き方に戸惑うソクジェの関係をめぐる物語である。妻は生前にも友人のジョンエを夫に紹介しながら、さらに親しく付き合うように勧めるが、妻と違って快活な性格のジョンエの雰囲気を察するソクジェはそれを警戒する。死んだ妻の葬儀などもあってしばらく連絡を絶っていた後、突然、ソクジェの前にあらわれたジョンエは、すでに結婚と離婚を経ていたが、以前にもましてソクジェを不快な気持ちにさせる存在だった。作品の後半は、その「変な女」ジョンエの告白が続くが、恋多き女の淋しさや親友を失った悲しみを語る、ジョンエのその告白を通じて、変なのは彼女自身ではなく、彼女をとりまく世の中の視線であり、ソクジェの不快感自体もそこから来ていることが暗示される。

この作品が小説として少し入り組んだ構造をしているのは、いわゆる男性の偏見や先入観を中心に描いている作家の池河蓮が女性であるという点である。つまり、男性話者の視線を通じて、女性を拘束する様々な社会的な障壁を指摘するのがこの作品なのだが、なぜ女性の視点で書けなかったのか少し解せなくもある。一説には、池河蓮は、当時、同様に女流作家の先輩として文壇で活躍していた作家の崔貞熙に恋心を抱いていて、ラブレターのようなものも送っていたという。池河蓮の夫は、かの有名な朝鮮プロレタリア文学の詩人・評論家の林和であった。池河蓮・崔貞熙・林和の三角関係ならぬ三者の関係をめぐる私小説として、この作品を読むならば、もう少し異なる視点が得られるかもしれない。しかし、これは文学史的に有名な事実だが、解放後、夫・林和の北朝鮮行きに妻の池河蓮も同行するものの、一九五三年八月に林和が粛清されると、池河蓮は気がふれてしまって、彼女も中朝国境の山中で悲惨な最期を遂げたという。池河蓮と林和をめぐる、あまりにも位相を異にする韓国・朝鮮文学史のこれら二つのエピソードは、きちんと解読されるまでもう少し時間がかかりそうだ。

渡辺直紀（わたなべ・なおき）
武蔵大学人文学部教授（韓国・朝鮮文学）
一九六五年生まれ。慶応大卒。出版社勤務などを経て渡韓、東国大院卒（文学博士）。高麗大教員を経て二〇〇五年より現職。この間、カリフォルニア大サンディエゴ校客員研究員、高麗大招聘教授など歴任。主著に『林和文学批評——植民地朝鮮のプロレタリア文学と植民地的主体』（韓国・ソミョン出版、二〇一八）、編著に『戦争する臣民、植民地の国民文化——植民地末朝鮮の言説と表象』（韓国・ソミョン出版、二〇一〇）、訳書に『闘争の詩学——民主化運動の中の韓国文学』（金明仁著、藤原書店、二〇一四）、『植民地の腹話術師たち——朝鮮の近代小説を読む』（金哲著、平凡社、二〇一七）など。

文学史年表

	韓国（朝鮮）文学	日本文学	韓国（朝鮮）と日本のおもな出来事
一九〇六	「血の涙」（李人植　イ・インジク）	「破戒」（島崎藤村） 「坊ちゃん」（夏目漱石）	南満州鉄道株式会社設立
一九〇七		「婦系図」（泉鏡花） 「蒲団」（田山花袋）	第3次日韓協約
一九〇八	「海から少年へ」（崔南善　チェ・ナムソン、新体詩） 『禽獣会議録』（安國善　アン・グクソン）	「三四郎」（夏目漱石）	日米紳士協定締結
一九〇九		「キタ・セクスアリス」（森鷗外）	伊藤博文暗殺
一九一〇	『自由鐘』（李海朝　イ・ヘジョ）	「網走まで」（志賀直哉） 「刺青」（谷崎潤一郎）	日韓併合、朝鮮総督府設置
一九一二	『秋月色』（崔昌植　チェ・チャンシク）		大正天皇即位、中華民国設立
一九一三	『長恨夢』（趙重桓　チョ・ジュンファン）	「銀の匙」（中勘助） 「夜叉ケ池」（泉鏡花）	岡倉天心死去
一九一四		「こころ」（夏目漱石）	シーメンス事件
一九一五		「羅生門」（芥川龍之介）	中華民国に文学革命始まる。
一九一六		「高瀬舟」（森鷗外） 「明暗」（夏目漱石）	袁世凱、夏目漱石死去

一九一七	『無情』(李光洙　イ・グァンス)		
一九一八	**「瓊姫」(羅蕙錫　ナ・ヘソク)**	「田園の憂鬱」(佐藤春夫) 「蜘蛛の糸」(芥川龍之介)	シベリア出兵、米騒動
一九一九	「創造」(金東仁　キム・ドンインら、初の文芸同人誌) 「天痴?　天才?」(田栄沢　チョン・ヨンテク)	「恩讐の彼方に」(菊池寛) 「或る女」(有島武郎)	三・一独立運動
一九二〇		「杜子春」(芥川龍之介)	
一九二一	「標本室のアマガエル」(廉想渉　ヨム・サンソプ) 「貧妻」(玄鎮健　ヒョン・ジンゴン)	「暗夜行路」(志賀直哉)	日英同盟破棄
一九二二			森鷗外死去
一九二三		「幽閉(山椒魚)」(井伏鱒二)	関東大震災
一九二四	『万歳前』(廉想渉　ヨム・サンソプ) 「運のいい日」(玄鎮健　ヒョン・ジンゴン)	「注文の多い料理店」(宮澤賢治)	黒田清輝死去
一九二五	『つつじの花』(金素月　キム・ソウォル) 「甘藷」(金東仁　キム・ドンイン) 「水車」「唖の三龍」(ナ・ドヒャン) **「猟犬」(朴英熙　パク・ヨンヒ)** **「人力車夫」(朱輝燮　チュ・ヨソプ)** 「脱出記」**「朴トルの死」(崔曙海　チェ・ソヘ)** **「B舎監とラブレター」(玄鎮健　ヒョン・ジンゴン)**	「檸檬」(梶井基次郎)	治安維持法、普通選挙法施行 孫文死去 昭和天皇即位

一九二六		「伊豆の踊子」（川端康成）	
一九二七	「郷愁」（鄭芝溶　チョン・ジョン） 「紅焔」（崔曙海　チェ・ソヘ） **「南忠緒」（廉相渉　ヨム・サンソプ）**	「或る阿呆の一生」（芥川龍之介）	金融恐慌 芥川龍之介自殺
一九二八	「都市と幽霊」（李孝石　イ・ヒョソク）	「蓼食う虫」（谷崎潤一郎）	張作霖爆死事件
一九二九	「過渡期」（韓雪野　ハン・ソリャ） **「K博士の研究」（金東仁　キム・ドンイン）** **「五月の求職者」（兪鎮午　ユ・ジノ）**	「太陽のない街」（徳永直） 「蟹工船」（小林多喜二） 「夜明け前」（島崎藤村）	
一九三一	『三代』（廉想渉　ヨム・サンソプ）		満州事変起る
一九三二	『土』（李光洙　イ・グァンス　～三三） 『白花』**「下水道工事」（朴花城　パク・ファソン）** **「オリオンと林檎」（李孝石　イ・ヒョソク）**		上海事変 リットン調査団来日 五・一五事件
一九三三	**「山あいの旅人」（金裕貞　キム・ユジョン）** **「鼠火」（李箕永　イ・ギョン）** 「水」（金南天　キム・ナムチョン）	「銀河鉄道の夜」（宮澤賢治） 「春琴抄」（谷崎潤一郎）	国際連盟脱退
一九三四	「小説家仇甫氏の一日」（朴泰遠　パク・テウォン） 『故郷』（李箕永　イ・ギョン） 「洪水前後」（朴花城　パク・ファソン） 『三曲線』（張赫宙　チャン・ヒョクチュ　～三五）	「よだかの星」（宮澤賢治）	満州国帝政実施 ワシントン・ロンドン条約破棄

	「模範耕作生」（朴栄濬　パク・ヨンジュン） 「レディメイド人生」（蔡萬植　チェ・マンシク） 「鳥瞰図」（李箱　イ・サン、詩）		
一九三五	「客間のお客と母」（朱輝燮　チュ・ヨソプ） 『常緑樹』（沈熏　シム・フン） 「金講師とT教授」（兪鎮午　ユ・ジノ） 「白痴アダダ」（桂鎔黙　ケ・ヨンムク）	「故旧忘れ得べき」（高見順） 「道化の華」（太宰治） 「雪国」（川端康成） 「蒼氓」（石川達三）	湯川秀樹中間子理論
一九三六	「つばさ」（李箱　イ・サン） 『川辺の風景』（朴泰遠　パク・テウォン　～三七） 「そばの花咲く頃」（李孝石　イ・ヒョソク） 「椿の花」（金裕貞　キム・ユジョン） 「巫女図」（金東里　キム・ドンニ） 「雨の降る日」（チェ・ミョンイク） **「芳蘭亭主人」（朴泰遠　パク・テウォン）**		二・二六事件
一九三七	『濁流』（蔡萬植　チェ・マンシク　～三八） 「故郷」「私とナターシャと白いロバ」（白石　ペク・ソク）	「濹東綺譚」（永井荷風）	盧溝橋事件。日華事変始まる。 日独伊防共協定
一九三八	**「石亀」（玄徳　ヒョン・ドク）** **「浿江冷」（李泰俊　イ・テジュン）** **「太平天下」（蔡萬植　チェ・マンシク）**		国家騒動員法発令
一九三九	「長寿山」（鄭芝溶　チョン・ジヨン） 「無明」（李光洙　イ・グァンス） 「心紋」（崔明翊　チェ・ミョンイク）	「富嶽百景」（太宰治）	ノモンハン事件

一九四〇	「泥濘」（韓雪野　ハン・ソリャ） 『大河』（金南天　キム・ナムチョン） **「失花」（李箱　イ・サン）** 「第1課第1章」（李無影　イ・ムヨン） 「花粉」（李孝石　イ・ヒョソク） 「夜道」（李泰俊　イ・テジュン） 「決別」（池河蓮　チ・ハリョン） 『塔』（韓雪野　ハン・ソリャ　〜四一） **「経営」（金南天　キム・ナムチョン）** **「土の奴隷」（李無影　イ・ムヨン）** **「ハルビン」（李孝石　イ・ヒョソク）** **「冷凍魚」（蔡萬植　チェ・マンシク）**	「夫婦善哉」（織田作之助） 「走れメロス」（太宰治）	日独伊三国軍事同盟
一九四一	「序詞」（尹東柱　ユン・ドンジュ） 『春』（イ・ギョン） 「麦」（金南天　キム・ナムチョン） 「習作室で」（許浚　ホ・ジュン） 『大同江』（韓雪野　ハン・ソリャ　〜四二） 『大首陽』（金東仁　キム・ドンイン） **「秋」（池河蓮　チ・ハリョン）**	「青果の市」（芝木好子）	日ソ不可侵条約 真珠湾攻撃、太平洋戦争始まる。
一九四二	「青瓦の家」（李無影　イ・ムヨン　〜四三） 『美しき夜明け』（蔡萬植　チェ・マンシク）	「古潭」（中島敦）	ミッドウェー海戦

一九四三	『北原』（安寿吉　アン・スギル） 『石橋』（李泰俊　イ・テジュン）	「細雪」（谷崎潤一郎）	
一九四四	「女人戦記」（蔡萬植　チェ・マンシク） 「情熱の書」（李無影　イ・ムヨン）		米軍、サイパン上陸
一九四五			原爆、広島、長崎に投下 太平洋戦争終結

著者プロフィール

李箱（イ・サン）

一九一〇―一九三七　京城生まれの詩人、小説家。本名、金海卿（キム・ヘギョン）。京城高等工業学校を卒業し、朝鮮総督府建築課で技手として働くかたわら、三〇年に発表した長編小説『十二月十二日』で作家活動を開始した。三三年に朝鮮総督府を辞職して喫茶店の経営を始め、妓生の錦紅（クモン）と同居生活を送る。三四年には文学同人「九人会」に参加し、『朝鮮中央日報』に詩「鳥瞰図」を連載するが、難解だとの抗議を受けて打ち切られた。三六年、「朝光」誌に掲載された短編小説「つばさ」が一躍脚光を浴び、モダニズム作家としての地位を確立。同年、東京に渡る。三七年に思想犯として日本の警察に逮捕され、持病の肺結核が悪化して保釈された後、同年四月十七日に死去。東京で書かれた「失花」は、死後に遺稿として発表された。このほか代表作に「蜘蛛、豚に会う」「逢別記」などがある。

李孝石（イ・ヒョソク）

一九〇七―一九四二　江原道平昌郡珍富面（カンウォンド・ピョンチャングン・チンブミョン）に生まれる。号は可山（カサン）。京城第一高等普通学校を経て、一九三〇年京城帝国大学法学部英文学科を卒業。一九三一年日本の恩師の口利きで朝鮮総督府警務局検閲係に一時就職するも、良心の呵責と周囲の非難により一カ月足らずで退職する。その後は妻の実家のある、咸鏡北道鏡城（ハムギョンブクド・キョンソン）に移り鏡城農業学校で英語教師、後に平壌の崇実（スンシル）専門学校教授として赴任する。教員をしながら文筆活動を行っていたこともあり、経済的には比較的余裕があったとされる。高等普通学校在学中の一九二五年「毎日申報」の新春文芸に詩「春」が選外佳作となるが、大学在学中の一九二八年雑誌「朝鮮の光」に短編「都市と幽霊」を発表したのが正式な文壇デビュー。初期の作品は「露領近海」「上陸」「北國私信」など、傾向文学の色合いが濃く、同伴者作家とも言われていた。一九三二年以後、純粋文学の世界に傾倒していき、作品には「オリオンと林檎」（三二）、「豚」「雄鶏」（三三）

などがある。一九三三年には「九人会」結成の発起人の一人となり、完全に純粋文学へと移行していく。三十代前半がもっとも執筆活動が盛んな時期で、短編「山」「野」「柘榴」「ひまわり」など、毎年十作以上の短編や散文を発表していた。特に短編「そばの花咲く頃」（三六）は自然と人間の心理を美しく描写した彼の代表作として現代まで広く読み継がれている。故郷や自然への郷愁をモチーフにした短編小説が多いなか、学生時代に読み耽ったチェーホフや英語教師として過ごした経験も影響し、モダンボーイや海外の近代文化を基盤にした作品や、不倫や痴情を描いた長編小説を執筆するなど、その作品世界は幅広い。長編の代表作には「花粉」（三九）「碧空無限」（四〇）などがある。一九四〇年妻に先立たれ、ほどなく幼い次男まで亡くすと、失意のうちに満州などを転々とする。そのころから体調を崩し、一九四二年脳膜炎を患い三五歳の若さで夭折する。

蔡萬植（チェ・マンシク）

一九〇二―一九五〇　全羅北道沃溝郡臨陂面（チョルラプクド・オックグン・イムピミョン）に生まれる。号は白菱（ペンヌン）など。一九一四年臨陂普通学校卒業後、一九一八年に上京し、京城の中央高等普通学校に入学。在学中の二〇年に結婚し、二二年に卒業。同年、日本に渡り早稲田大学付属第一早稲田高等学院文科入学。だが二三年九月、関東大震災に遭い朝鮮に帰国、そのまま日本に戻ることはなく学籍は除籍となる。その後、私立学校の教員として勤務し、そのころから小説の執筆を始め、二五年には東亜日報社に入社し記者になるが、一年あまりで退社。その後も開闢社、朝鮮日報社などを転々とする傍ら文筆家として執筆活動を続ける。三六年以後は職につかず、創作活動に専念し、四五年郷里の臨陂に帰郷し五〇年に肺結核で永眠。小説家としては短編「新しい道へ」が「朝鮮文壇」三号（二四年）に掲載されて文壇デビュー。その後、数多くの短編、長編を執筆するが、小説の他、戯曲や評論、随筆などその作品は多岐に渡る。初期の作品は「消えゆく影」「貨物自動車」など、同伴者作家に近い。三四年に発表した短編「レディメイド人生」は風刺と諧謔の効いた作風が特徴で、この風刺と諧謔はその後の彼の小説に欠かせない要素となる。その代表作に短編「痴叔」（三八年）、長編には『濁流』（三七年）、「太平天下」（三八年）がある。四〇年以降、解放を迎えるまで、家族に起きた不幸や経済的困窮など現実的問題を抱え、しだいに親日的作風へと移行していく。長編『美しき夜明け』（四二年）、『女人戦記』（四四年）などがその代表である。四五年の解放後、「民族の罪人」（四八年）を発表して自らの親日行為を自己批判している。解放後の作品には短編「孟巡査」「ミスター方」「田んぼの話」（四六年）などがある。後に国家の歴史清算の過程で親日反民族行為と規定され親日作家のレッテルを貼られるが、激動期に数多くの作品を残し、量的にも質的にも韓国の近代文学を代表する作家の一人である点では異論がない。

金南天（キム・ナムチョン）

一九一一―一九五三？　平安南道成川（ピョンアンナムド・ソンチョン）生まれの小説家、文学評論家。本名、金孝植（キム・ヒョシク）。二九年に平壌高等普通学校を卒業後、日本の法政大に入学。朝鮮プロレタリア芸術家同盟（ＫＡＰＦ）東京支部に加入し、会誌「無産者」の同人として活動した。三一年に帰国。同年、ＫＡＰＦの一斉検挙により起訴され、実刑判決を言い渡された。出所後、服役中の経験を基にした短編「水」（三三年）など、社会主義的リアリズムを追求した作品を発表。日本の植民地支配からの解放直後、「朝鮮文学建設本部」の結成において中心的役割を担い、四六年には「朝鮮プロレタリア文学同盟」と統合した「朝鮮文学家同盟」の発足を主導した。四七年ごろ北に渡り、最高人民会議代議員、朝鮮文学芸術総同盟の書記長などを務めたが、五三年ごろに粛清されたと伝えられている。代表作に長編小説『大河』、中編小説「麦」など。

李無影（イ・ムヨン）

一九〇八―一九六〇　忠清北道陰城（チュンチョンプクド・ウムソン）に生まれる。本名は李甲龍（イ・カビョン）。一九二五年、高校を中退して日本へ渡り、成城中学に入学後、加藤武雄の門下生となる。一九二九年の帰国後は教員や出版社の社員、雑誌社の記者などを経ながら執筆を続け、一九三一年に『東亜日報』の戯曲懸賞公募で「真昼に夢見る人々」が当選、一九三二年には『東亜日報』に中編「地軸を回す人々」を連載し、作家としての真価を発揮し始める。一九三三年、文芸誌「文学タイムズ」（のちの「朝鮮文学」）を創刊するかたわら、文学同人「九人会」会員として活動。一九三五年、東亜日報社学芸部の記者となるが、一九三九年には軍浦の近くにあった宮村（クンチョン）に移り、自ら農業に携わりながら農村小説を書く。彼の農民小説は大きく三つの時期に区分される。一九三二―一九三五年の第一期には貧困にあえぎ絶望する農民の姿を、一九三九年前後の第二期には逆境にも屈さず人間としての品位と生存意志を保ち続ける農民像を、一九五〇年以降の第三期には収奪と圧迫の歴史的受難を大河小説の形で描いた。主な作品に「明日の舗道」（一九三七）「第1課第1章」（一九三九）「土の奴隷」（一九四〇）『青瓦の家』（一九四二―一九四三、朝鮮芸術賞）『農民』（一九五〇）『農夫伝抄』（一九五六）などがある。

池河蓮（チ・ハリョン）

一九一二—未詳　慶尚南道居昌（キョンサンナムド・コチャン）に生まれる。本名は李現郁（イ・ヒョヌク）。一九四〇年、雑誌『文章』に「決別」を発表し作家となる。仁川（インチョン）にあった昭和女子高等学校卒。ＫＡＰＦ（朝鮮プロレタリア芸術家同盟）の指導者であった林和（イム・ファ）の妻としても知られる。一九四五年八月十五日の光復後は朝鮮文学家同盟に加担し、一九四七年に夫婦で越北するまでに多くの作品を発表した。主な作品に「決別」（一九四〇）「滞郷抄」「秋」（共に一九四一）「山道」（一九四二）「道程」（一九四六、朝鮮文学賞）「クァンナル（広津）」（一九四七）などがある。

訳者プロフィール

オ・ファスン（呉華順）

青山学院大学法学部卒業後、渡韓。慶熙大学国語国文科修士課程戯曲専攻修了。共同通信社発行『もっと知りたい！韓国テレビドラマ』の現地スタッフを経て、現在、韓国を拠点にフリーライター、通訳・翻訳者として活動中。著書『なぜなにコリア』（共同通信社）。訳書『旅立ち』（ソン・スンホン著）、共訳書『公式コンプリートブック　美男（イケメン）ですね』（キネマ旬報社）など。

岡裕美（おか・ひろみ）

同志社大学文学部、延世大学国語国文学科修士課程卒業。二〇一二年、第十一回韓国文学翻訳新人賞を受賞。訳書にキム・スム『ひとり』（三一書房）、イ・ジン『ギター・ブギー・シャッフル』（新泉社）、『僕は李箱から文学を学んだ　二十二人の作家の自伝エッセイ（仮題、近刊）』（クオン、共訳）がある。

カン・バンファ（姜芳華）

岡山県倉敷市生まれ。岡山商科大学法律学科、梨花女子大学通訳翻訳大学院卒、高麗大学文芸創作科博士課程修了。梨花女子大学通訳翻訳大学院、漢陽女子大学日本語通翻訳科、韓国文学翻訳院翻訳アカデミー日本語科、同院翻訳アトリエ日本語科、ハンギョレ教育文化センターなどで教える。韓国文学翻訳院翻訳新人賞受賞。日訳書にチョン・ユジョン『七年の夜』（書肆侃侃房）、同『種の起源』（早川書房）、ピョン・ヘヨン『ホール』、ペク・スリン『惨憺たる光』（共に書肆侃侃房）、『私の生のアリバイ』（クオン）など。韓訳書に児童書多数。共著に『일본어 번역 스킬（日本語翻訳スキル）』（넥서스 JAPANESE）がある。

韓国文学の源流　短編選3　1939–1945

失花

2020年9月17日　第1版第1刷発行

著者　李箱　李孝石　蔡萬植
　　　金南天　李無影　池河蓮

翻訳者　呉華順　岡裕美　姜芳華

発行者　田島安江

発行所　株式会社 書肆侃侃房（しょしかんかんぼう）
〒810-0041　福岡市中央区大名2-8-18-501
TEL　092-735-2802
FAX　092-735-2792
http://www.kankanbou.com　info@kankanbou.com

編集　田島安江／池田雪
ブックデザイン　成原亜美
印刷・製本　モリモト印刷 株式会社

ISBN978-4-86385-418-5 C0097